EL GRAN DETECTIVE
BYRON MITCHELL

MANUEL MARTÍN FERRERAS

Cualquier forma de reproducción, distribución, comunicación pública o transformación de esta obra solo puede ser realizada con la autorización de sus titulares, salvo excepción prevista por la ley. Diríjase a CEDRO si necesita reproducir algún fragmento de esta obra.
www.conlicencia.com - Tels.: 91 702 19 70 / 93 272 04 47

Editado por HarperCollins Ibérica, S. A.
Avenida de Burgos, 8B - Planta 18
28036 Madrid

EL gran detective Byron Mitchell
© Manuel Martín Ferreras, 2022
Autor representado por Silvia Bastos, S.L. Agencia literaria
© 2022, para esta edición HarperCollins Ibérica, S. A.

Todos los derechos están reservados, incluidos los de reproducción total o parcial en cualquier formato o soporte.
Esta es una obra de ficción. Nombres, caracteres, lugares y situaciones son producto de la imaginación del autor o son utilizados ficticiamente, y cualquier parecido con personas, vivas o muertas, establecimientos comerciales, hechos o situaciones son pura coincidencia.

Diseño de cubierta: LookAtCia
Imagen de cubierta: Trevillion

ISBN: 978-84-9139-826-4
Depósito legal: M-16124-2022

Miércoles, 23 de octubre de 1901

I

Los golpes en la puerta de la planta principal llegaron con fuerza a través de la desgastada alfombra persa que cubría el suelo. Byron despertó y se incorporó en el camastro. Frotó con fuerza su rostro para despejarse. Entre el vocerío del piso inferior sonó clara la palabra «¡Policía!».

Llevaba temiendo aquello desde que llegase a Barcelona seis meses atrás. Qué demonios, lo había esperado durante todo el último año.

Saltó de la cama en ropa interior. Rescató la camisa y los pantalones del respaldo de una silla de paja, alisándolos al tiempo que los vestía. Calzó los zapatos a toda prisa. Abajo, las pisadas autoritarias avanzaban por el salón de los señores Rius, ante las voces de protesta del mayordomo, disminuidas por el techo que las separaba de la habitación de Byron.

Pescó el chaleco de encima de la cómoda. Mientras lo abotonaba, se abrió y se cerró la puerta de servicio que accedía a la escalera de alquilados desde la planta principal. ¿Dónde narices había dejado la chaqueta? ¿Y la corbata? Renunció a ellas y en cuatro zancadas se plantó tras la puerta del piso. Pegó la oreja. Pasos cortos se acercaban, amortiguados tras la madera.

¿Qué era lo que siempre repetía el Gran Detective? «Una parte importante de nuestro trabajo consiste en la escenificación. Hay que ser teatral, llevar desde el principio el mando en plaza. Dominar el escenario». Respiró hondo. Estiró la columna. Los pasos se detuvieron al otro lado. Byron abrió la puerta.

La bajita señora Anna Coll de Rius, congelada con el brazo en alto a punto de llamar, lo miró con dos ojos como platos. Byron cruzó las manos a la espalda y ejecutó su mejor sonrisa confiada desde los cuarenta centímetros de altura que los separaban:

—Dígale a la policía que ahora bajo.

La boca de la señora Rius se abrió y se mantuvo así un par de segundos. Luego asintió y se marchó en silencio, con su habitual cojera en la pierna derecha.

Byron cerró la puerta. Su mano izquierda temblaba. ¡La chaqueta! Regresó junto a la cama y, de rodillas, abrió el arcón de roble. Recuperó la prenda, plegada en la cima del resto de su ropa, y también la corbata, y se las colocó. Repasó su aspecto ante el espejo colgado de un clavo en la pared, sobre la jofaina con un resto de agua: un tipo moreno, con cara de susto y la ropa arrugada. Dos canas despuntaban en la sien derecha. Dio un paso atrás. Se masajeó la cara. Mojó las manos en la palangana y se peinó los cabellos con ambas manos. Ajustó bien la chaqueta sobre sus hombros. Se estiró por completo, cabeza recta, mirada al frente. Sonrió al tipo elegante que le observaba desde el espejo. Remató el conjunto con su sombrero borsalino.

Eso ya era otra cosa.

II

En cuanto salió al descansillo, una presencia esquiva le acechó desde el tramo de la escalera que descendía de la planta superior.

Byron giró la llave. Sin apartar la vista de la cerradura, saludó:

—Buenos días, señor Beltrán.

Aurelio Beltrán, pintor, inquilino de la muy barata buhardilla húmeda del edificio, carraspeó y apareció de entre las sombras. Vestía un guardapolvo manchado de pintura. El follón de la planta principal lo habría interrumpido trabajando en uno de sus cuadros.

Beltrán dio un paso indeciso hacia Byron. El aire a su alrededor olía a disolvente.

—¿Sabe usted qué sucede? —preguntó.

—Voy a averiguarlo —respondió Byron.

—Parece un tumulto.

—Solo es la policía. —Beltrán torció el gesto—. ¿Viene usted? —preguntó Byron, con buscada malicia.

—No. Esos nunca traen nada bueno.

Beltrán recogió velas y retrocedió de regreso a su buhardilla, dejando una nube de disolvente a sus espaldas. Byron descendió hasta la puerta situada en el lateral de la escalera, bajo la luz filtrada por la claraboya vidriada que cubría el patio de luces del edificio. La puerta se abrió antes de que llamara y Enrique, el cariacontecido mayordomo de los Rius, lo invitó a entrar.

—Por favor, señor Mitchell...

Le hizo una seña urgente y Byron lo siguió por el corto pasillo de servicio que daba al vestíbulo. Tras una mampara de madera, la voz alterada del señor Rius discutía a gritos con otro hombre.

El mayordomo corrió el biombo y se quedó en aquel lado. Se le veía con pocas ganas de participar en el espectáculo. Byron le entregó su sombrero y entró en el salón.

La representación se interrumpió cuando todos volvieron las caras para mirarlo. En el centro de la escena, su arrendador, el señor Bartomeu Rius, espaldas firmes a pesar de sus cincuenta años, se limpiaba los labios con el dorso de la mano. Tenía el rostro rojo de enfado. Sin lugar a duda había discutido con el caballero que tenía delante, de más o menos su misma edad, con el contorno abdominal de un obispo bien alimentado y vestido con un traje de los caros. A este lo escoltaba otro señor, un joven semejante a un monje raquítico, enfundado en unos pantalones que habían vivido días mejores y en una chaqueta con coderas. Anclada al forro interior asomaba una placa de inspector de policía. Tras él, dos guardias municipales de uniforme, casco y sable envainado completaban la representación de los estamentos del cuerpo de policía de Barcelona.

A la izquierda de los cuatro funcionarios, dos hombres apuntaban notas a lapicero en sendas libretas. ¿Por qué habría permitido la policía que se colaran aquellos periodistas con ellos?

Uno era bajito, medio calvo y anodino. El otro, muy alto, más o menos del metro ochenta y cinco de Byron, con el pelo castaño claro, tenía aire extranjero. Al contrario que el resto, no vestía chaqueta sobre la camisa con chaleco. Dejó de anotar y se lo quedó observando con curiosidad.

A la derecha del grupo, completaban el cuadro la señora Anna Coll de Rius, medio desmayada junto al respaldo alto de una silla, y Elisa, su hija adolescente. La niña, sin soltar la mano de su madre, sonrió a Byron. Su cabello rubio y sus ojos claros, herencia de algún antepasado alejado, contrastaban con sus muy morenos padres.

—Buenos días, caballeros —saludó él. Inclinó la cabeza en dirección a las damas—: Señora, señorita…

Nadie decía nada, así que Byron atravesó la habitación directo hacia la señora de Rius. Con gesto amable la hizo sentarse. Ella sonrió, pálida y agradecida. Byron le habló a Elisa en voz baja:

—Pide que traigan un vaso de agua para tu madre.

Elisa asintió y abandonó el salón por la puerta de atrás, en busca de la doncella.

El policía con cintura de obispo reaccionó y le apuntó con un dedo morcillón.

—¿Quién es usted?

—Me llamo Byron Mitchell.

El policía canijo se quedó con la boca abierta. El periodista bajito anotó un par de frases aceleradas. El alto, no. Examinaba a Byron con media sonrisa en los labios. Le señaló con el lápiz:

—¿Byron Mitchell? ¿El detective? —Su español naufragaba entre un inglés americano y un castellano de México.

Byron asintió. El otro periodista apuntaba con fruición. El americano alto se rascó la barbilla con el culo del lápiz. Seguía examinándolo y a Byron le empezó a temblar el dedo pulgar de la mano derecha. Recogió las manos tras la espalda y alzó el mentón.

¿Alguien se habría dado cuenta?

El orondo policía al mando dio un paso adelante para encararse con él:

—¿Qué relación tiene usted con el señor Rius?

—El señor Rius me alquila un piso en la segunda planta de este bonito edificio.

—¿De dónde es usted?

Su segundo intervino:

—El señor Mitchell es inglés. Es un gran detective, reconocido internacionalmente. Ha asesorado a la policía en varios países del continente.

Había respeto en su voz. Byron agradeció el comentario con una inclinación de cabeza y el otro se ruborizó.

—Soy el inspector Alfredo Martín. —Estiró la mano para ofrecérsela, pero su jefe la apartó de un manotazo. El inspector Martín retrocedió, azorado—: Mi superior, el comisario Galván.

Galván se inclinó hacia delante, invadiendo el espacio personal de Byron. Él mantuvo el tipo.

—Pues habla usted un buen castellano. No parece inglés.

—Hablo bien más de dos idiomas.

—¿Eso debería impresionarme?

—¿Sería tan amable de explicarme qué sucede?

—Usted aquí no tiene ninguna autoridad.

—¡Por el amor de Dios! —Rius explotó—. Dicen que han hallado muerto a mi abogado, el señor Ramón Calafell. Usted ha debido cruzarse alguna vez con él en esta casa, Mitchell.

La puerta trasera del salón se abrió y Elisa regresó con el vaso de agua. Se lo ofreció solícita a su madre. Ella lo aceptó agradecida y cogió la mano de su hija mientras bebía.

Ramón Calafell. Sí, un tipo bajito, pelo escaso peinado hacia un lado, con bigote y perilla de mosquetero. Cuarenta años mal llevados. Mirada inquisitiva. No le caía especialmente bien. Siempre interesado en cuestiones personales, hacía demasiadas preguntas que a Byron no le convenía contestar.

Retomó el tema principal:

—¿Son necesarios cuatro policías para comunicarle al señor Rius el fallecimiento de su abogado?

Rius agitó un brazo en el aire:

—Estos mendrugos quieren llevarme detenido no sé muy bien con qué excusa.

—Señor Rius —intervino Martín—. Solo queremos que nos acompañe a jefatura. —Se dirigió a Byron—: Según nos han explicado el mayordomo y la asistenta del fallecido…

—¡Y un cuerno! —saltó Rius.

—Bartomeu, por favor —suplicó su esposa.

—No te metas, mujer. Verá, Mitchell, estos mostrencos vienen mandados por su jefe, el gobernador. —El comisario se removió y Rius le señaló—. Sí, no crea que no sé qué opina su jefe sobre mis ideas políticas. Ese petimetre lleva tiempo buscándonos las cosquillas a mi socio y a mí, y ahora ha visto su oportunidad para desacreditarme. ¿Por qué si no se ha traído a esos pájaros de mal agüero con usted? —añadió, señalando a los periodistas. El bajito calvo pareció ciertamente ofendido. El otro sonreía a su cuaderno mientras tomaba buena nota de lo acontecido.

El comisario iba a arrancar de nuevo cuando su segundo se interpuso:

—Señor Rius, estamos aquí porque los criados de Calafell nos han dicho que la suya fue la última visita que recibió el finado.

—Sí, y sus mismos criados me acompañaron hasta la puerta de salida.

—Tenían orden de no molestar al señor Calafell y de retirarse en cuanto usted se fuera. Y así lo hicieron. No le vieron con vida después de que hablara con usted.

—Señor Rius —habló el comisario—, a lo mejor prefiere que mis agentes lo saquen a la fuerza del edificio. Daríamos un buen espectáculo a las damas ociosas que cotillean desde sus balcones al paseo de Gracia.

La señora de Rius gimió como si la hubieran azotado. Su marido enrojeció todavía más. Antes de que explotara, Byron se movió para interponerse entré él y el policía. Buscó la mirada de su arrendador y la sostuvo hasta que este se relajó.

—Bien, bien… —Rius asintió con la cabeza.—. Está bien, iré con ustedes. Anna, querida, envía a Enrique con un mensaje urgente para el despacho del abogado Aloy. Dile que se presente en jefatura lo antes posible.

Ella se levantó rápido para coger las manos de su marido. Él la besó en la mejilla y se volvió, dispuesto, hacia el biombo que conducía al vestíbulo.

—Bien, señores. Acabemos con esto cuanto antes. Quiero verles fuera de mi casa ya.

El mayordomo Enrique trajo el sombrero y el abrigo del señor Rius y le ayudó a vestirlos. Los dos municipales y el comisario desfilaron en dirección al vestíbulo y a la calle.

El inspector Martín se detuvo ante Byron. Carraspeó. Quiso explicar algo, pero se atoró. Al final solo acertó a decir:

—Buenos días, señor Mitchell.

Aceleró tras su jefe. El periodista anodino se había esfumado. El americano habló a Byron:

—¿Investigará usted el caso?

—Estoy retirado.

El periodista asintió, con cara de no acabar de creérselo.

—¿Sabe? pensaba que era usted mayor.

—Me lo dicen mucho.

—¿Qué edad tiene? ¿30, 40…?

—Por favor, señores —Rius alzó la voz desde el vestíbulo. A su lado, el comisario apuró con la cabeza al periodista para que los acompañara. Este saludó en despedida a Byron y los siguió.

En cuanto la procesión abandonó el edificio, el mayordomo Enrique cerró la puerta y corrió la mampara. Anna Coll de Rius le pidió al fámulo que la acompañara al despacho de su marido para buscar los datos de contacto del abogado Aloy.

Byron se quedó a solas con Elisa.

—¿Ayudará a mi padre, Byron?

La niña le habló en inglés, con bastante buen acento. Byron sonrió; le divertía que practicara el idioma con él.

—Estoy retirado. Además, por lo que han dicho, no tienen pruebas sólidas en su contra. Enseguida estará de vuelta, cariño.

—Ni mi padre ni su socio, el señor Jordana, le caen nada bien al señor gobernador. Madre siempre dice que no debería enfrentarse a personas con tanto poder. Cree que, si se lo proponen, pueden hallar una manera legal de hacer daño a sus enemigos.

La chica se lo quedó mirando, suplicante.

—Aparte de un par de cenas en esta casa —dijo Byron—, creo que solo me crucé con el señor Calafell en dos ocasiones más, saliendo del portal. —Y en ambos casos había tratado por todos los medios de no pararse a conversar con aquel cotilla al que le gustaba tanto preguntar—. Las dos veces cruzó a pie el paseo de Gracia, sin parar a ningún coche de alquiler ni coger un tranvía.

—Creo que vive… que vivía —Elisa se corrigió— al otro lado del paseo, pero varios números más en dirección a la montaña. En la esquina con la calle del Rosellón, poco antes del comienzo del barrio de Gracia. Por favor, señor Mitchell, ¿podría intentar echar un vistazo? Si un detective famoso como usted se interesa por el caso, la policía tendrá que hacer bien su trabajo y no podrán colgarle el muerto a mi padre.

—¿Colgarle el muerto? —Era una expresión de lo más colorida—. Elisa, ¿has vuelto a leer un folletín en alguno de los diarios de tu padre?

Elisa se sonrojó:

—Son entretenidos.

—Estoy seguro de ello.

—Pero me gustan más los que relatan sus aventuras. Los colecciono.

—Deberías buscar diversión en asuntos más reales.

—Sus aventuras son reales, ¿no?

Byron solito se estaba metiendo en un embrollo. Aquella chica era demasiado lista como para dejarle entrever alguna pista.

—Lo que se cuenta en esos relatos tiene bien poco que ver con la realidad. Condensan hechos y magnifican las partes más truculentas. La mayoría de las veces, una investigación se solventa sentándose con los sospechosos, sin violencias ni persecuciones. La parte más importante suele ser conseguir que hable la gente que dispone de la información adecuada.

El eco de la voz del Gran Detective resonaba en su cabeza. La sacudió para alejar al fantasma.

—¿Se encuentra bien, Byron?

—Eres la única en esta casa que no me llama siempre señor Mitchell.

—Eso es porque somos amigos. —Elisa sonrió mostrando los dientes.

Y era verdad. Byron suspiró y se dirigió hacia la salida.

—Está bien —dijo—. Me acercaré a la casa de Calafell, a ver si puedo averiguar algo de los policías que estarán guardando el lugar.

Elisa soltó un gritito y correteó tras él.

—¿Puedo yo…?

Byron la frenó en seco con el brazo en alto.

—No. De ninguna manera. Dile a tu madre que regresaré en cuanto obtenga alguna información, pero que espere tranquila hasta entonces.

La niña respondió con un mohín enfadado y cruzó los brazos. Byron descorrió la mampara y se encontró con Enrique, que le entregó su sombrero. El mayordomo atravesó el vestíbulo y, con suma cortesía, le abrió la puerta para que saliera.

III

Byron salió al paseo de Gracia y se unió al río de gente que circulaba por la avenida lateral. Una agrupación de sillas ocupadas por caballeros con bombín y señoras con sombrilla imposibilitaba el acceso al espacio central del paseo. Esperó a superarla para colarse por el hueco entre los troncos de dos gruesos plátanos de sombra y acceder a la calzada.

Un carro cargado de barriles levantó a su paso una nube de polvo y Byron se cubrió la boca con la mano para atravesarla. El mes de octubre estaba resultando muy seco y la tierra y la grava que cubrían el arroyo central saltaban a la mínima bajo las ruedas de los carruajes y los cascos de los caballos.

Trotó en diagonal para anticiparse a un tranvía que bajaba en dirección a la plaza de Cataluña. Ya en la avenida del lado derecho aceleró adelantando el lento discurrir de señores apoyados en bastones, damas engalanadas con sedas y encajes y niñeras que empujaban adornados carros de bebé.

Tras un largo paseo, poco antes de alcanzar el barrio de Gracia, la multitud se hacía a un lado para alejarse de los tres municipales que montaban guardia a la puerta de un anodino edificio gris de tres plantas en la confluencia del paseo con la calle del Rosellón. Uno de los policías discutía agriamente con el tendero de la sastrería alojada en el semisótano del inmueble. El civil gesticulaba y protestaba a gritos por el perjuicio que el cordón policial causaba a su negocio. El inspector Alfredo Martín salió en aquel momento del portal contiguo a la tienda. Giró a la derecha para esquivar al furibundo vendedor y su mirada se encontró con Byron. Se quedó parado a la puerta del bloque.

Byron fue directo hacia él. Uno de los municipales, con rostro de sabueso enfadado y una mano en la empuñadura del sable envainado, le detuvo imponiendo la otra mano con fuerza en su pecho. Martín se acercó al subalterno, le dio una orden al oído y el uniformado se retiró.

—Señor Mitchell, veo que la curiosidad ha vencido a su «retiro». —Martín le ofreció la mano.

Byron sonrió y aceptó el saludo:

—¿No debería estar usted interrogando al señor Rius?

—El comisario me ha ordenado que lleve a cabo ciertos asuntos finales en la escena del crimen.

—¿No había algún otro inspector a mano para ello?

—Me temo que el cuerpo anda escaso de efectivos en la ciudad. Casi todos los inspectores de las rondas especiales de vigilancia están ocupados persiguiendo anarquistas. Es más, ahora mismo yo soy el único agente al cargo de los delitos criminales que escapan de ese campo.

—¿Y de esos asuntos finales no podía encargarse alguno de los guardias? —Byron señaló con la cabeza hacia los uniformados.

Martín hizo una mueca:

—Los municipales que nos presta el ayuntamiento no están preparados para labores policiales de enjundia. Aprecio su ayuda, pero hay tareas que prefiero realizar en persona. Como le digo, andamos cortos de efectivos. Varios diputados por Barcelona llevan tiempo insistiendo en el Parlamento de Madrid para que nos envíen efectivos del Cuerpo de Seguridad, pero mientras tanto…

—Comprendo.

—¿Y usted…?

—En realidad, solo he venido para hacerle un favor a la señora Rius. Prometí que intentaría echar un vistazo.

Le iba a negar el paso, estaba seguro. De ninguna manera permitiría que un conocido del principal sospechoso husmeara en la escena del crimen. Alfredo Martín posó un brazo sobre su espalda y, para su sorpresa, lo acompañó hacia el edificio.

—Por supuesto. Sería un enorme placer contar con la opinión de alguien de su experiencia.

—¿No le preocupa mi relación con su sospechoso?

—Estoy seguro de que mi jefe se horrorizaría, pero yo pienso que si el señor Bartomeu Rius es culpable, las pruebas lo inculparán. Además, conozco su reputación, señor Mitchell. Usted no haría nada por ayudar a un asesino.

Lo último que esperaba era encontrar a un idealista en las filas de la policía.

Una figura alta, en chaleco y mangas de camisa, emergió de entre la muchedumbre: el periodista americano. Avanzó hacia ellos, pero el más corpulento de los tres municipales lo paró en seco.

—Señor Mitchell —el periodista alzó la voz desde detrás de la barrera humana—, me dijo usted que estaba retirado.

—Y así es. —Byron señaló con la cabeza en dirección a la puerta de entrada y Martín le abrió camino con el brazo.

—¿Sería posible que les acompañara? —insistió, a gritos, el americano—. A la gente le gustaría saber que el mejor detective del mundo se encuentra investigando un crimen en la ciudad.

A Byron se le retorcieron las tripas. No quería publicidad, para nada. Por suerte, el inspector Martín intervino:

—Que nadie se acerque a la puerta —ordenó a los uniformados. Señaló al periodista—: Y ese caballero, menos que nadie.

El mentado exageró una mueca de disgusto y apuntó algo en su libreta.

Remontaron los tres escalones que aupaban hasta la entrada y Martín abrió la puerta, murmurando:

—No soporto a esos juntaletras metomentodo.

Tras cruzar la portería, una única escalera llevaba a las viviendas. El edificio no se hallaba en muy buenas condiciones. Era fácil imaginar que a no mucho tardar sucumbiría a la fiebre constructora que asolaba aquella zona del ensanche para dar lugar a una nueva edificación lujosa y más acorde con la moda.

Subieron los peldaños desgastados en los bordes hasta llegar al piso principal, donde esperaba otro policía ante la puerta abierta.

—Sígame —le pidió Martín.

El acceso daba a un brevísimo recibidor seguido por un pasillo. Martín torció a la izquierda y dirigió a Byron hasta una puerta de madera cuya vidriada parte superior había sido rota a golpes. El inspector la abrió y le instó a entrar con él en la habitación.

Se trataba de una amplia biblioteca alargada con una gran mesa en el costado izquierdo, escoltada por estantes llenos de libros, y con una vitrina abierta al fondo, con armas expuestas. Al pie de esta, una mancha de sangre teñía la alfombra. El inspector Martín la señaló:

—El carro del instituto forense acaba de marcharse con el cuerpo del finado.

—¿La causa de la muerte?

—Un disparo de pistola en el corazón. El señor Calafell intentó defenderse. —Martín señaló la vitrina de las armas—. Junto al cuerpo había un colt, cargado con todas sus balas. Un arma defensiva que el abogado guardaba ahí.

—No le dio tiempo a usarlo.

—No. Quien le persiguiera disparó antes.

—¿Cuántas veces?

—Un solo agujero de entrada en el cuerpo, ninguno de salida. No hemos encontrado pistas de más disparos.

—¿Cómo era la herida? ¿Restos de pólvora? ¿Quemaduras?

—No, no fue un disparo cercano. Solo se apreciaba el círculo de la contusión de la bala.

—¿Esos detalles se los han comunicado los del instituto forense?
—Se veía a simple vista.

Byron frunció el ceño:

—¿Cómo...?

—Verá, señor Mitchell. El muerto estaba desnudo, a excepción de unos calcetines afelpados en los pies.

Byron suspiró.

—Unos calcetines afelpados. Vaya.

¿El muerto gustaba de pasearse desnudo por su casa, pero no se quería resbalar? Era un detalle de lo más curioso. Además, ¿qué hacía desnudo en la biblioteca?

—Le dispararon desde más allá de la puerta —dijo Martín—, tras romper a golpes el cristal de la parte superior, probablemente con el cañón o la culata del arma. Estaba cerrada por dentro y el mayordomo tuvo que forzarla esta mañana, cuando vio el cuerpo desde el pasillo. Encontramos la llave debajo del cadáver.

Desde la puerta hasta la mancha de sangre sobre la alfombra había unos buenos siete metros.

—El asesino es un buen tirador —dijo Byron.

—O tuvo mucha suerte.

Demasiada suerte. La simple sangre fría necesaria para acertar al corazón invitaba a pensar en alguien que se sentía cómodo con un arma corta. Y eso sin entrar a valorar la distancia del disparo. Barcelona no era precisamente el salvaje Oeste, y aunque la ciudad sufría atentados anarquistas de tanto en tanto, estos solían centrarse en pegar petardazos en lugares públicos, no en asesinatos de abogados a media distancia.

—¿Sabía usted —dijo Martín— que el señor Rius quedó segundo en un concurso de tiro a pulso que se celebró este verano en la Asociación Catalana de Gimnástica? ¿Qué le parece?

—Me parece que debería investigar al que quedó primero.

—Ya lo he hecho. Es un vizconde, se está preparando para la prueba de duelo de los próximos Juegos Olímpicos. Desde hace más de un mes reside fuera del país, con lo que creo poder descartarlo como sospechoso.

Byron se lo quedó mirando:

—Es usted muy meticuloso.

—Gracias. Me gusta hacer bien mi trabajo. También he averiguado que el señor Rius practica habitualmente el tiro de pistola en un gimnasio de la calle Provenza.

—Supongo que al igual que muchos otros caballeros —afirmó Byron con una sonrisa.

—Por supuesto —repuso afable el inspector—, aunque me han explicado que él es de los mejores del club.

Byron salió de la biblioteca al pasillo. Señaló más allá.

—¿Puedo? —preguntó a Martín.

—Cómo no, adelante. —Avanzaron por el corredor—. Si continúa por ahí hallará un despacho, un pequeño comedor, un salón y las habitaciones de Calafell. Vivía solo. El mayordomo y la criada, un matrimonio, se retiraban al acabar la jornada a un piso en la tercera planta de este mismo edificio.

—¿Señales de pelea en alguna de esas habitaciones?

—No, todo parece estar en su sitio.

Llegaron al despacho, un habitáculo estrecho, con las tres paredes enfrentadas a la entrada forradas de estantes con libros, cartapacios, cajas y montones de periódicos.

—¿Conocía bien al señor Calafell? —preguntó Martín.

—Apenas hablé con él en un par de ocasiones, en la casa del señor Rius. Para serle sincero, me resultaba incómodo. Insistía demasiado en preguntas de índole personal.

—Sí, me lo han comentado algunas personas. Yo también lo conocí, ¿sabe? Coincidimos en una conferencia sobre métodos modernos de identificación policial, ya sabe usted: dactiloscopia, sistema Bertillón, fotografía de criminales... Lo impartió un inspector de Scotland Yard el año pasado, invitado por la ciudad.

—¿Le interesaban los temas policiales? Curioso. ¿Se había dedicado al derecho penal?

—No que me conste. En realidad, desde que apareció en Barcelona hace tres años, trabajaba en exclusiva para el señor Rius y su socio. Ese dato sí que me resulta curioso a mí. La empresa de Rius y Jordana lleva firmemente establecida en esta ciudad desde la época de los abuelos de los actuales propietarios. Sus temas legales los gestiona la misma firma desde hace más de dos décadas. ¿Por qué aceptarían trabajar con un abogado independiente recién llegado a la ciudad?

—Quizá les caía bien. —No le interesaba adónde llevaba aquello, por lo que sorteó a Martín—. Aparte del trabajo, ¿se le conocía alguna actividad social?

—Por lo que me han explicado, el señor Calafell pasaba solo las noches, recluido de nueve a siete de la mañana, con la única excepción de los jueves. Un carruaje de una cochera de la calle Caspe, entre Nápoles y Sicilia, lo recogía esa noche de la semana, que Calafell dedicaba, en palabras del mayordomo, a «entretenimientos para caballeros».

Los dos hombres intercambiaron una mirada divertida. Martín se encogió de hombros. Byron movió con el dedo una carpeta sobre la mesa. Cogió un libro de apuntes y lo ojeó. Allí no tenía nada más que hacer, pero, claro, se jugaba su imagen. Dejó el libro. Fingiendo repasar los títulos de los volúmenes de los estantes, contó hasta cincuenta sin que el inspector abriera la boca. Maldijo la paciencia de aquel tipo y comenzó de nuevo. Iba por diecinueve cuando el policía habló:

—Señor Mitchell, me temo que me esperan en jefatura.

Pues menos mal…

—Sí, por supuesto.

Byron se volvió e indicó el camino de salida. Retrocedieron hasta salir del piso y descender a la portería, donde Alfredo Martín le abrió la puerta de la calle.

—Muchas gracias —dijo Byron—. Espero que este feo asunto se resuelva pronto.

El inspector se detuvo en el marco:

—Si no le importa mucho, ¿sería posible que nos viésemos uno de estos días? Me encantaría tener la ocasión de comentar con usted alguna de las últimas innovaciones en criminología y…

Una voz elevada le interrumpió:

—¿Ha descubierto algo que quiera compartir? —Era el periodista americano. Se había zafado de los guardias municipales y caminaba sin oposición hacia ellos.

Salieron y Martín cerró de un portazo. Byron aprovechó la oportunidad que se le ofrecía para escapar de allí. Extendió la mano al inspector:

—Estaré encantado de charlar con usted cuando quiera sobre temas policiales —dijo Byron. Martín sonrió y encajó el saludo con efusividad—. Estoy preocupado por la señora de Rius y por su hija. Si hay alguna novedad que pueda comentar, sería usted tan amable…

—Por supuesto, señor Mitchell. Estaremos en contacto. —Martín miró de reojo con clara desconfianza al periodista que se acercaba a ellos —. ¿Quiere que…?

—No se preocupe, ya me encargo yo.

Martín se alejó en compañía de uno de los uniformados. El periodista esperó a que estuviera a cierta distancia antes de hablar:

—¿Ya nos deja su admirador?

—Lo he encontrado bastante agradable.

—No me entienda mal. Por lo que sé, el inspector Martín es un buen policía, bastante por encima de la media del Cuerpo de la ciudad.

—¿Trata usted a menudo asuntos policiales, señor…?

—Leary. —El americano le dio la mano, un fuerte apretón—. Intento estar al tanto de todo lo que se cuece en Barcelona.

—¿De dónde es usted, señor Leary? ¿Del oeste de los Estados Unidos? Su acento…

—Caray, tiene buen oído. ¿Me permitiría invitarle a tomar algo? Querría charlar con usted.

No. De ninguna de las maneras. Aquel tipo era un periodista. Un metomentodo por definición. Tenía que buscar una excusa, sensata y creíble, para poner punto final a aquella conversación.

Y después, tenía que correr a su piso, hacer una maleta con lo más esencial y largarse a toda prisa de la ciudad, antes de que alguien más se interesara por la verdad detrás de la historia de Byron Mitchell.

Pero un temor absurdo a ser descubierto allí mismo por aquel periodista paralizó sus intenciones, sus pensamientos y todas y cada una de sus buenas ideas. Al final, lo único que salió de sus labios fue:

—Por supuesto. Hoy no he almorzado y me apetecería meter algo en el estómago.

Al menos ahí no había mentido.

IV

Byron se dejó guiar por Leary paseo de Gracia abajo en dirección a la plaza de Cataluña hasta llegar a un café cercano. El americano señaló con efusividad una curiosa construcción en la acera contraria, una colorida fachada serigrafiada, con un remate escalonado en la parte superior. Marcos escultóricos rodeaban los balcones, puertas y ventanas, que parecían saeteras de un castillo de cuento de hadas. En cualquier momento asomaría un caballero armado con una ballesta dispuesto a atacarles.

—¿No le fascina el dinamismo que se respira en esta parte de la ciudad? —dijo Leary—. Ese edificio, por ejemplo, se hallaba en construcción hasta hace bien poco. Tengo entendido que es un encargo de un adinerado empresario chocolatero a uno de los arquitectos más reconocidos de la ciudad, Puig i Cadafalch. —Sonrió como un niño—. En mi tierra, los tipos con dinero se limitan a erigir vulgares casas de madera.

A Byron le ganó la ternura en la mirada del periodista y asintió empático.

Ya en el interior del café, tomaron asiento en una de las mesas al pie de las cristaleras enfocadas al paseo, lejos de la sala de billar del fondo, desde donde llegaban los golpeteos de las bolas de marfil sobre el paño. Un camarero con chaleco a rayas y lazo vino a tomarles nota. Byron pidió un café y Leary una cerveza. En la mesa de al lado, un pimpollo peripuesto y una jovencita sonrojada pelaban la pava bajo la atenta supervisión de la carabina más amargada del mundo. La señora, vestida de gris oscuro del sombrero a los pies, dedicó un desabrido vistazo a Byron.

Leary, sentado en silencio, lo examinaba con curiosidad. Con la fascinación infantil desaparecida de sus ojos, el periodista estaba a punto de abrir la boca. Byron golpeó primero:

—¿Qué hace un periodista del Oeste americano en una pequeña ciudad europea como esta?

—¿Por qué se oculta en Barcelona el detective más famoso del mundo?

—Estoy retirado, ya se lo he dicho. —Byron se esforzó en mantener un aparente buen humor. Por debajo de la mesa, su pierna quería patear el suelo.

—Por lo que veo, parece usted seguir trabajando.

—¿Podría decirme para qué diario es esta entrevista?

Leary se sacudió como un jilguero risueño. Sacó una pitillera del pantalón y le ofreció un cigarrillo. Byron rechazó el ofrecimiento.

—Yo no lo llamaría «entrevista». Se trata solo de una conversación informal. —Se colocó un pitillo en los labios. De la pitillera también extrajo una cerilla.

—¿Entonces no piensa tomar notas?

—Lo cierto es que tengo muy buena memoria. —Se dio dos golpecitos en la sien. Prendió la cerilla contra el costado de la pitillera y encendió el cigarrillo.

El camarero apareció para servir el pedido.

—No me ha respondido —insistió Byron, apartándose para que el mozo tuviera acceso a la mesa.

—Voy un poco por libre. Cuando cazo un tema que afecta a la vida de la ciudad, me lo suelen comprar en el *Diario de Barcelona*, aunque también recibo algún encargo de corresponsalía del *Times* y de la agencia Havas.

—¿Y cómo ha llegado usted aquí?

—Veo que me va a costar entrevistarle.

—Creía que no se trataba de una entrevista.

—*Touché*.

—Disculpe, soy curioso por naturaleza. —Byron mostró las palmas y compuso su expresión más inocente.

—Bien, de acuerdo. Satisfaré su curiosidad. Espero que me valga de algo —Leary guiñó un ojo—. Verá, tuve algunos problemas en mi país. Escribí una serie de artículos sobre una familia de terratenientes del condado de Yuma, donde se editaba mi periódico. Hubo algunos feos conflictos entre ellos y los habitantes de un pueblo cercano, instigados por el gobernador del estado de Arizona, que mantenía divergencias con los intereses políticos de aquella familia. Los ánimos se caldearon y el patriarca acabó asesinado. Se montó un buen escándalo y desde la oficina del gobernador buscaron un chivo expiatorio al que culpar de todo. En resumen, tuve que salir de mi país y buscarme la vida en Europa. Pensaba instalarme en París o en Londres, pero desembarqué en Barcelona... hace ya un par de años. —Pareció sorprendido al tomar conciencia del paso del tiempo—. España acababa de perder la guerra colonial contra mi país y a los diarios de aquí les agradó que un periodista americano criticara a los políticos de allí.

Leary pausó su explicación para ventilar un cuarto de su jarra de cerveza de un trago. Byron dio un sorbo largo a su café antes de hablar:

—Pero ahora la situación entre las dos naciones se está normalizando.

—Por fortuna, en este tiempo me he labrado una buena reputación como periodista. Lo que me lleva a caer en la cuenta de que durante todo este tiempo solo hemos hablado de mí.

—Como le digo, no tengo mucho que explicar. Me he retirado.

—¿El Gran Detective Byron Mitchell se ha retirado? ¿El hombre que aseguró que... —Leary alzó un dedo pidiendo tiempo y rebuscó en el bolsillo trasero de su pantalón. Sacó una pequeña libreta que hojeó ágil antes de leer— «Si los buenos hombres no se mantienen vigilantes ante las faltas de los delincuentes, la sociedad moderna no se sostendrá»? ¿El hombre que atrapó al estrangulador de Brno, que desmanteló al grupo de bandoleros de Mirko Poliakov, en el norte de Serbia? —Cerró la libretita de golpe y le miró fijamente—. Esto me hace pensar en algo curioso: a usted se le conoce desde hace más de diez años… ¿Cuándo empezó en este trabajo? No he logrado encontrar ninguna fotografía suya por ninguna parte. Y los retratos que ilustran sus hazañas le muestran como un hombre con barba y de mayor edad…

Byron le interrumpió para evitar que siguiera por allí:

—Como bien dice, comencé muy joven mi trabajo de detective. A la gente joven no se la suele tomar en serio en según qué ámbitos. Por ello, desde un comienzo, tomé la decisión de disfrazarme. Nada estrambótico, solo pequeños retoques que me confirieran un aspecto, cómo decirlo…, más «formal». Me colocaba una barba postiza; me costó mucho que me creciera la mía propia.

—En cambio, ahora se afeita.

—Mi barba natural me pica horrores. Además, por fortuna, ya no tengo que mantener ninguna falsa imagen. —Byron hizo una pausa y se esforzó mucho en parecer sincero—. En confidencia, señor Leary, mi trabajo ha resultado agotador durante todos estos años. La gente con la que he tenido que tratar, los actos horribles que llegan a realizar algunas personas… El alma se te va contaminando poco a poco. Aquel jovenzuelo que gritaba a los cuatro vientos tonterías sobre la justicia no sabía nada del mundo. Considero que, a estas alturas, yo ya he cumplido con mi parte. Ahora le toca a hombres más jóvenes, como ese inspector Alfredo Martín. Estaré más que encantado de aconsejar puntualmente a quien me quiera escuchar, pero he decidido hacerme a un lado y pienso cumplirlo.

Leary no dijo nada. ¿Se lo habría tragado? El periodista pegó otro sorbo a su bebida y lo observó en silencio unos segundos más. Luego dio dos golpes con el canto de la libreta sobre la mesa y la guardó.

—De acuerdo, señor Mitchell. Voy a optar por creerle.

—No sabe cómo se lo agradezco.

—Si usted accede a hacerme un pequeño favor.

Byron mantuvo cara de póquer. Bebió café de nuevo sin quitar ojo a su interlocutor.

Leary continuó:

—Si fuera posible, le agradecería que me mantuviera informado de las novedades que le lleguen sobre este caso o de cualquier otro asunto que le pudieran consultar. A mí me conviene tener una fuente interesante de información para mis artículos y yo estaría encantado de ayudar en lo posible a un compañero expatriado.

Byron se recostó en la silla y cruzó los dedos ante su rostro:

—¿En qué cree usted que podría serme de ayuda?

—Por lo que he averiguado, el gobernador anda detrás de su arrendador, el señor Rius. No sería de extrañar que utilizara a su círculo de influencia para arremeter contra él. Yo estaría más que dispuesto a escribir un artículo favorable sobre su amigo. Siempre que sea inocente, claro.

—Por supuesto.

—Además, señor Mitchell, me cae usted bien. Creo que, en el fondo, usted y yo nos parecemos.

Lo cierto era que aquel tipo también le había caído bien, aunque de ninguna manera pensaba reconocerlo en voz alta.

—Por otra parte —siguió Leary—, es usted una presa demasiado apetecible como para dejarla escapar.

—Me lo tomaré como un cumplido.

Ya iba siendo hora de terminar con aquel mal trago, no fuera a ser que la cosa se complicara con el periodista. Byron apuró su café y se puso en pie. Leary hizo lo propio con su cerveza e imitó su movimiento. Byron ofreció su mano:

—Estaré más que encantado de charlar con usted. En el fondo sigo teniendo alma de cotilla, por lo que me encantaría conocer los rumores de la ciudad.

Leary correspondió al saludo. Tenía una mano fuerte y rugosa. Antes o durante su trabajo de periodista, había realizado alguno otro más físico. Un buen tema de conversación para otro día.

—Hasta pronto, señor Mitchell. Le estaré vigilando.

Byron sonrió, pero aquello le había sonado cercano a una amenaza. Aquel tipo no lo iba a dejar estar.

V

Byron dejó atrás el café y a Leary y cogió camino de regreso a casa, paseo de Gracia abajo. Un par de travesías adelante, se detuvo ante el escaparate de una sombrerería para asegurarse de que aquel periodista cotilla no le había seguido y, entonces, torció en dirección a la parada del tranvía. No tenía las más mínimas ganas de regresar junto a la señora de Rius. Cuanto más tiempo tardase, más podría simular que había estado indagando en el asunto Calafell.

Esperó cerca de diez minutos en la parada, junto a dos hombres vestidos con blusón y gorra de obrero y a una dama reseca, que se mantenía rígida para evitar el contacto visual con sus compañeros de espera. Llegó el vehículo y los dos trabajadores se colaron burlones por delante de la señora. La mujer refunfuñó su indignación. Byron le hizo un gesto galante para que subiera.

—Por favor, señorita.

La mujer sonrió con una dentadura estropeada y trepó al peldaño estirando la espalda como si fuera una reina.

Byron subió tras ella. Pagó los céntimos del billete y se dirigió al segundo piso del vehículo. No hacía demasiado frío, solo el suficiente para que el resto del pasaje se mantuviera a refugio en la zona cubierta. Allí arriba podría pensar con tranquilidad.

El tranvía reanudó la marcha y descendió el resto del paseo de

Gracia en dirección a las Ramblas, esquivando peatones, carros y las bicicletas que atravesaban la vía de vez en cuando. Unos veinte minutos después, ya a la vista del monumento a Colón, Byron abandonó su asiento y se apeó en la parada más cercana al puerto.

Paseó distraído hasta el muelle de Atarazanas, donde los últimos pasajeros de un vapor descendían por la pasarela desde el lateral del barco. ¿De dónde vendrían? ¿Cuál sería el siguiente destino de la nave? Probablemente partiría en uno o dos días. A lo mejor, él podría ser uno de esos pasajeros; cambiar otra vez de vida y de identidad. Consultó su reloj de bolsillo. ¡Demonios! Era demasiado tarde; la oficina de su banco, el Crédit Lyonnais, ya habría cerrado. Memorizó el nombre del vapor. Quizá aún estaba a tiempo de ir a la oficina de la compañía naviera para informarse sobre si quedaban pasajes…

No. Todavía no. Antes tenía que aclarar sus temas pendientes en el banco. No podía organizar una nueva vida sin dinero para vivirla.

Un mozo le pidió, más bien le ordenó, que se apartara. La grúa del barco se preparaba para desembarcar los bultos y equipajes de los pasajeros y los mirones sobraban en aquel estrecho espacio.

Byron siguió puerto adelante y decidió perder un poco más de tiempo comiendo en una de las tabernas que alimentaban a los trabajadores. Junto a la Puerta de la Paz, al pie de la plataforma del basamento a Colón y bajo los graznidos de las gaviotas, devoró un plato de sardinas y un vaso de vino rebajado con agua. El local recordaba a otro que conoció en su infancia, en otro puerto de pescadores, en otra esquina del Mediterráneo. El lugar adonde acudía a menudo a rescatar sin éxito a su padre de la bebida y de las malas compañías.

Una barca a remo se aproximó a las escalinatas del muelle. El pescador dio un grito y un crío que esperaba a caballo de uno de los leones en la base del monumento a Colón corrió en respuesta. En cuanto el chaval llegó a la orilla, el hombre le lanzó un cabo de cuerda para que lo amarrara a un anclaje. Tras descender de la barca, el pescador le revolvió el pelo con cariño al crío y los dos se alejaron a pie.

El último bocado se le atravesó en la garganta. Abandonó la mesa, pagó y marchó rápido para olvidar junto al mar sus malos recuerdos. Regresó a la parada del tranvía y cogió el de la línea cuatro que subía de regreso al paseo de Gracia.

Bajó en la parada más cercana al edificio de los señores Rius. Al aproximarse a la entrada jugueteó con la idea de escabullirse hacia su piso; ya buscaría una excusa más tarde. Siempre podía recurrir a la bien conocida «esquiva personalidad» del Gran Detective, esa misma que le llevaba a aislarse durante horas o días de los demás, mientras analizaba cada matiz de un caso complicado. Por desgracia, en cuanto puso un pie en los escalones exteriores del edificio, Enrique asomó su seria efigie de fámulo solícito y le rogó que, por favor, lo acompañara. Tras atravesar el vestíbulo, esperaba Margarita, la criada, portando una bandeja en la que descansaba un sobre marrón.

—Señor Mitchell, le han dejado un mensaje —anunció.

—Por favor, Margarita —habló, serio, Enrique—, la señora quiere conversar un momento con el señor Mitchell. ¿Podría guardar ese mensaje hasta que terminaran? Si al señor no le importa…

Byron asintió y Margarita hizo una leve reverencia y se retiró.

Enrique le guio pasillo adelante hasta el salón, donde la señora de Rius esperaba en solitario. Contemplaba los ventanales que daban al paseo de Gracia al tiempo que se mordisqueaba una uña. Cuando los oyó entrar, se volvió y apartó rápido el dedo de la boca.

Su expresión se relajó, apenas un instante.

—Señor Mitchell… Discúlpeme. Esperaba que fuera mi marido.

Byron exageró de forma teatral al tirar de la cadena para consultar su reloj de bolsillo.

—¿Aún no ha regresado…? No debe preocuparse. Los policías gustan de darse importancia haciendo esperar a sus interrogados. ¿Envió mensaje a su abogado?

—Sí. Enrique se encargó de ello. El pasante del abogado Aloy vino a comunicarme que su jefe salió en dirección a jefatura nada más recibir mi noticia. ¿Cree que debería ir yo también?

—Estoy convencido de que por nada del mundo su marido querría verla en esa situación. —Byron se acercó a ella y le cogió las dos manos con suavidad—. Debe intentar no preocuparse, al menos no de momento. Por lo que he podido averiguar, la policía carece de pruebas concluyentes. —Tiró de ella, amable, para dirigirla hacia un sillón cercano. Tomó asiento enfrente—. Si me permite la osadía, querría preguntarle… ¿puede usted atestiguar la presencia de su marido en esta casa durante la noche pasada?

La señora de Rius apartó la mirada:

—Me temo que Bartomeu no regresó hasta la madrugada. Tenía una reunión importante. Él y su socio recibían a Víctor Aiguaviva. Es el hijo de un antiguo compañero, ya fallecido, de ellos dos; de sus años en Cuba. Es un joven muy inteligente que vive con su madre, compatriota de usted, allí arriba, en las islas inglesas. Mi marido y su socio intentan negociar con él una compra de maquinaria para la fábrica. Usted ya sabe que en su país andan más avanzados que aquí en esos temas. Ayer se reunían los tres para una cena de negocios y, como se trata de un hombre joven, querían enseñarle alguno de esos locales de ocio de la noche de la ciudad. Mi marido no entró en detalles ni yo se los solicité, por supuesto.

—Por supuesto.

—Ya sabe usted cómo son los caballeros. Les gusta cerrar los negocios alrededor de una mesa con bebidas.

El sonido de la puerta del recibidor abriéndose los alertó. La señora de Rius saltó del asiento como si se hubiera activado un muelle bajo ella. Byron, con bastante más calma, la imitó.

El señor Rius ingresó en tromba en la habitación, perseguido de cerca por Enrique, que fracasaba en su intento de hacerse con el sombrero y el abrigo de su señor. Bartomeu Rius los lanzó de mala manera sobre una silla y se fue directo al mueble bar.

Enrique recogió las prendas con diligencia y preguntó a Rius, que ya trasteaba por su cuenta entre las botellas:

—¿Quiere que le prepare una bebida al señor?

—Retírate, Enrique.

El mayordomo obedeció la orden y al instante regresó por donde había venido. El señor Rius se sirvió un buen pelotazo de coñac y solo cuando dio cuenta de él fue consciente de la presencia de su esposa y de su inquilino.

—Oh, Mitchell, está usted aquí. Le agradezco que haya hecho compañía a mi esposa en estos incómodos momentos.

—Bartomeu —intervino ella—, ¿te encuentras bien? —Él asintió con una sonrisa forzada. Estaba rubicundo. El lingotazo de coñac no parecía lo más adecuado en aquel momento, pero resultaba evidente que no pensaba lo mismo ya que se sirvió otro—. El señor Mitchell ha tenido la cortesía de acercarse a la casa de Calafell para investigar.

—Eso no era necesario, pero le agradezco el detalle. ¿Ha podido averiguar algo?

—Al señor Calafell lo mataron de un preciso disparo en el corazón.

—Madre de Dios. —Anna Coll de Rius se santiguó tres veces seguidas.

—Es una vergüenza lo que sucede en esta ciudad. Cada vez hay más delincuentes anarquistas campando a sus anchas por las calles. Ya ni en nuestras propias casas podemos estar seguros. Ni siquiera aquí, en el Ensanche.

El mitin político para dos espectadores del señor Rius no aportaba nada a la cuestión. Lo mejor era atajarlo:

—¿Qué le ha preguntado la policía en jefatura?

—Esos inútiles no tienen idea de nada. Se han pasado horas

molestándome con absurdidades. Que si tenía problemas con Calafell, que si alguien podría atestiguar qué he hecho durante la pasada noche…

—¿Y alguien puede atestiguarlo?

Rius se quedó en silencio; la mirada fija en Mitchell. Los labios apretados en una fina línea blanca.

Segundos después, forzó una sonrisa con cierta superioridad.

—Sí. Les he explicado que Vidal Jordana, mi socio, y yo mantuvimos una cena de negocios con Víctor Aiguaviva. —Se volvió a su mujer, con el tono más afable desde que había cruzado la entrada—. Querida, con todo este follón no he tenido ocasión de explicártelo. Es un joven enérgico y agradable. Me recuerda mucho a su difunto padre. Le he invitado a cenar pasado mañana, para que le conozcas. —Se sirvió otra copa, de espaldas a Byron—. Mitchell, usted también está invitado, por supuesto. Será una pequeña reunión informal de amigos. —Mientras se llevaba la copa a los labios, se acercó a su mujer y la cogió de la mano—. Querida, te prometo que no abusaremos de las conversaciones de negocios.

Anna Coll de Rius asintió sonriente, en su perfecta interpretación de esposa de empresario burgués pudiente. En sus ojitos casi podía leerse «Ay, mi maridito».

El giro de la conversación había calmado a Rius. Byron se arriesgó a retomar el tema anterior:

—Entonces, cenó con su socio y con el señor Aiguaviva… ¿y después?

Rius soltó una risotada algo tensa.

—Veo que no suelta la presa, Mitchell.

—Discúlpeme, señor Rius, deformación profesional. Olvide mis preguntas.

—No, no… No se preocupe. —Rius tomó asiento y le invitó a acompañarle—. Le agradezco mucho su preocupación.

—Es lo menos, tras la amabilidad que han tenido por alquilarme un piso.

—Verá, Byron… ¿Puedo llamarle así?

—Por supuesto, Bartomeu.

Rius hizo cara extraña, como si su propio nombre le sonara ajeno. Al momento asintió cordial:

—Víctor Aiguaviva es un hombre joven, apenas veinte años, aunque las circunstancias tras la muerte de su padre en Cuba le han obligado a madurar y hacerse cargo de los negocios de su familia. El señor Jordana y yo quisimos mostrarle un poco de la vida social nocturna de la ciudad. Perdóname, querida.

—Los hombres y sus negocios —le disculpó ella.

—Estuvimos en un par de locales hasta bien entrada la noche. Tomamos unos licores en una taberna de la ciudad vieja y luego —Rius disminuyó considerablemente su tono de voz— asistimos al espectáculo de un local del Raval.

Su señora simuló una sordera repentina mientras recolocaba tres veces un jarrón sobre un estante hasta volver a dejarlo en su posición original.

—Después lo acompañamos en un coche de alquiler hasta su hotel. Luego Jordana me dejó en casa y se marchó con el cochero.

—Antes de todo eso, por la tarde, ¿para qué fue a visitar a Calafell?

—Nada importante. Esa misma mañana me había hecho llegar una nota en la que me indicaba que vendría para que le firmara unos papeles de la fábrica. Como yo tenía que salir, le avisé de que pasaría por su casa. Hicimos el trabajo y charlamos tomando café. Después me retiré.

Byron se tomó unos segundos, con su estudiada mirada perdida hacia el infinito. Inspiró hondo antes de seguir.

—Bien. ¿Qué más me podría contar sobre Calafell?

—Un hombre sencillo, trabajador. Empezó con nosotros hace algo más de dos años. Lo conocimos en una reunión social. Al principio no le hicimos mucho caso; ya teníamos buenos abogados. Pero era insistente y le dimos una oportunidad. Realizó muy bien nuestros primeros encargos, de inicio solo en casos privados, no del negocio.

—Se encargó de gestionar un tema de la herencia de mi padre —intervino la señora Rius. Su marido le clavó un brevísimo vistazo cortante. Anna Coll de Rius carraspeó y bajó el rostro hacia su falda.

—Eso solo fue un trabajo de rellenar y entregar formularios; un trámite sin apenas importancia.

En el estudio se creó un silencio incómodo. La señora de Rius siguió con la mirada baja. El señor Rius dejó de hablar. Byron mantuvo su atención fija en él, para ver hacia dónde tiraba.

El señor Rius realizó una inspiración exagerada y se echó atrás en el asiento. Su mujer se le acercó alarmada.

—Bartomeu, ¿te encuentras bien?

—Estoy agotado. La mañana ha sido muy larga.

Ella le tanteó la mejilla con el dorso de la mano. Byron captó la indirecta y se puso en pie.

—Será mejor que les deje solos para que puedan descansar.

Rius se alzó con pesadez y le estrechó la mano.

—Quiero darle las gracias una vez más. Por su ayuda y por prestarle apoyo a mi esposa en estas horas difíciles.

—No tiene ni que decirlo, señor Rius. Siempre es un placer.

—Estoy completamente seguro de que todo este asunto no llevará a ningún lado, pero, si fuera necesario, ¿podría contar con su ayuda?

—Estoy retirado, señor Rius.

—Por supuesto. No se hable más.

Rius llamó a Enrique y este acudió con el sombrero de Byron en la mano.

No resultaba conveniente dejar aquel tema así. Le interesaba mantener contentos a sus arrendatarios. Sabía que a menudo la familia Rius presumía ante sus conocidos de su famoso inquilino, el detective inglés. Su aprobación suponía la aceptación del resto de las familias pudientes de la ciudad y eso le servía de maravilla para la farsa que se había montado.

Antes de alcanzar la puerta, se volvió y le habló a Rius, que ya se retiraba en dirección a sus habitaciones:

—De cualquier manera, aprecio mucho las atenciones que usted, su mujer y su hija han tenido conmigo desde que llegué a la ciudad, por lo que estaré dispuesto a hacer una excepción en mi retiro para prestarle la ayuda que crea conveniente.

Rius asintió agradecido. Byron siguió:

—Aunque, como ya le he comentado a su esposa antes, estoy convencido de que todo esto quedará en nada y muy pronto la policía estrechará el lazo sobre el causante o los causantes de esta desgracia. Ahora, si no les importa, yo también me retiraré a descansar. Saldré por la escalera de servicio —le dijo a Enrique.

En la puerta esperaba Margarita, con la bandeja de plata y el sobre marrón en ella. Byron lo recogió dándole las gracias a la criada. Se despidió del mayordomo y en cuanto se cerró la puerta de servicio observó el sobre. Iba dirigido a él, pero no llevaba ningún remite ni estaba consignado. Había sido entregado en mano. Oyó pasos en la escalera y se guardó la misiva en el interior de la chaqueta.

VI

Su vecino pintor, Aurelio Beltrán, bajaba a saltos por los escalones deslucidos. Cuando vio a Byron, llevó la mano a la gorra a modo de saludo. Había cambiado su guardapolvo tintado por un traje de paño basto.

—Veo que viene de hablar con los señores Rius —dijo Beltrán—. ¿Hay alguna novedad con el fallecimiento del tal... —la pausa no le quedó nada natural— Calafell?

—No, solo que al señor Calafell lo han asesinado de un disparo.

—¡Jesús!; cuánto siento oír eso.

—¿Lo conocía?

—No, no, apenas... —se apresuró a negar. Un poco demasiado rápido—. Bueno, traté con él brevemente cuando firmé los papeles del alquiler de la buhardilla con el señor Rius. Yo ya me había instalado y mientras revisaba los papeles él realizó algunos comentarios banales sobre los cuadros que tenía en el estudio. Después coincidimos en una cena organizada por nuestros arrendadores. Más allá de eso, no teníamos trato personal.

Se oyó un leve ruido, similar a un taconeo, que provenía de arriba, del piso de Byron. El pintor no pareció darse cuenta.

—Si me disculpa, llego tarde a una cita —dijo.

Llevó de nuevo la mano a la gorra y reinició el descenso. Byron subió hasta su piso. La puerta de entrada daba al recto pasillo que distribuía todas las estancias. Torció a la derecha, directo hacia su habitación, donde se quitó la chaqueta y la colgó en una silla. Del bolsillo interior sacó el sobre marrón.

Percibió de nuevo un ruido ajeno y se asomó al corredor. El sonido provenía de la pequeña sala, al fondo del pasillo, que le hacía las veces de comedor. Dejó el sobre en el asiento de la silla y fue para allá. Se trataba de un cuartito amueblado solo con una mesa y un taburete, más el acceso al estrecho montacargas por donde, a las horas convenidas, le subían de la cocina de los señores Rius el servicio de desayuno, comida y cena contratados. Abrió la espita de la lámpara de gas de la pared para dar luz. Un golpe metálico sonó dentro del montaplatos. Byron apoyó la espalda contra la portezuela y habló en voz alta:

—Vaya por Dios. Voy a tener que hablar seriamente con el señor Rius. Es inaceptable que en un edificio de esta categoría se cuelen alimañas. Me temo que tendré que liquidar a golpes al bicho que sea.

Agarró el tirador de la puerta del montaplatos y estiró con fuerza. Desde el interior, Elisa le miró con expresión gamberra, arrodillada sobre la plancha. Hizo un mohín:

—Eres muy gracioso, pero no me ha gustado que me llamaras alimaña.

—Ya eres un poco mayor para estas tonterías. ¿Quieres sacar tus zapatos de ahí? En esa bandeja me sirven el desayuno.

Byron le ofreció una mano y Elisa se sujetó a él para ayudarse a bajar, no sin dificultad. Si seguía creciendo, pronto no cabría allí dentro. Llevaba uno de esos vestidos de niña de familia bien, todo volantes y florituras, a los que le obligaba su madre.

—¿Y bien? —dijo ella—. ¿Qué ha pasado? ¿Ha visto el cadáver?

Byron no contestó.

—¡Señor Mitchell!

—Elisa, no debes preocuparte de cosas así. Una señorita...

—Una señorita se muere de aburrimiento.

Byron sonrió:

—Sí, he visto el cadáver.

—¿Ha averiguado ya quién lo mató?

—Carezco de poderes adivinatorios.

—Al menos tendrá algún sospechoso…

—No, Elisa. No tengo ninguna idea al respecto. Puede haber sido un robo. O quizá algún enemigo que tuviera el fallecido. Puede haber sido cualquiera.

—El pobre señor Calafell… ¿Cómo sucedió? ¿Cómo le…?

—Un disparo, certero. En el corazón.

—No parece muy misterioso.

—Bueno, el cadáver estaba des… —Elisa lo miró, expectante—. En fin, la policía se encargará.

—¿Cómo? ¿No piensa investigarlo?

—Estoy retirado. —Y empezaba a cansarse de repetirlo.

—Ya, ya…, pero en esta ciudad no suelen asesinar gente todos los días.

Si ella supiera… Elisa no era más que una niña aburrida de clase alta. Tenía suerte de no conocer el mundo que existía más allá de aquellas paredes. Nada había más terrible con aquella edad que encontrarse solo, en la calle, peleando por sobrevivir.

—Además, tiene que ayudar a mi padre. —Elisa lo rescató de sus recuerdos aciagos—. No quiero que le acusen de asesinato.

—No lo harán. Me ha explicado que anoche estuvo cenando con unos socios. Ellos hablarán por él.

—Pero el gobernador le tiene manía.

Byron le puso una mano en la espalda para dirigirla hacia la puerta.

—Tu padre no es precisamente un don nadie. Él también tiene contactos poderosos. Y lo más importante: es inocente. Y tú tienes que marcharte antes de que me metas en problemas con tu madre.

La niña se zafó de su mano y regresó corriendo al montacargas.

—¿Qué haces?

—Si bajo por aquí, mis padres no se enterarán.

—Al final te vas a hacer daño.

Pero Elisa ya se había encaramado a la plataforma.

—Buenas tardes... —sonrió pícara—, Byron.

—Señor Mitchell para ti.

Elisa cerró la portezuela. El eco de su risita gamberra resonó en el interior.

Byron esperó, una mano apoyada contra el montaplatos. Escuchó la voz amortiguada de la niña:

—¿Podrías bajarme?

Byron suspiró con resignación y tiró de la cuerda que ponía en marcha el mecanismo hidráulico. Siguió tirando mientras el cacharro descendía a trompicones y paró al oír que la plancha tocaba suelo y Elisa salía y correteaba a salvo.

Luego se dirigió a su sala de estar y se acomodó en la butaca central. Era la habitación de mayor tamaño en sus dominios temporales. Un espacio especialmente amueblado y diseñado para recibir a las visitas: dos butacas enfrentadas, al lado de un ventanal que daba al paseo de Gracia y con una bonita alfombra en el suelo. No le había dado uso desde que se instalara allí. Otro escenario de cartón piedra en la función teatral que era ahora su vida.

Todo se estaba saliendo de madre. Un asesinato podía complicarle las cosas en muy poco tiempo. ¿Había llegado la hora de volar? Era una lástima. Le gustaba la ciudad. Le gustaba la casa. Le caía muy bien Elisa. ¿Los Rius? Bueno, ellos eran soportables. Además, esa veneración que profesaban por tener a una celebridad viviendo en su edificio le facilitaba las cosas para protegerse de cara al exterior.

Pero la situación actual resultaba peligrosa. Al día siguiente iría al banco. Sí, eso era lo mejor. ¿En qué día del mes estaba? El dinero ya tenía que haber llegado, y si no, seguro que podría canjear la letra de cambio. Después, prepararía todo para su partida.

Un cansancio repentino le sobrevino, de la cabeza hasta los pies. Aturdido, abandonó la butaca y regresó al dormitorio. Se tumbó en el camastro. «Es peligroso para un hombre que su egoísmo le lleve a aislarse de los que le rodean». La frase del Gran Detective llegó sin invitación previa. Byron sacudió la cabeza. ¿De qué le sirvió a él una existencia de servicio al prójimo? No, de ninguna manera iba a acabar igual; enfermo y anciano, sin haber disfrutado de la vida. ¿A quién le importaban las palabras de un muerto? Se giró en la cama, las manos planas bajo la cabeza. Cerró los ojos. Solo quería dormir y olvidarse de todo.

El sobre. Con la interrupción de Elisa había olvidado por completo el sobre.

Se puso en pie de un salto y llegó a la silla. Recuperó la misiva del asiento. De nuevo comprobó que no había remite. El destinatario estaba claro y bien escrito: Byron Mitchell. No habían consignado su piso y solo constaba el número del edificio de los Rius. Rasgó el envoltorio. Dentro solo halló una nota manuscrita en una grafía que no reconoció:

Querido señor Byron Mitchell:
En vista de los hechos ocurridos esta misma mañana en la ciudad, sería una lástima que un detective de su talla no pusiera todo su empeño en resolver el enigma que los acompaña para poner al culpable (o culpables) a buen recaudo.
Por si sintiese la necesidad de ignorar esta nota, debo informarle de que, en caso de que no se tome este asunto con toda la seriedad que requiere, me veré obligado a informar a su arrendador, el señor Bartomeu Rius, y a otros insignes caballeros de esta ciudad, de su auténtico nombre.
Atentamente,
Darko Kovacs.

El peso de una roca cayó en sus tripas. Parpadeó con la visión desenfocada. Releyó las líneas dos, tres veces, a saltos entre las palabras. No era capaz de centrarse en el contenido, solo en la firma al final.

Darko Kovacs.

Era un nombre que no había oído (ni leído) desde hacía tiempo. ¿Tres, cuatro años? ¡Qué más daba!

Fuera como fuera, resultaba imposible que Darko Kovacs hubiera firmado aquella misiva.

Al fin y al cabo, él era Darko Kovacs.

VII

La nota y el sobre marrón ardían en el pequeño brasero que Byron tenía para calentar su habitación en las tardes más frías. El papel, medio carbonizado, se dobló sobre sí mismo y mostró la firma una vez más:

Darko Kovacs.

El último en dirigirse a él por ese nombre había sido un caballero enfermo, sentado en el balancín del porche, en un chalet en la falda de una montaña. Desde allí podían verse los techos de las casas blancas apiñadas de Zúrich.

—Darko…

El Gran Detective, en traje blanco y sombrero panamá, con una manta a cuadros sobre las piernas, disfrutaba de los baños de sol y oxígeno necesarios para su deteriorada salud.

Le costaba mirar a aquel hombre disminuido, tan distinto de la figura enérgica que había conocido.

—¡Darko! —insistió el Detective.

En pie ante su viejo amigo, había apartado la mirada hacia la ciudad a los pies de la montaña y solo la devolvió al enfermo cuando este agitó el plato de cereales y la cuchara cayó al suelo.

Se la recogió y la limpió con una servilleta. Hizo ademán de devolvérsela, pero el Gran Detective la rechazó. Le indicó con desgana que la dejara sobre la mesa, donde el enfermo abandonó el cuenco entre el vaso y la jarra de agua.

Junto a la carpeta que pretendía que aceptara.

—Estoy harto de esta papilla de cereales —dijo el Detective.

—Louie cree que es buena para ti. El médico…

—Olvídate del médico. ¿No vas a responder a mi proposición?

—Tu proposición es absurda.

—Yo no lo creo así. —Tosió y se llevó el pañuelo a la boca para frenar los esputos.

No tenía buen aspecto. Su piel, más blanca aún de lo habitual, brillaba por el sudor. Le dolía ver así al gran hombre.

—Deberías taparte más con la manta.

—Tengo calor.

—¿Quieres que llame a…?

—Quiero que me respondas.

—No voy a hacerlo.

—¿Por qué?

—No puedo hacer lo que me pides.

—Eres un joven muy inteligente. Me has visto trabajar y sabes cómo…

—Yo no soy tú.

—Siempre he actuado disfrazado. Soy feo, no tengo esa bonita constitución física tuya. —Guiñó un ojo y tosió de nuevo—. El mundo necesita a alguien que se preocupe y tú lo haces. Me has ayudado en multitud de ocasiones. Hace dos años, en Berlín, no habríamos detenido al asesino Johan Bruxler si no hubieras cabalgado tras él.

—Sabes muy bien que en Berlín, y en todos los otros casos, siempre han sido tus deducciones y tus conocimientos los que nos han llevado a capturar a los culpables.

—Eres un chico listo. Te he enseñado bien. ¡Si incluso hablas más idiomas que yo!

—Pero yo nunca seré tú.

—Y no tienes por qué serlo.

Era como estrellarse contra un muro dialéctico. Una brisa leve descendió la cumbre y refrescó el porche en su camino a la ciudad. El viento suave trajo unos segundos de silencio.

—Yo no soy una buena persona —le respondió al cabo.

—Sí lo eres. Te preocupas por los demás. Esta sociedad precisa gente como tú, que ayude al que lo necesite.

Otro ataque de tos le interrumpió. Intentó seguir hablando, pero la convulsión no lo permitía. El Gran Detective se retorcía y él no sabía cómo ayudarle. La virulencia de su tos aumentó y el pañuelo que cubría su boca se manchó de sangre.

La puerta del porche se abrió de sopetón y Louie apareció a la carrera, apartándole sin contemplaciones. Cayó de rodillas junto al enfermo y le habló con calma:

—Tranquilo, Byron. Suéltalo todo.

Los espasmos crispados, las flemas y los salivazos continuaron durante un largo minuto. Louie le acariciaba la espalda con cariño y susurraba palabras tranquilizadoras a su oído.

Al observar a la pareja se dio cuenta de lo mucho que sobraba allí. No era más que un intruso; ridículo, impotente e inútil.

Cuando el ataque al fin terminó, Louie, por encima del hombro, le dirigió una mirada nada amistosa. Sirvió un vaso de agua de la jarra sobre la mesita y la hizo beber al enfermo. Este lo agradeció con una sonrisa y un roce cariñoso de su pulgar sobre la mano de Louie. Por un momento, la expresión del francés se relajó. Luego volvió a clavar una mirada agresiva en el invitado indeseado. Recolocó la manta por encima de la cintura del paciente, recogió el plato de cereales y la cuchara y habló sin volverse:

—No permitas que se agote.

Antes de que pudiera responderle, pasó a su lado y regresó al interior del chalet.

—¿Lo ves? Ni siquiera sirvo para auxiliarte.

—No hagas caso a Louie. Está enfadado contigo porque cree

que has tardado demasiado en venir a verme. No entiende que tú tienes que vivir tu vida. Al fin y al cabo, Louie se basta y se sobra para cuidarme. Esa no es tu misión.

—Yo no tengo misión.

—Sí la tienes. —Señaló la carpeta sobre la mesa—. Utiliza mis recursos. Viaja por el mundo. Aprende. Ayuda a esta nueva sociedad. Se acaba el siglo y empieza uno nuevo. Este es tu siglo, Darko. Soy un hombre de gustos sencillos, aunque provengo de buena familia. El dinero que heredé lo he aumentado con algunas recompensas por mis labores detectivescas y sobre todo por mis buenas inversiones. El dinero solo es un medio para un fin: sembrar justicia en este mundo moderno nuestro. No es la industria ni los avances ni los nuevos medios de transporte lo que nos transforma en una sociedad más avanzada que la de hace cien o doscientos años. Es la justicia, las leyes que nos igualan y que no permiten que un asesino se salga con la suya. Las leyes que atajan la barbarie. Para eso he utilizado mi dinero, para formarme, para aprender cómo capturar al delincuente. Y quiero que tú sigas mi estela. Te dejaré mi fortuna.

—Deberías dejársela a Louie. Él la merece más que yo.

—¿Ves como sí que eres una buena persona? Tranquilo. Hay más que suficiente para los dos. O para tres o cuatro. Tengo mucho dinero. Además, un médico suizo ha contactado con mis abogados porque quiere adquirir esta propiedad e instalar un balneario para tuberculosos. Yo pienso irme de la forma más discreta. Si quieres, puedes utilizar mi nombre. O no. Podrías llegar a ser Darko Kovacs, ¡el Gran Detective!

El Gran Detective se rio, brevemente, hasta que la tos violenta interrumpió de nuevo su alegría.

En el brasero, del papel no quedaba más que un resto carbonizado. El nombre escrito había desaparecido por completo. Un olor a quemado se extendió por la habitación y Byron agitó los brazos para dispersarlo. Apagó el brasero y abrió la ventana que daba al patio interior. En lugar de dar salida al tufo a quemado, lo que entró fue el olor a humedad y a mala ventilación. Dejó la ventana abierta y caminó hasta la sala de estar, aleteando con los brazos por el camino, para abrir también el ventanal del paseo de Gracia.

La carpeta que el Gran Detective le había entregado contenía una serie de letras de cambio a cobrar en fechas determinadas en diferentes sedes bancarias sitas en otras tantas ciudades de Europa. El Gran Detective le explicó que eran ciudades en las que él nunca había trabajado, por lo que allí nadie reconocería su aspecto físico. Según dijo, serían buenos escenarios en los que pasar las temporadas necesarias para desarrollar y poner en marcha su propia versión de Byron Mitchell.

Las aceptó a regañadientes. Se despidió de él y viajó, con su nueva identidad, por Milán, Florencia, Mónaco, Marsella… Quizá en un principio se planteara de verdad la posibilidad de aceptar los designios de su viejo amigo, pero en el fondo sabía que no era esa clase de persona. Se autoimpuso la excusa de que todavía no estaba preparado y evitó por completo mezclarse en materias policiales. Ahuyentó sin miramientos a cualquiera que pretendiera contratarlo. Vivió con el dinero ajeno mientras esperaba que la vida le iluminara de alguna manera el nuevo camino que debía tomar.

Dos años más tarde, le llegó al hotel de Biarritz en el que se alojaba un sucinto telegrama de Louie. «Ha muerto», decía el mensaje. Poco después recibió, remitida a su nueva identidad de Byron Mitchell, la notificación de un despacho de abogados de Zúrich en el que se le indicaba que, siguiendo sus indicaciones, habían tramitado la venta del chalet y de los terrenos colindantes. Los importantes pagos por la transacción se realizarían en plazos a su cuenta de la sede del Crédit Lyonnais de Ginebra, de donde podría solicitar transferencias a otras oficinas bancarias de la entidad en cualquier lugar del continente sin ningún tipo de problemas.

Durante las siguientes semanas, Byron intentó por todos los medios que el despacho de abogados contactara con Louie. Quería devolverle el dinero de la venta que, estaba convencido, le pertenecía por derecho. Por mucho que lo intentaron resultó en vano: el viejo francés había desaparecido de la faz de la tierra al igual que cualquier resto del Gran Detective original.

Al final, en lo único que Byron cumplió los deseos de su gran amigo fue en gastarse la parte de su patrimonio que le había legado. El dinero de las letras de cambio, una muy generosa cantidad, disminuyó durante su viaje por media Europa. Un trayecto que le acabó llevando a Barcelona, donde el Gran Detective había consignado el cobro de las dos últimas letras.

El pozo de sus finanzas se estaba secando. El pago por la venta del chalet y los terrenos colindantes se había atascado en no sabía bien qué problemas burocráticos. A la mañana siguiente iría a la sede del Crédit Lyonnais en Barcelona a cobrar la última letra y reclamar la transferencia del dinero desde Ginebra, para así poder continuar con su huida sin fin.

El mundo moderno era muy grande, con muchos países nuevos en los que un hombre sin utilidad alguna podía esfumarse sin molestar ni ser molestado.

Jueves, 24 de octubre de 1901

I

Byron dejó su piso a primera hora de la mañana. Tras bajar los escalones, encontró el portón a la calle ya abierto. Mauricio, el portero, salió del piso de los señores Rius. Era un hombre enjuto, de piel curtida. Otro de tantos campesinos que habían crecido trabajando en los campos para, ya en la edad adulta, emigrar a la ciudad en busca de mejores posibilidades de vida. No solía hablar mucho.

Le acompañaba el mayordomo Enrique, que iba listando una serie de encargos, órdenes del señor Rius relacionadas con el mantenimiento de la finca.

—Buenos días, señor Mitchell —saludó Enrique. Mauricio, tal y como habituaba, murmuró algo ininteligible.

—Enrique, Mauricio… —correspondió Byron.

Por la puerta del hogar de los Rius desfilaron Elisa y su madre. Anna Coll de Rius vestía seria, aunque elegante. Un exceso de perfume la envolvía y atufaba la portería. La pobre Elisa parecía un merengue dispuesto para la exposición.

—Hola, Byron —saludó la niña, claramente avergonzada.

—¡Elisa! —le reprendió su madre—. Disculpe a mi hija, señor Mitchell. No se da cuenta de que debería empezar a comportarse como una señorita.

Byron solo respondió con una cordial inclinación de cabeza.

La señora de Rius reclamó a Enrique que se asomara para comprobar si el mozo había traído el carruaje de las cocheras.

Elisa aprovechó que estaba a espaldas de su madre para retorcer el rostro en una mueca burlona con los ojos en blanco. Byron estuvo a punto de soltar una carcajada. Para cuando la señora de Rius se volvió, Byron y Elisa aguardaban firmes, serios y formales.

—¿A dónde van ustedes tan arregladas a estas horas de la mañana?

—Nos dirigimos a la estación de Francia...

—Bettina, mi institutriz —Elisa interrumpió a su progenitora—, regresa de pasar unos días con su anciana madre en Múnich. Vamos a recogerla.

La señora de Rius suspiró disgustada por las formas de su hija. Enrique regresó a paso rápido.

—Señora: el cabriolé está en la puerta.

Byron las acompañó hasta el vehículo, un carruaje para dos con capota. El mozo descendió del pescante en la parte posterior de la caja y abrió la puerta baja que cerraba la delantera. Byron le prestó su mano a la señora de Rius para ayudarla a subir. Ella se sonrojó, sorprendida:

—Gracias, señor Mitchell.

Con su ayuda superó el impedimento de su cojera y alcanzó el asiento.

Elisa se quedó parada con una sonrisa burlona. Estiró la mano con forzada cursilería. Byron aceptó la broma y la ayudó a subir.

—Gracias, señor Mitchell —repitió con soniquete la niña.

Byron cerró la portezuela con cuidado de no golpear las piernas de las pasajeras e hizo una indicación al mozo. Este subió al pescante, sacudió el látigo y añadió el vehículo a la circulación del paseo de Gracia.

Byron consultó su reloj de bolsillo y, con celeridad, encaminó sus pasos a la parada del tranvía. Tomó el vehículo en dirección a las Ramblas. Por el camino barajaba cuál podría ser su siguiente destino en Europa tras abandonar la ciudad. ¿Inglaterra? Mucha lluvia para alguien acostumbrado al sol mediterráneo y elevadas posibilidades de encontrarse con personas que conocieran de primera mano el rostro del Gran Detective. ¿Prusia o alguna esquina del país de los zares? Demasiado frío para su gusto. ¿Francia? Vivió unos meses por allí, ya con su falsa identidad de Byron Mitchell. París podría ser un buen lugar donde esconderse una temporada, aunque echaría de menos tener cerca el Mediterráneo. Claro que, si tanto le gustaba, había otros lugares junto al mar. Otros que ya conocía.

¿Como Dubrovnik?

No.

Aún no estaba preparado para volver a casa. Probablemente nunca lo estaría.

Fuera a donde fuese, tampoco le resultaría sencillo encontrar unos arrendatarios tan favorables como los señores Rius. Echaría de menos a Elisa; la cría le hacía reír. ¿Quién demonios sería el responsable del anónimo culpable de poner patas arriba su nueva vida? ¿Quién podría conocer su verdadera identidad? ¿Louie? De acuerdo en que no habían terminado como buenos amigos, pero el hombre sencillo que prodigaba sus mejores atenciones al Gran Detective no cuadraba con el exagerado estilo operístico del anónimo. ¿Quién más podía conocer su secreto?

El tranvía paró y Byron se bajó en la Rambla de Santa Mónica, a escasos metros de la sede barcelonesa del Crédit Lyonnais.

El banco estaba abierto, y en la sala principal una larga cola de clientes formaban fila ante el mostrador de roble tras el que atendía el cajero. De un saliente de hierro forjado, por encima de la mesa, colgaba un enorme reloj redondo que marcaba las diez y cinco. Byron esperó con paciencia hasta que llegó su turno a las diez y cuarto. Mostró sus documentos y solicitó la transferencia. El cajero recogió los papeles y se retiró con ellos. Al poco regresó con cara de circunstancias.

—Por favor —le dijo—, ¿sería tan amable de acompañarme? El director gustaría de hablar con usted.

Byron asintió. El cajero salió por un lateral del mostrador y otro empleado ocupó su lugar ante la fila de clientes.

Guio a Byron hasta una escalera en arco que llevaba a la planta superior. Allí, tras pasar junto a dos puertas cerradas, llamó con los nudillos en la tercera.

—Adelante —se oyó desde el interior.

El empleado abrió la puerta y le invitó a pasar. Byron accedió a un despacho amplio, alfombrado. Dos ventanas en un lateral filtraban el bullicio de las Ramblas. El hombre sentado al fondo, en un butacón exagerado tras la amplia mesa, era tan fornido como densas sus patillas.

Se levantó con sorprendente agilidad y rodeó la mesa para estrechar su mano.

—Señor, Mitchell. Le agradezco su deferencia por hablar conmigo.

Le indicó una butaquita a este lado de la mesa y Byron se sentó. El director regresó a su trono. El empleado marchó cerrando la puerta con discreción.

—Señor Mitchell. Quería agradecerle que confiara en esta entidad para gestionar sus bienes cuando se instaló en nuestra ciudad.

Hizo una pausa. El hombre no sabía muy bien por dónde seguir. Allí había algo más y Byron no estaba para rodeos.

—Si me indica usted cuál es el problema —le dijo—, podremos intentar solucionarlo lo antes posible.

El director se quedó con la boca abierta. Luego le señaló dos veces con el dedo, sonriendo socarrón.

—Ya me habían advertido de que es usted un hombre muy inteligente. Incluso que a veces parece que lea la mente de...

—Señor director. Por favor.

—Claro, claro. Disculpe. —Carraspeó y, por fin, se decidió a arrancar—. Como usted dispuso, estamos en contacto con nuestra sede en Ginebra en espera del pago por la venta de una finca en Zúrich —consultó unos papeles—: una mansión más los terrenos colindantes. El pasado lunes recibimos un telegrama que nos informaba de que se había realizado dicho ingreso.

—Perfecto. —A Byron se le escapó una sonrisa—. Tenía entendido que todavía tardaría unos meses en...

—Sin embargo —el director le interrumpió alzando la mano—, esa misma tarde nos informaron de que un juez había ordenado la paralización de dicha cuenta.

—Vaya. —Un escalofrío le congeló la sangre—. ¿Les han indicado cuál es el problema? —Byron carraspeó y se esforzó en mantener una fachada inquebrantable. Sus piernas, en cambio, querían levantarse de un salto, correr a la estación más cercana y subirse al primer tren de mercancías que encontrasen.

—Por lo visto, su hermana de usted ha presentado una reclamación por la venta de dichos terrenos. —El director abrió un cajón y sacó un sobre. Se lo tendió a Byron—. Hoy hemos recibido esta carta. Los abogados de su hermana no pudieron localizar su domicilio y nos la han hecho llegar para que se la entreguemos.

Byron abrió el sobre y ojeó su contenido. Un par de hojas escritas a máquina, redactadas en el tono oficial de un abogado, y una tercera con un elegante trazo de pluma firmada por Mary Anne Mitchell.

La leyó en diagonal. En la misiva dirigida a su hermano, Mary Anne le reprochaba que llevase dos años sin escribirle y que hubiera vendido la propiedad familiar en Suiza sin consultarle. Por el tono del escrito, no había que ser un gran detective para percibir que a la mujer le había molestado mucho más lo primero que lo segundo.

Byron guardo las hojas en el sobre y el sobre en el bolsillo interior de la chaqueta. El director continuó:

—Sus abogados en Zúrich nos han asegurado que se trata solo

de un molesto problema burocrático. Los documentos que obran en su poder son claros: la finca le pertenece a usted, no a su familia. En cuestión de días el problema estará solucionado.

—¿Días? ¿Están seguros?

—Dos o tres semanas, como mucho.

—Comprendo. Bien, señor director, lamento mucho los problemas que le haya podido causar esta cuestión meramente familiar.

—Por favor, señor Mitchell. Es usted un gran cliente de esta entidad. Solamente quería mantenerle informado. —Hizo una pausa. Se le veía inseguro—. Por otro lado, a causa de este tema…

—¿Sí? —Byron apremió.

—Su cuenta recibe una serie de gastos mensuales; el pago por el alquiler de un piso y otras extracciones de dinero… Ahora mismo el nivel de sus fondos es bastante bajo.

—No debe preocuparse por ello. Solucionaré ese problema a la mayor brevedad.

Byron se puso en pie y el director le imitó.

—Claro, claro —respondió.

—Ahora, si me permite, me gustaría acceder a mi caja de seguridad. Hay unos documentos que querría consultar.

—Por supuesto.

La sonrisa de vendedor regresó a su rostro. A través de un tubo sónico reclamó la presencia de un empleado.

Al momento, el cajero que había acompañado a Byron entró para recibir las instrucciones de su superior. Este se despidió de Byron con dos reverencias de más que consiguieron avergonzarlo.

El empleado le pidió que, por favor, lo acompañara. En un estrecho ascensor, poco más que una jaula de barrotes de acero, descendieron a la cámara de seguridad. El hombre guio a Byron por un pasillo con el lateral recubierto por pequeñas cajas blindadas hasta llegar al número correspondiente. La de Byron se hallaba en la quinta fila desde el suelo, por lo que el empleado acercó una escalera de madera para que pudiera acceder sin dificultad. Después le indicó una salita contigua donde podría revisar el contenido y él se retiró al fondo del pasillo para proporcionarle privacidad.

Byron sacó del bolsillo la llave de su caja, se encaramó en la escalera y la abrió. En el interior guardaba algunos documentos y un par de joyas sin valor; recuerdos que mantenía de su infancia y juventud. Localizó la carpeta que buscaba, cerró la caja y descendió en dirección a la salita.

Cerró la puerta, se sentó ante la pequeña mesa y vació la carpeta. Contenía dos papeles. Uno era el recibo por la primera de las dos letras que el Gran Detective había consignado para su cobro en Barcelona. Estaba fechado seis meses atrás, por la época en la que Byron se instaló en la ciudad. El documento restante era la última letra de la serie, la segunda a retirar en Barcelona. Comprobó la fecha de cobro.

Mierda.

Estaba consignada para su cobro el lunes veintiocho de octubre de 1901. Todavía faltaban cuatro días hasta que pudiera hacerla efectiva.

Soltó el papel sobre la mesa y se masajeó las sienes.

Cuatro días. Tenía que hallar la manera de seguir en la ciudad cuatro días más. En el nebuloso plan que se había formado en su cabeza durante los últimos seis meses, la cantidad de esa última letra de cambio, que debía cobrar a la fuerza en Barcelona y en la fecha convenida, le proporcionaría el aire económico necesario para mantenerse en Europa varios meses o incluso un año más, si fuera necesario. Tal y como le habían asegurado los abogados de Suiza, ese sería un tiempo suficiente para solucionar los problemas burocráticos que retenían el dinero por la venta del chalet. Antes de ese año, estaban convencidos, podría recibir la cantidad total, con la que ya había decidido emigrar a América o a Australia; a algún nuevo continente donde establecerse para una vida distinta.

Solo eran cuatro días. ¿Qué problema podría haber? ¿Quizá el de un anónimo que amenazaba con hacer pública su verdadera identidad? Su farsa no era más que un endeble castillo de naipes apenas apuntalado en el respeto que le proporcionaba su identidad de Byron Mitchell, el Gran Detective. Su arrendador, el señor Rius, era amigo personal del director del Crédit Lyonnais en Barcelona; él mismo se lo había presentado. Qué demonios, Rius conocía a la mayoría de los burgueses influyentes de la ciudad. Si de verdad el autor del anónimo tenía pruebas de que no era Byron Mitchell, si informaba de ello a Rius, ¿cuánto tiempo tardaría en extenderse el incendio? Si el director del banco dudaba de él, podría insistir en solicitar más pruebas antes de permitirle cobrar la letra de cambio que tanto necesitaba. Además, si se iniciaba un rumor de tal magnitud, ¿cuánto tardaría algún periodista metementodo en hurgar en su falsa historia? Alguien como el americano Leary, con su lápiz, su libretita y su sonrisa descarada. Byron sacudió la cabeza. Tenía que calmarse.

Guardó la letra en la carpeta y abandonó la sala. Subió la escalerilla y encerró la carpeta en la caja de seguridad. Hasta pasados cuatro días no le serviría de nada. Ignoró al empleado que le esperaba junto al ascensor y abandonó la cámara de seguridad por las escaleras que llevaban a la planta principal. Escapó a toda prisa del banco temiendo que el director reclamara su presencia de nuevo.

Frente a la oficina había un bar automático. Cogió un vaso de uno de los aparatos en hierro y mármol de las paredes y colocó una moneda de diez céntimos en un agujero. El mecanismo se activó para llenar el recipiente de soda. Sentado en un banco de las Ramblas, la bebió mientras recobraba la compostura.

Debía pensar con frialdad. ¿Qué eran, al fin y al cabo, cuatro días más, tras los seis meses que llevaba establecido en Barcelona con su falsa identidad? No había que perder los nervios. El lunes siguiente estaría en condiciones de cobrar la última letra de cambio. Después podría recoger sus cosas y largarse a otra ciudad europea con una sede del Crédit Lyonnais en ella. Con un poco de suerte, en aquel intervalo, sus abogados de Zúrich aclararían la situación de la venta de la finca y se haría con el dinero. O al menos con una parte de él.

Un acceso de náuseas le hizo doblarse en el banco. Dos años antes había estado dispuesto a entregarle la herencia completa a Louie sin dudarlo. Ahora, en cambio, buscaba la mejor manera de aferrarse a ella. ¿En qué clase de persona se había convertido?

Apuró la soda y retornó al bar automático. Tras limpiar el vaso en un tubo que emitía agua a presión, lo devolvió al aparato.

Subido en el tranvía de regreso a casa iba dando vueltas a sus posibilidades. Si no hacía nada, si continuaba con su vida simulada, se arriesgaba a que el autor del anónimo cumpliera su palabra y lo colocara en el foco de la opinión pública. En el peor de los casos, podían llegar a acusarle de usurpación de identidad. No le apetecía lo más mínimo dar con sus huesos en una cárcel española.

También existía la opción de no volver a pisar el edificio Rius y largarse de la ciudad ya mismo, aunque lo haría con lo puesto. Maldijo en silencio por lo mucho que se había acomodado últimamente a vivir por encima de sus posibilidades.

Claro que quedaba una tercera alternativa. Investigar, tal y como lo haría el Gran Detective. Comportarse durante unos días como si fuese el auténtico Byron Mitchell o, al menos, disimular lo suficiente para engañar por un tiempo al autor del anónimo, si era cierto que este lo estaba vigilando.

El tranvía le llevó a su destino y Byron descendió a unos metros del edificio de los Rius. Con la cabeza aún en las nubes, a punto estuvo de tropezar con una elegante pareja. Apenas se disculpó para seguir adelante y la dama tuvo que retener a su caballero que ya apuntaba sus botines tras Byron.

Si hacía eso, si de verdad se atrevía a seguir ese camino, debía andarse con mucho cuidado. Se estaría metiendo en un buen embrollo. Él no era un detective. Se le daba bien actuar, comportarse como un diletante, pero participar en una investigación de asesinato y, peor aún, en una que implicaba a personas cercanas a él, era un asunto peliagudo. El mismo inspector Alfredo Martín le vería las costuras a su método en cuanto tuvieran que compartir tres conversaciones profesionales. Y para colmo estaba aquel periodista, Leary.

No, la cosa no iba a ser para nada sencilla, pero ¿qué más opciones tenía?

Sumido en sus dudas llegó ante el portal del edificio de los señores Rius. Aceleró dispuesto a cruzar rápido la portería y refugiarse en su piso, pero el sempiterno Enrique lo detuvo de nuevo.

—Señor Mitchell…

—Ahora no, Enrique. Lo siento, pero estoy muy cansado.

—Discúlpeme, señor Mitchell, pero el señor Rius ha insistido mucho en que era perentorio que lo interceptara en cuanto llegase.

Byron suspiró agotado. Enrique siguió:

—Por favor, señor Mitchell, si usted pudiera…

Byron agitó una mano para hacerlo callar. Resopló de nuevo. Sonrió al mayordomo.

—Por supuesto, Enrique. Por favor, lléveme ante él.

Había ocasiones en que resultaba imposible evitar un conflicto inminente.

II

Byron siguió al mayordomo más allá de la recepción hasta avistar la puerta cerrada al despacho del señor Rius. Allí delante, la señora de Rius daba pasitos cortos a izquierda y derecha. Cuando le vio llegar, hizo cara de sorpresa y amagó un saludo.

Llegaron voces de hombre desde el interior del despacho. Anna Coll de Rius fingió una sonrisa:

—Discúlpeme, señor Mitchell, debo atender una urgencia doméstica.

Se escabulló sin más, cojeando en dirección a la parte posterior de la casa.

Enrique dio un toque en la puerta. Tras recibir respuesta, la abrió y le invitó a entrar. Cerró tras él, quedándose al otro lado.

Rius, en pie delante de su enorme escritorio, en medio de una espesa nube de humo de cigarro puro, charlaba con su socio, Vidal Jordana. Era este un hombre delgado con poco pelo en la cabeza e inmensas patillas prusianas a los lados. No es que fuera bajo, solo que, al lado de la imponente presencia de Rius, se le veía eclipsado.

Los dos se giraron afables.

—Muchas gracias por venir, señor Mitchell —saludó Rius—. ¿Le apetece un habano? Ahora resulta más difícil conseguirlos, pero Vidal y yo seguimos teniendo buenos contactos en la Isla Grande.

—No fumo, gracias.

—Pues debería —intercedió Jordana—. Mi médico asegura que no hay nada mejor para regular el funcionamiento de la respiración que un buen habano. —Dio una profunda calada para demostrarlo.

—Tenía entendido que era usted un ávido fumador —insistió Rius.

La imagen del Gran Detective escupiendo bilis en el porche de su mansión en Suiza resultaba difícil de olvidar.

—Ya no —se limitó a responder Byron.

—¿Le apetece un coñac?

—A eso no me negaré, aunque todavía no he desayunado.

Rius abrió una alacena y seleccionó una botella. Sirvió una copa y ofreció otra a Jordana. Este negó con la cabeza.

Rius le entregó la bebida a Byron:

—Le pedí a Enrique que le avisara a primera hora, pero me indicó que usted ya había salido.

—Tenía un par de asuntos por resolver.

Los dos socios le observaron en silencio mientras saboreaba el coñac. Solo les faltaba la rama de un árbol seco para asemejar dos pájaros de mal agüero.

—Señor Mitchell —reinició Rius—, no nos vamos a andar con rodeos.

Eso sería de agradecer.

—Queremos contratarle —habló Jordana—. Queremos que averigüe quién es el culpable del asesinato de nuestro socio y abogado Ramón Calafell.

Oh, infiernos, ¡sí!

Byron respiró hondo para disimular las buenas cartas que le acababan de repartir. Le habló a Rius, con extrema tranquilidad:

—Pensaba que la policía ya había concluido que usted no tenía nada que ver con este feo suceso.

—Por supuesto. Esa tontería del gobernador ya ha quedado superada.

—El médico forense ha determinado que a Calafell lo asesinaron durante la madrugada —aclaró Jordana.

—No se trata de la ridícula acusación hacia mi persona —siguió Rius—. Tras los sucesos de ayer nos ha quedado claro, a mi socio y a mí, que no podemos confiar en la policía de esta ciudad.

—No estoy de acuerdo —dijo Byron—. Alfredo Martín, el inspector al cargo, me ha parecido muy competente.

—Sí, sí… No dudo de las capacidades de ese joven; ya me he informado. Pero aun así, sigue sujeto con correa a las órdenes de su jefe y este come del plato que le sirve el gobernador.

—Según nuestras fuentes —intervino Jordana—, el gobernador le ha prometido al comisario Galván un futuro cargo político muy bien remunerado.

—Además, Vidal y yo creemos que el hecho de que esté usted aquí es un regalo del destino. El mejor detective del mundo en mi casa, en este momento tan oscuro. —Rius alzó la mano para detener la objeción de Byron—. Sí, ya lo sé. Está usted retirado… Señor Mitchell, aunque no lleva mucho tiempo entre nosotros, quiero creer que es usted parte de esta familia. —Ahí se había pasado de frenada, pero Rius siguió adelante—: Mi mujer siente gran admiración por usted. Y qué decir de mi hija. No pasa una cena en la que no hable de sus hazañas. Se dedica a recortar menciones a usted y a sus casos de la colección de diarios que guardo en mi despacho. Ya la he regañado en más de una ocasión.

—Tu hija, amigo Bartomeu —dijo Jordana— siempre ha sido una niña de lo más revoltosa.

—Sí, pero ya no es una niña. Debería comportarse como la joven bien educada que mi mujer y yo pretendemos que sea. Al fin y al cabo, a no mucho tardar, tendría que empezar a buscar marido. Algún caballero honesto y trabajador. Alguien de buen apellido y, a poder ser, amigo de la familia.

¿Aquel tipo acababa de poner a su hija pequeña en oferta? Byron se mordió la lengua hasta casi hacerla sangrar.

—Pero nos estamos desviando… —A Rius no había quien lo parase—. Lo que le pido, señor Mitchell, es un favor. Lo reconozco, es un gran favor. Entiendo que usted pretende dejar atrás las complicaciones de su vida anterior y es por lo que se ha instalado en nuestra querida ciudad. —Rius dio una calada a su habano, exhaló y observó a Byron por entre el humo antes de continuar—: Sabemos que no es cuestión de dinero, pero pensamos en usted como en alguien muy cercano.

Por supuesto que era cuestión de dinero, y Byron no podía dejar pasar aquella oportunidad. No en la situación apurada en la que se encontraría hasta que pudiese solucionar sus dificultades económicas. Echó un trago de su bebida, mientras fingía meditar la propuesta.

—Como muestra de ello —siguió Rius—, he pasado órdenes a mi contable para que deje de cobrarle el alquiler. Independientemente de que acepte trabajar con nosotros, quiero que se sienta como en su casa.

La situación mejoraba por momentos.

—Eso no es necesario.

—Sí que lo es. Byron, necesito su ayuda. Por favor, no me haga suplicarle.

Aquel tipo no había suplicado en su vida; no era de esos.

¿Debía mostrarse indignado? Eso era lo que le pedía su personaje de El Gran Detective, aunque lo cierto era que aquel encargo representaba justo lo que necesitaba en aquellos momentos, y no veía conveniente alargar el farol más de lo necesario. Se dio cuenta de que estaba negando con la cabeza. Rius y Jordana empezaban a ponerse tensos.

—De acuerdo —dijo Byron. Los otros dos sonrieron. Jordana palmeó en el hombro a Rius, satisfecho—, pero debo avisarles de que estoy algo desentrenado. Además, no conozco bien los entresijos de esta ciudad, algo que resulta fundamental para una investigación.

—Mi socio y yo estamos a su disposición para lo que necesite —dijo Rius. Rodeó el escritorio para abrir uno de sus cajones. Sacó un sobre abultado.

Se lo entregó a Byron, que separó el cierre con el pulgar. Un buen montón de billetes.

—Es la misma cantidad que había adelantado usted por el alquiler de los primeros dos meses. Puede utilizarla para cubrir los gastos que pudiera tener mientras investiga.

Rius estaba deseoso por cerrar el trato.

—Es usted muy generoso, señor Rius —dijo Byron—. De acuerdo entonces, aunque necesitaré más información.

—Pregunte usted lo que requiera.

—¿Cómo comenzó su relación con el señor Calafell? Tengo entendido que no era especialmente conocido en la ciudad antes de colaborar con ustedes.

—No, se instaló en Barcelona hace unos tres años —dijo Jordana.

—Vino desde Cuba —siguió Rius—. Creo que era oriundo de algún lugar del norte del país, cerca de la frontera con Francia, por algunos comentarios que hacía.

—De allí emigró a Cuba, donde vivió un tiempo. —Jordana recogió la pelota de la conversación. Aquello hasta parecía ensayado—. Sus negocios no alcanzaron el éxito que esperaba, por lo que regresó a la metrópoli.

—Ya en la ciudad, contactó con nosotros. No le conocíamos y además contábamos con nuestros abogados de confianza, por lo que en principio le rechazamos.

—Pero resultaba insistente, así que accedimos a concederle una oportunidad —Jordana señaló a su socio—, un asunto personal de Rius.

—Sí, ya se lo comenté al señor Mitchell: un tema de una

herencia de la familia de mi mujer. —Agitó un brazo, como para quitarle importancia. El humo de puro se arremolinó alrededor.

—Rius quedó muy satisfecho y empezamos a confiarle trabajo de nuestra sociedad. El señor Calafell resultó ser un hombre ambicioso; también discreto y muy trabajador.

—¿Discreto? —Byron interrumpió el intercambio entre los socios—. No quisiera parecer impertinente, pero ¿alguno de esos trabajos podría haber causado la situación actual?

—De ninguna manera —Jordana negó ofendido—. Nuestros negocios son completamente honestos.

—No te enfades, Vidal. —Rius sonrió—. El señor Mitchell tiene que hacer las preguntas necesarias. Además, tú y yo sabemos cómo funciona este mundo nuestro de los negocios. No podemos decir que sea el ambiente más íntegro que existe.

—Tienes razón, Bartomeu. Disculpe, señor Mitchell.

—No tiene por qué decirlo. Entiendo que haya asuntos que deban permanecer en un plano de discreción. Conozco el mundo empresarial.

Los dos socios intercambiaron una mirada silenciosa. Casi se podían ver las palabras volando de la cabeza de uno a la del otro.

—Respecto a eso —dijo Rius. Ahí venía el problema—... Verá Mitchell, ya ha podido comprobar que nuestra situación con los representantes del gobierno de Madrid no es la más idónea. Somos firmes defensores de la causa nacionalista catalana. Mi socio mismamente fue detenido el mes pasado, solo por acudir a una ofrenda floral.

—¿Cree que su alineación política podría tener algo que ver en el caso?

—No. —Jordana sacudió la cabeza—. Lo dudo muy seriamente. Calafell se mantenía ajeno por completo al mundo de la política. Lo que mi socio quiere decir es que, como ya ha podido comprobar, los hombres del gobernador están pendientes de cada movimiento que hacemos. Están deseando echarnos el guante para desprestigiar nuestra causa.

—Por ese motivo, queríamos pedirle que, si en el transcurso de su investigación diera con algún documento que pudiera causarnos algún problema… En fin, le agradeceríamos que nos lo hiciera llegar a nosotros antes que a la policía.

¿Qué ocultaban aquellos tipos?

—Por supuesto —se apresuró Jordana—, siempre que usted mismo determine que no es transcendental para la investigación de la muerte de Calafell.

—Averiguar quién es el culpable de la muerte de Ramón es lo prioritario —declaró Rius.

—Así es —reafirmó Jordana.

—Cuando hablan de documentos, ¿se refieren a alguno en concreto?

—Calafell manejaba informaciones importantes sobre nuestros negocios. En este momento intentamos adquirir maquinaria inglesa de la más moderna para nuestras fábricas textiles.

—Es por eso por lo que, como le comenté, estamos en conversaciones con Víctor Aiguaviva.

—Pero al mismo tiempo, mantenemos negociaciones secretas con otras dos empresas: una alemana y otra británica.

—Estamos seguros de que si alguna de esas comunicaciones cayera en manos del gobernador, la utilizaría para enfrentarnos a Víctor… Al señor Aiguaviva.

—Comprendo. —Comprendía muy bien que le estaban escamoteando algo—. Si en mis investigaciones doy con alguna prueba de ese tipo, obraré en consecuencia.

No le convencían nada aquellos dos ni sus maquinaciones políticas, pero en su situación actual no tenía más opción que seguirles el juego.

III

Tras despedirse de Rius y Jordana, Byron regresó a su piso y abrió el sobre con el dinero. Era una buena cantidad. ¿Suficiente para desaparecer? De ninguna manera. Cada vez tenía más claro que sus planes futuros pasaban por abandonar la identidad que tanto le había costado recrear. Inventar una nueva que le permitiera vivir a un buen nivel costaría bastante más que lo que guardaba aquel envoltorio. Necesitaba el dinero del banco.

Cuatro días. Solo cuatro días más. Con la oferta de Rius y de su socio se le había presentado una ocasión estupenda para reforzar su ficción del «Gran Detective Byron Mitchell» y esquivar por el momento la amenaza del anónimo. Tenía que aprovecharla.

Se quitó la chaqueta en su habitación y encendió la lámpara de gas en la pared. Tomó asiento en la butaca junto a la cama. ¿Cómo debía proceder? Si de lo que se trataba era de cumplir con los deseos de su arrendador, mientras dejaba pasar los días, lo mejor era buscar pistas que alejaran el foco de la investigación del propio señor Rius.

Al abogado Calafell lo habían hallado muerto, desnudo y con solo unos calcetines en los pies. La causa de la muerte era un único disparo en el pecho realizado a una distancia de unos siete metros. Un disparo preciso. El asesino era bastante buen tirador. El señor Rius era aficionado al tiro con pistola e incluso había participado con éxito en algún concurso de tiro, según palabras del inspector Martín.

Por ahí no iba bien la cosa.

¿Qué más sabía? Ay, mierda. Debía concentrarse y cerró los ojos para ello. Parecía tan sencillo cuando el proceso lo realizaba el Gran Detective... En aquellas ocasiones, Byron solo tenía que sentarse a esperar mientras su jefe divagaba durante horas en voz alta relatando una y otra vez los diferentes aspectos de cada caso, variando los posibles escenarios, analizando todo dato que conociera sobre las personas implicadas, hasta que aquella magnífica mente suya daba con un hilo del que tirar.

¿Qué sabía del fallecido? Un abogado, en principio desconocido en la ciudad, que había alcanzado un alto nivel laboral y económico gracias principalmente a Rius y Jordana. ¿Por qué, para empezar, se habían asociado a aquel abogado sin importancia? ¿Lo necesitaban para algún negocio concreto? ¿Sabía él algo de ellos que pudiera empujarles a aceptarlo en su sociedad?

Tampoco iba bien por ahí si lo que pretendía era apartar a Rius de su lista de sospechosos. A ver si después de todo había apostado por un caballo perdedor. Joder.

Caballo… Un carruaje de caballos… Abrió los ojos animado. El inspector Martín le había comentado que cada jueves acudía un carruaje de alquiler a recoger a Calafell para vivir la noche de la ciudad. Un servicio que contrataba en una cochera de la calle de Caspe, entre las de Nápoles y Sicilia.

La idea le reanimó por completo. Saltó de la butaca y se colocó la americana, silbando una alegre melodía. Lo pensó mejor, se la quitó de nuevo y rebuscó en su baúl otra chaqueta más antigua; una que solía utilizar por los tiempos en los que conoció al Gran Detective de muy mala manera. La prenda en cuestión le había resultado de mucha utilidad en múltiples ocasiones. Distribuidos por el forro interior, disponía de varios bolsillos ocultos muy útiles para esconder diversos objetos.

Dividió parte del dinero que le había entregado Rius en varias cantidades y las guardó en los distintos bolsillos secretos. Después, escribió una nota a lápiz en la que anunciaba a los criados de los señores Rius que el señor Mitchell no comería en casa y, por lo tanto, no era necesario que le prepararan el servicio correspondiente. Colocó la nota en la bandeja del montaplatos y lo hizo descender.

Salió del piso y, ya en la calle, se dirigió hacia las cocheras de la calle Caspe. Le apetecía caminar y tampoco le convenía derrochar el pago de Rius y Jordana en coches de alquiler; al menos no más de lo necesario.

Faltaba poco para las doce del mediodía, y parejas y grupos de damas ociosas regresaban a sus hogares para comer después de una distendida caminata. Byron se regaló la vista con la belleza algo constreñida de las mujeres de Barcelona. Mientras cruzaba el paseo de San Juan, ya cerca de su destino, reconoció a una de ellas: la pequeña Elisa se acercaba cogida del brazo de otra mujer. Era una joven a la que no identificó: morena, mayor que la niña de los Rius. Tendría unos veinte o veintidós años. Su rostro lucía un bonito color sonrosado. Vestía de blanco impoluto, tocada con un gracioso sombrerito azul celeste. Llevaba una cesta de mimbre en la mano.

Un par de pasos tras ellas, Bettina, la institutriz bávara, escoltaba a la pareja.

—Señor Mitchell —saludó Elisa cuando estuvo a tiro.

Su amiga tenía una peca justo donde terminaba la comisura de los labios. Sonrió mostrando unos pequeños preciosos dientes blancos.

—¡Byron! —insistió Elisa.

Byron se quitó el sombrero:

—Señorita Rius, siempre es un placer encontrarme con usted.

Elisa estiró una mano, coqueta, pero con clara desconfianza en el rostro. Byron la besó.

Después dirigió su atención a la otra joven, en espera de una presentación. Elisa sonrió con malicia.

—¿Recuerda a mi institutriz, la señorita Krauss?

Le costó horrores apartar la mirada de la joven morena para dirigirla a la brava teutona que se mantenía a distancia.

—Por supuesto. —Reaccionó saludando con una leve inclinación a la dama alemana—. Me comentaron que había vuelto de visitar a su familia. Espero que todos gocen de buena salud en casa de usted.

—Muchas *grracias* —respondió Bettina sin acercarse—, señor Mitchell.

—¿Dando un paseo? —preguntó él.

—Venimos caminando desde el parque de la Ciudadela —dijo Elisa.

—Una larga caminata.

—Bettina opina que el ejercicio es bueno para una dama. Pero ya nos retiramos para comer. Hemos aprovechado para comprar leche en la Vaquería Suiza del parque.

La compañera morena alzó la cesta para mostrarle las dos botellitas de cristal que guardaba.

—Mañana a las once —siguió Elisa— celebramos allí una reunión de la Junta de Damas, y madre me ha pedido que acudiera para revisar los preparativos. Bien, no le entretenemos más. Seguro que tiene asuntos importantes que atender.

La niña hizo una leve reverencia. Byron se quedó en silencio; dirigió un corto vistazo de reojo a la desconocida.

—Oh, claro —dijo Elisa, como quien no quiere la cosa—. Supongo que no conoce a mi amiga Rosa.

—No he tenido el placer. —Byron alargó el brazo y la joven le ofreció una mano enguantada. Él la besó.

—El famoso detective Byron Mitchell —dijo Rosa.

—Retirado —añadió Elisa, con retintín.

—Elisa no hace más que hablar de usted, señor Mitchell.

Elisa se sonrojó:

—Tampoco es que haya muchos temas de interés en esta aburrida ciudad.

—¿De qué se conocen ustedes dos? —preguntó Byron.

Las jóvenes intercambiaron una mirada rápida.

—De la escuela de música de la señorita Mistral.

Elisa era una cría de buena familia que mentía fatal.

—Y usted, señor Mitchell, ¿a qué se dedica ahora que está retirado? —repreguntó la morena.

—Me estaba tomando un período de descanso mientras meditaba mis opciones.

—¿Y cómo decidió tomarse ese descanso en nuestra ciudad?

—Me gusta el clima. Me gusta la comida. Y se están desarrollando un número importante de empresas por aquí. Quizá podría invertir en alguna de ellas.

—Pero ahora mismo el señor Mitchell está ocupado —intervino Elisa—. ¿Ha averiguado algo sobre la muerte del abogado de mi padre?

—¿El señor Ramón Calafell? —El tono de Rosa varió hacia una falsa indiferencia.

—¿Le conocía usted?

Rosa calló unos segundos. ¿Meditaba la respuesta?

—Apenas. Había visitado la casa de mis padres en alguna ocasión. Solo charlamos una o dos veces.

—¿Sería tan amable de indicarme la dirección de usted? —Ante la pregunta de Byron, Rosa ladeó la cabeza, divertida—. Me gustaría poder hablar con sus padres sobre el señor Calafell.

—¿No estaba usted retirado?

—Se trata de un favor personal hacia mi arrendador, el padre de Elisa. Ahora que lo pienso, no conozco su apellido.

Se repitió el misterioso intercambio visual entre las dos. Elisa carraspeó antes de hablar:

—Rosa es mi prima. Su madre y la mía son hermanas.

—Mi apellido es Sanmartí. Resido junto a mis padres en la rambla de Cataluña, en una casa en la esquina con Consejo de Ciento.

Elisa tiró del brazo atrapado de su prima.

—Como ya habéis sido presentados, lo mejor será que nos marchemos. Llegamos tarde a comer.

Rosa aún atinó a girar el rostro mientras Elisa la arrastraba con ella:

—Encantada de conocerle, señor Mitchell.

Byron las despidió llevándose la mano al sombrero, gesto que repitió cuando Bettina pasó a su lado.

El trío puso distancia con él. No habían dado ni diez pasos cuando Elisa se soltó de su acompañante, rebasó a Bettina, que la miró con disgusto, y regresó sofocada a la altura de Byron. Le cogió del antebrazo y susurró a su oído.

—Por favor, Byron, no le digas a mis padres que me has visto con mi prima.

—Claro, Elisa, aunque no veo por qué…

Pero la niña ya se había marchado. Volvió junto a su prima y retomaron el camino. Su reacción había sido de lo más curiosa.

¿Qué narices sucedía entre aquellas dos familias?

IV

La cochera de la calle Caspe, entre Nápoles y Sicilia, la conformaban dos piezas destartaladas contiguas a un solar.

Al otro lado de la calle polvorienta, en una casa de comidas, Byron escogió la mesa con mejores vistas a la construcción de enfrente y se sentó. La chica que servía las mesas le colocó delante los cubiertos mientras lo analizaba con desconfianza. Su buen traje y, sobre todo, su sombrero destacaban entre el mar de blusones, gorras y pantalones desgastados de los trabajadores que ocupaban el local a aquella hora. Pidió una cerveza y un plato de arroz blanco con pollo igual al que comía el cliente de la mesa contigua y esperó con paciencia. El taburete era estrecho e incómodo. Estiró la espalda para acomodarse lo mejor posible sin perder detalle de su objetivo.

El edificio mayor de los dos de la cochera era el situado a la izquierda, con un gran portalón abierto por el que accedían los vehículos. Una calesa tirada por un caballo llegó en aquel momento y el conductor se detuvo en la entrada, mientras otro empleado, un adolescente alto y encorvado, avisaba dentro para abrirle paso. El animal, un hermoso ejemplar negro con la piel brillante por el sudor, aprovechó para aliviarse en abundancia.

El carro tiró para adentro mientras el conductor le gritaba órdenes al adolescente. Este desapareció en el interior y reapareció al momento para rastrillar, de muy mala gana, el montón de mierda que había soltado el animal. Lo apartó a un lado de la entrada y regresó a sus asuntos.

La camarera trajo el plato y la bebida a la vez, en precario equilibrio entre sus brazos. Byron lo agradeció sonriente ante la indiferencia de ella, que se retiró sin responder palabra. El plato olía bien y Byron se puso a ello.

La parte derecha de la cochera era una oficinita de madera con un gran ventanal que permitía ver el interior: una mesa y una silla con un dependiente sentado a ella, en camisa, pantalón, tirantes y sombrero de copa. Otro hombre, vestido en traje elegante, accedió a la estancia y ambos estrecharon las manos. Mientras Byron daba cuenta de su plato y de la cerveza, los dos departieron largo rato. Al cabo firmaron unos papeles y el mejor vestido le entregó al otro una cantidad de dinero indeterminada. El elegante salió a la calle colocándose un sombrero hongo y torció por la siguiente esquina. El de los tirantes, al que las evidencias apuntaban como encargado del negocio, desapareció de la vista con el dinero en la mano.

Byron bebió el último trago de cerveza; el plato de arroz con pollo ya vacío. Pagó en la barra a un anciano adormilado y cruzó la calle a toda prisa. En lugar de acercarse a la oficina del encargado, se escabulló por la entrada de carruajes. La pieza, alargada, la ocupaban una docena de carros alineados en dos filas, sin ningún trabajador a la vista. Siguió adelante, en pos del tufo a orín y excrementos de caballo que emanaba de la abertura del fondo, a la derecha, por la que salió a un patio exterior.

Allí encontró los establos, con unos veinte caballos relinchando y resoplando en total tranquilidad sobre el suelo cubierto de paja. Un par de mozos limpiaban a uno de los animales. Otro portaba un pesado cubo lleno de agua; los músculos de sus brazos abultados bajo la camisa manchada. Dejó el cubo en el suelo y centró su atención en el recién llegado. Otros dos, enormes, se materializaron a espaldas de Byron eclipsando la luz por aquel lado.

Los que aseaban al caballo salieron de detrás del animal. El de la derecha portaba un mandil manchado de barro o de alguna otra sustancia más asquerosa.

Ahora los cinco lo observaban con desconfianza.

—¿Quería usted algo, señor? —dijo el mastodonte del cubo de agua. La fea cicatriz de navaja en su mejilla no lo hacía más amigable.

—La oficina está en el otro lado —masculló uno de los que tenía a su espalda.

—Tengo entendido que los jueves por la noche un coche de aquí acude al paseo de Gracia, esquina Rosellón, para recoger al señor Ramón Calafell. Me gustaría hablar con alguno de los conductores que haya realizado ese servicio.

El grupito intercambió miradas tensas. Los dos más próximos a los caballos se acercaron, de tal forma que los cinco lo rodeaban ahora por completo.

—Ya contamos ayer a la policía todo lo que sabíamos —informó el de la cicatriz.

—No parece usted policía —opinó el del mandil sucio. Metió una mano bajo la prenda y cuando la sacó algo brilló en ella.

—No. No soy policía. —Byron giró medio cuerpo hacia él, por si las moscas.

—No es la primera vez que un ladrón se viste de caballero por sus intereses —dijo el de la cicatriz—. La semana pasada alguien se coló y nos robó dos relojes y quince pesetas en plata.

—También hay caballeros que directamente son ladrones —habló el del mandil.

Lo que faltaba. Un filósofo en las cuadras.

El filósofo escondió las manos a la espalda, para ocultar lo que fuera que llevase en ellas. Los cinco avanzaron un paso. Byron no se movió del sitio. Metió la mano en el interior de la chaqueta. Los cinco se detuvieron con los rostros crispados. Byron sacó un fajito de billetes de banco. Las expresiones se relajaron. El de la cicatriz se relamió los labios.

Byron alzó la voz:

—Me han contratado unos allegados del fallecido para que busque información sobre qué fue lo que le sucedió. Tengo este dinero para que os lo repartáis entre todos y otra cantidad igual para la persona que realizara el servicio últimamente.

El de la cicatriz se adelantó al resto:

—Yo transporté al señor Calafell las dos últimas semanas.

—¡Cállate, Juan!

Byron y todos los presentes se volvieron para observar al encargado, que se había colocado una americana de mangas demasiado cortas sobre su camisa y sus tirantes. Asomó a la cuadra desde una puerta que debía comunicar con la oficina. Examinó en silencio a Byron durante unos instantes. Él se mantuvo firme, agitando el fajo de dinero como un banderín. El encargado hizo una seña con la cabeza y los muchachos regresaron a sus trabajos junto a los caballos. Con un dedo, le indicó a Byron que lo siguiera.

Dejaron atrás la cuadra y, por un pasillo entre olorosas dependencias de madera, alcanzaron otro cobertizo, vacío a excepción de un coche tílburi en reparación. El joven desgarbado que Byron había visto desde la casa de comidas le estaba colocando una rueda al vehículo. Visto de cerca, no tendría ni dieciséis años.

—Ven aquí, Miguel —dijo el encargado.

El chaval apoyó la rueda contra el carruaje y se acercó a ellos con cara de susto. Esperaba algún tipo de reprimenda y se podía leer en su rostro cómo se esforzaba por reconocer en Byron a algún antiguo cliente insatisfecho.

—¿Así que tú eres el conductor que los últimos jueves acudía al paseo de Gracia, esquina Rosellón, y recogía al señor Ramón Calafell?

El pánico se adueñó del rostro del chaval. Su jefe le apretó un hombro para tranquilizarlo.

—Espera —le dijo.

El encargado extendió la mano hacia Byron. Él depositó el

dinero en la palma. Los ojos del crío se abrieron como platos al ver tal cantidad.

—Habla libremente —dijo el jefe, que se desentendió de la conversación para contar los billetes.

Byron rebuscó en uno de sus bolsillos interiores y sacó el otro fajo. Se lo ofreció al chaval. Este dudó en cogerlo. Byron asintió, sonriendo. El crío cogió el dinero y lo contempló alucinado. Seguro que nunca había tenido tanto en la mano, ni siquiera en sus mejores sueños.

—Paseo de Gracia, señor Ramón Calafell —repitió Byron—. ¿Adónde llevabas al caballero?

—Sí, señor. —Se quitó la gorra con la mano libre—. Yo lo recogía al anochecer. Desde hace un año, señor. Vino una tarde aquí, habló con el señor Julián. —Señaló al encargado, quien, tras contar su parte del dinero, lo estaba guardando en el interior de la americana—. Me escogió a mí personalmente. No sé por qué. Quería que lo recogiera cada jueves al anochecer, con una calesa sencilla, con cortinajes en las ventanas. Él se subía y yo me ponía en marcha.

—¿Adónde? —insistió Byron.

El chaval apretó la gorra en su mano y volvió a mirar al jefe. Este estaba perdiendo la paciencia, una vez recaudada su parte, y le apuró con un gesto para que acabara.

—A una casa en el Raval, señor: un burdel, de los caros. Yo nunca entré, me habrían echado a patadas —sonrió—. Mientras él estaba allí, yo volvía a las Ramblas para hacer algún otro servicio, pero tenía orden de recogerlo en cuanto las campanadas de Santa Mónica dieran las doce, así que procuraba no alejarme. A veces, un caballero medio borracho de regreso a su casa me retrasaba un poco, pero el señor Calafell nunca se molestaba. Esperaba en el interior de la casa hasta que yo regresaba.

—¿Alguna vez llevaste allí a alguien más con Calafell?

—No, señor. Siempre iba solo, pero una noche, al llegar al

burdel, me pidió que le esperara. A los diez minutos o así, salió acompañado de una mujer. Era muy bonita, señor. Era una chica no muy alta, pero tenía un rostro redondo y precioso. Aunque llevaba los ojos vendados, se reía muy contenta. El señor Calafell me ordenó regresar a su casa y, luego, que volviera a pasarme a medianoche. A esa hora acompañé de regreso al burdel a la misma mujer, con sus ojos vendados. Cuando llegamos y le abrí la puerta, la chica se había quitado la venda. Me dijo que era un chico muy guapo y me besó en la mejilla. —Volvió a sonreír.

—¿Te dijo cómo se llamaba?

La sonrisa desapareció del rostro del chico.

—Es una buena mujer, señor. No querría meterla en problemas.

—Solo quiero hablar con ella tal y como he hablado contigo. Ella también se ganará un buen dinero. Si no la llevaste a casa de Calafell ayer por la noche, ni tú ni ella tendréis ninguna clase de problema.

—Se lo juro, señor. Solo lo recogía los jueves. El jefe se lo puede decir. Esta noche me tocaba, aunque supongo que ahora no tendré que hacer ese servicio.

—Oh, no. Por supuesto que lo harás —dijo Byron.

—¿Perdone, señor?

—Esta noche me recogerás a mí a la misma hora a la que recogías a Calafell y en el mismo lugar.

El chico se quedó patidifuso. Su jefe se encogió de hombros:

—Chico, esta noche has quedado libre y no creo que el señor tenga problemas en pagar el servicio.

—Solo una cosa más —dijo Byron—. La chica. ¿Cuál era su nombre?

—Violeta, señor. Se llamaba Violeta.

V

Tras la visita a la cochera, Byron decidió que dejaría pasar el tiempo durante el resto de la tarde. Para empezar, dirigió sus pasos hacia la casa del difunto Calafell. Allí ya no había policía a la vista y el ahora afable dueño de la sastrería de la planta baja despedía con una amplísima sonrisa a un cliente que transportaba un paquete envuelto en tela. Al momento, otro caballero accedió al local ante las exageradas reverencias del tendero.

Byron recorrió el perímetro del edificio del asesinado, cuya parte trasera daba a un solar. Por aquel lado, los dos pisos superiores tenían una ventana, pero el piso principal estaba cegado. Qué extraño que, en aquella ciudad de burgueses pretenciosos, un aspirante al éxito social como Calafell no abriera su piso al exterior.

Tras la breve visita al bloque, Byron se acercó hasta el cinematógrafo Calvé, en la rambla de Cataluña, donde presenció dos pases seguidos de una quincena de peliculitas de apenas tres o cuatro minutos cada una, mientras disfrutaba de un agua de soda. De entre todas las proyecciones la que más le impresionó fue la del transformista Frégoli, que encarnaba hasta a veinte personajes distintos en escasos dos minutos. Más tarde tomó una muestra de «el mejor café guineano», tal y como anunciaba el cartel a la entrada del local en el que cogió asiento. Aprovechó el rato para anotar a lápiz en una libretita un resumen con los puntos más significativos de lo poco que sabía hasta entonces sobre el asesinato de Ramón Calafell y sus circunstancias adyacentes.

Para acabar la tarde, cenó ligero en una modesta fonda por encima de la Diagonal, y a la hora convenida regresó a las inmediaciones de la casa de Calafell. Allí acudió puntual a recogerlo Miguel, el chaval de la cochera, subido al pescante de una calesa de un solo caballo con capota. El chico, vestido con un sombrero de copa raspado y un gabán impermeable con el cuello tan subido que apenas mostraba su rostro, saludó con un gesto de cabeza. Byron trepó al coche y se acomodó en el asiento forrado de piel oscura.

Mientras descendían por el paseo de Gracia, el día llegaba a su fin entre vendedoras de flores que recogían sus puestos, trabajadores que regresaban a casa y un hombre anuncio, algo bebido, al que le costaba cargar con su cartel-propaganda de un crecepelo. Tras sobrepasar el amplio descampado que los locales denominaban plaza de Cataluña —que el ayuntamiento había vaciado de edificaciones para urbanizar una plaza pública—, un municipal estiró su pértiga para encender una farola de gas al inicio de las Ramblas. A la altura de la de Santa Mónica, el conductor dirigió al caballo a la derecha del paseo, por las callejuelas que desviaban hacia el barrio del Raval, mientras la noche oscurecía la ciudad. Aquellas eran calles húmedas y poco iluminadas; bastante siniestras. Un tramo adoquinado sacudió a Byron en su asiento. Por fin el coche paró y, tras asomar la cabeza bajo la lona, el joven conductor anunció:

—Ahí es, al final de ese callejón. Me temo que no hay espacio para acercar el coche hasta la puerta, señor.

Byron pagó y descendió.

—¿Quiere que le espere?

—No será necesario. Gracias, Miguel.

El chico se llevó la mano al ala del sombrero y arreó con la fusta al caballo. El vehículo se alejó botando calle adelante en busca de la salida de aquel laberinto.

El local no era nada discreto. La música de una pianola desbordaba la modesta puerta de madera y los ventanales mal cerrados. En la entrada vigilaba un gorila embozado en un verdugo quien, por fortuna, no vio nada sospechoso en él y se apartó a su paso. Al fin y al cabo, daba el pego como uno más de los muchos hombres burgueses que buscaban desfogarse por los barrios menos elegantes de la ciudad.

Tras dejar su abrigo a la sonriente señorita de la recepción accedió a un vestíbulo sobre el que habían vomitado un japonismo de salón: paneles adornados con *geishas* dibujadas, jarrones blancos decorados con dragones rojos, molduras lacadas de color dorado y abanicos desplegables en las paredes se mezclaban sin ton ni son. Las jóvenes prostitutas, kimonos coloridos sobre lencería blanca, mariposeaban entre los «caballeros» rojos por el alcohol o somnolientos por el opio e incapaces de mantenerse firmes sobre las sillas y sofás. Uno de ellos, un tipo sesentón guiado por una jovencita que podría ser su nieta, se levantó con problemas y la siguió en busca de la escalera que llevaba a las habitaciones de la planta superior.

Al fondo del vestíbulo había una barra de bar tras la que vigilaba un matón malencarado, en chaleco y sombrero bombín. En primera instancia se le podía confundir con un camarero, pero, al fijarse bien, eran las chicas las únicas que servían bebidas a los clientes. No, la función allí de aquel tiparraco era otra.

Byron buscó acomodo en la esquina más discreta de un alargado diván. ¿Cuál de aquellas chicas de maquillajes exagerados y ligueros a la vista sería Violeta? «Era una chica no muy alta, pero tenía un rostro redondo y precioso», había dicho Miguel, un poeta en ciernes, sin duda. Por no muy alta debía entenderse que el enamorado Miguel no quería llamar enana al objeto de sus amores. Las cuatro chicas morenas a la vista lucían estatura media. Una quinta llegó de algún cuarto trasero del brazo de un anciano agotado al que acompañaba hacia la puerta. Percibió la atención de

Byron y le dedicó su más excitante sonrisa. No. No era el momento de despistarse. Otra jovencita rubia que portaba una bandeja se cruzó en su campo de visión y Byron reclamó su atención. Pidió que le sirviera un *brandy* y le dejó propina que ella se guardó en algún lugar remoto de la seda que la envolvía.

Disfrutaba su copa observando el paisaje cuando se materializó a su lado una mujer bastante mayor que el resto y mucho más discreta en su vestir. La *madame* del lugar:

—¿El caballero ve algo que le guste?

—El caballero querría conocer a Violeta.

—Tenemos dos Violetas, al igual que otras muchas flores.

—La Violeta que busco es una mujer morena y pequeña.

—Pues ahora mismo está ocupada —la *madame* atrapó el brazo de una chica ociosa que pasaba por su lado—, pero si el señor quiere, Nuria está disponible, y no me negará que es muy bonita.

Nuria sonrió y volcó sus prominentes pechos encorsetados hacia delante.

—No se lo negaré —concedió Byron—, pero si no le importa prefiero esperar a Violeta.

La *madame* hizo circular a su pupila con una palmada en el trasero. Byron bebió de su *brandy* paseando la mirada por la sala. La *madame* se agachó para susurrarle al oído:

—El señor no nos irá a dar problemas hoy, ¿verdad?

—El señor se siente un poco caprichoso, pero solo pretende divertirse. —Byron abrió la chaqueta para mostrar el fajo de dinero que guardaba en el bolsillo interior más visible—. Y no tiene reparos en pagar bien.

Los ojos de ella brillaron. Sonrió y se apartó en dirección a la barra. ¿Le había hecho una seña al del chaleco? Había que tener cuidado con ir luciendo dinero por esos barrios.

La *madame* desapareció por el fondo y el matón se mantuvo firme tras la barra. Por la escalera descendía en aquel momento una chica morena bajita, no pasaría del metro cuarenta, en compañía de un caballero de aire satisfecho. Al pie de la escalera, él le dio un baboso beso en la mejilla y se retiró hacia la salida. Byron se puso en pie. La chica lo vio, pero se volvió con ánimo de regresar al piso superior. La *madame* la interceptó sujetando su brazo con firmeza en el primer escalón. La joven protestó, remolona, pero la otra le reprendió agresiva. El rostro de la joven se contrajo al borde del sollozo. La vieja le acarició la barbilla con falso cariño. Cuando Byron llegó hasta ellas, la pupila fingió una sonrisa que no engañaba a nadie.

—Esta es Violeta. Supongo que el caballero querrá nuestra mejor habitación.

Que de seguro era la más cara.

—Por supuesto.

Al fin y al cabo, era Rius el que pagaba.

Siguió a la pequeña Violeta por las escaleras hasta una puerta en el piso superior. En el interior las paredes eran rojas, así como las dos lámparas —una en el tocador, la otra sobre una cómoda—, el alfombrado y hasta el mismo techo. La ropa de cama, sábanas de satén y almohadones no eran una excepción. Byron casi se marea nada más dar dos pasos en el habitáculo encarnado. Además, todo estaba impregnado de un molesto olor dulce y empalagoso.

Se sentó con pesadez en la cama y Violeta lo tomó como una indicación de que debía ir por faena, con ganas de terminar rápido la transacción. Antes de que pudiera reaccionar, ya le había quitado la chaqueta y le besaba el cuello. Olía a perfume y a un sudor fuerte, desagradable recuerdo del cliente anterior. Byron la apartó con suavidad y ella le miró, de repente asustada.

—¿Podrías ordenar que nos trajeran una botella de un buen champán?

Violeta obedeció sin dudar. Era un gasto importante para la casa, que su jefa de seguro sabría agradecer. Se asomó a la puerta y dio un grito. Byron aprovechó para apartarse de la cama y recuperar su chaqueta. Apoyó la espalda contra el tocador. Ella le miró extrañada, pero no preguntó.

Al momento trajeron la botella y dos copas. Violeta las sirvió y, tras entregar una a Byron, bebió la suya de un trago y la rellenó de nuevo. Creyó entender algo en la distancia que Byron mantenía:

—¿Es usted de los que prefieren hablar? Me parece bien.

Por supuesto; siempre sería mejor beber y hablar que lo otro.

Violeta recostó la espalda contra un amplio cojín en la cama. Sus pupilas eran apenas un puntito. Sus párpados no aguantaron abiertos.

A eso se debía el olor dulce y empalagoso. Violeta había fumado opio con su anterior cliente.

Byron siguió en silencio y ella terminó por abrir un ojo.

—Supongo que no querrá dormir un poquito —dijo.

—No. Quiero hablar de tu cliente de cada jueves.

Ahora abrió los dos ojos. Se incorporó en la cama.

—No sé nada de él. ¿Eres policía? No lo pareces. —Se lo repensó—. Bueno, solo un poco. —En un momento, se asustó—. ¿Vas a hacerme daño?

—No, tranquila. Solo quiero averiguar algunas cosas sobre tu cliente muerto que, por cierto, se llamaba Ramón Calafell. ¿Lo sabías?

Ella asintió:

—Se portaba muy bien conmigo. No todos lo hacen.

Violeta se rascó la nariz con un mohín infantil. A Byron se le encogió el corazón: bajo el maquillaje y la lencería ese gesto descubrió a poco más que una niña. Sacudió la cabeza.

—¿Siempre os veíais aquí?

—Sí, los jueves.

—¿Te llevó alguna vez a otro lugar?

—Solo una. Le pagó bastante dinero a la señora Feliu para que me permitiera acompañarle fuera de la casa. Me vendó los ojos y luego subimos a un carruaje, durante un buen rato. Cuando me destapó la vista, estábamos en una habitación. Había un sofá largo y muchos cuadros y fotos de mujeres desnudas. Me enseñó los cuadros uno a uno; le gustaban más que las fotos. Le excitaban. Lo hicimos en el sofá, dos veces. Entre medio se quedó dormido un buen rato. —Dejó ir una risita infantil—. Cuando terminamos la primera vez, yo quería mear. Abrió una puerta que daba a un cuartito al lado, con un orinal, para que me desahogara. Cuando volví, él se había quedado dormido. Desnudo, con aquellos ridículos calcetines gruesos suyos.

—¿Calcetines?

—Sí. Cuando nos acostábamos se desnudaba, pero no se quitaba los calcetines. Decía que se le helaban los pies cuando hacía el amor. No sé qué de un problema de circulación en la sangre.

Vaya. ¿Tenía Calafell compañía femenina la noche en que murió?

—¿Solo saliste una vez con él fuera de aquí? ¿Seguro? —Esperó hasta que ella asintió—. ¿Y esta semana no le has visto?

—No, señor. Solo nos veíamos los jueves. Hoy tendría que haber venido. Tampoco he visto al negro que últimamente venía con él.

—¿Negro? ¿Lo acompañaba un hombre negro en su carruaje?

—No. Desde hace unas semanas, el hombre negro llegaba al local antes que él y esperaba sentado en las mesas. Allí se quedaba, todo elegante, con su sombrero puesto y una pistola que apenas escondía en la cintura. La señora Feliu nos dijo a todas las chicas que no le habláramos, que no estaba allí por nosotras. Cuando Ramón... cuando el señor Calafell llegaba, le saludaba. Y otra vez al irse. Entonces, él también se marchaba.

Violeta bostezó largamente y se dejó caer sobre el cojín. Al poco, cerró los ojos.

—Está bien —dijo Byron. Recogió un chal caído en el suelo y la cubrió con él—. Descansa.

Antes de llegar a la puerta, ya oyó su suave respiración dormida. Salió de la habitación y bajó las escaleras. Al pie, esperaba la *madame*.

—Claro —dijo Byron.

Se llevó la mano a la pechera y sacó el dinero. Mientras ella lo contaba, le entregó otro fajo. La confundida expresión de la mujer dejó claro que no lo entendía.

—Quiero que Violeta descanse. Esta noche no será de nadie más.

La *madame* sonrió e intentó cazar el fajo. Byron lo apartó.

—Pienso volver a menudo —mintió—, por lo que la próxima vez le preguntaré a Violeta.

Ahora sí, le dejó atrapar el dinero.

—No se preocupe —dijo ella—. Por esta cantidad, Violeta puede roncar el resto de la noche.

Byron se despidió y caminó hacia la puerta. De reojo creyó ver al matón, que llevaba ahora puesta una chaqueta sobre el chaleco.

Salió a la calle. ¿De qué servía esa tontería con la prostituta? A la noche siguiente volvería a su asqueroso trabajo; ese y el resto de los días de su vida. ¿Quién coño se creía que era? Mediocre salvador de mierda.

Encerrado en sus pensamientos caminó callejuelas adelante, sin tener muy claro cuál era el camino a las Ramblas, donde podría tomar un coche de punto que lo llevara a casa. No tenía que haber largado al chaval de las cocheras. Al poco oyó pasos a su espalda. De reojo, por encima del hombro, no vio a nadie. Aceleró, pero dos sombras le cerraron el camino por delante. Los dos estiraron los brazos desplegando sendas porras. Byron quiso retroceder, pero un tercero le cortó la retirada. A pesar del pañuelo que le embozaba la cara, reconoció sin lugar a duda la altura y la americana del matón del burdel. Este estiró el brazo y la hoja de una navaja reflejó una luz de origen desconocido.

Le estaba bien empleado; Byron solito se lo había buscado al ir luciendo dinero por aquellos barrios.

VI

Los tres tipos cerraron presa sobre él. Byron retrocedió hasta que su espalda chocó contra los ladrillos de una pared.

Por su izquierda se acercaban los de las porras: el más alto le sacaba tres cabezas a su compañero. Agitaban las armas y sonreían a cara descubierta.

A su derecha, el de la navaja mantenía las distancias.

—Sabemos que lleva bastante dinero encima —dijo el bajito—. ¿No cree que debería compartirlo?

Byron lo ignoró para dirigirse al camarero del burdel, que creía proteger su identidad bajo el pañuelo que le tapaba la cara.

—Deduzco que la señora Feliu no le paga lo suficiente.

Los ojos del tipo se mantuvieron fijos en la presa. Descubrió su rostro:

—La culpa es solo suya, señor. No debería presumir de llevar tanto dinero encima. Dénoslo y podrá marcharse a casa.

Byron sonrió y metió la mano en el interior de la chaqueta. Los dos de las porras relajaron las armas y se acercaron a él dispuestos a recoger el botín.

Byron pivotó sobre la pierna izquierda y golpeó con la derecha la entrepierna del más alto, que resopló con fuerza al doblarse por la cintura. Byron lo empujó contra su compañero y los dos rodaron por el suelo. Libre por aquel lado, cogió impulso para largarse a la carrera.

Un frío filo apretó bajo su garganta y sus piernas se bloquearon.

La mano libre del matón del burdel agarró su cuello con fuerza y lo empujó hacia atrás. Su espalda chocó contra la pared. La punta de la navaja ocupó el campo visual de su ojo derecho.

—Que aflojes la mosca, coño —farfulló el matón.

El alto vino hacia ellos cabreado, agarrándose los testículos. Apretó el puño y golpeó con violencia al costado de Byron. El dolor se extendió como la descarga de un rayo por su torso. Apenas dejó ir un gemido ahogado al caer al frío suelo húmedo.

Dobló las piernas en posición fetal y boqueó para recargar sus pulmones. Una patada le sacudió las tripas. Byron perdió el conocimiento.

—¡Que te lo vas a cargar, coño!

El grito le devolvió la consciencia. A su alrededor todo era una mancha oscura de sombras y dolor. Resolló esforzado para coger aire.

Dos bruscas manos registraban sus bolsillos mientras otro par apuntalaba su cuerpo contra el suelo.

La explosión de un disparo anuló al resto de ruidos.

Liberado de pronto, Byron reculó la espalda hasta dar contra la pared. Sentado en el suelo, palpó frenético su cuerpo en busca de la herida. Al apretar el punto donde le habían pateado, el dolor le hizo espabilar.

Abrió mucho los ojos.

Los tres matones estaban ahora a su derecha, pero no le miraban a él. Centraban su atención en el extremo izquierdo del callejón.

Byron continuó recorriendo su torso con ambas manos hasta convencerse de que el disparo no le había acertado. Su cabeza se serenó de repente.

¿Qué miraban aquellos tres tipos asustados?

En la semioscuridad a la izquierda del callejón, un hombre con sombrero de ala ancha y pistola humeante apuntaba al suelo. A la derecha, los tres permanecían agrupados, sin ningún herido. ¿Había sido un disparo de advertencia?

El tipo del sombrero dio dos pasos adelante. Vestía un traje oscuro de tres piezas. Hasta sus botas y sombrero Stetson eran negros, y costaba distinguirlo de las tinieblas del callejón. El arma, de cañón largo, ¿un Colt 45? Lo alzó en dirección a los tres tipos, que ahora se apiñaban ocupando apenas el espacio de uno.

—Bang —susurró.

A Byron la cabeza le estallaba. Parpadeó, despacio, dolorido. Los tres matones ya no estaban en el callejón. Sus pisadas aún podían oírse corriendo sobre el pavimento.

Se incorporó y, con esfuerzo, apoyó y deslizó la espalda contra la pared rugosa que tenía detrás para ponerse en pie. Echó mano al torso y gimió al apretar la contusión donde lo habían pateado.

El pistolero se volvió hacia él. El rostro bajo el ala ancha era negro, con un denso mostacho que le caía por las mejillas.

Un intenso dolor acuchillaba su costado. Aun así, Byron sonrió:

—Caballero, no sé quién es usted —aunque se lo imaginaba, en Barcelona no abundaban los pistoleros de raza negra vestidos con elegancia—, pero le agradezco que me haya librado de esos tres indeseables.

El cañón del revólver se reanimó para apuntarle. Byron borró su sonrisa. El otro habló en inglés, con voz grave:

—¿Por qué anda usted preguntando por los asuntos del señor Ramón Calafell?

Era el suyo un acento educado del este norteamericano.

—Interés profesional.

—Tenía entendido que estaba retirado, señor Mitchell.

—Vaya, las noticias vuelan.

El pistolero dio otro paso en su dirección. Que se le acercara tanto aquel pistolón no resultaba tranquilizador. El tipo parecía solvente con su arma. ¿Era de los que podrían acertar al corazón de un abogado desnudo a siete metros de distancia?

Byron alzó la palma abierta pidiendo pausa. El otro se detuvo.

—Si baja el arma, me encantaría invitarle a tomar algo para que pudiéramos charlar.

El pistolero no bajó el arma.

—No tenemos nada de que charlar.

Byron cerró la palma en un puño, del que al momento alzó un dedo.

—Probemos otro enfoque. Debido al desgraciado fallecimiento de su último empleador, entiendo que ahora mismo se encuentra usted sin trabajo. —El golpe en su torso punzó de nuevo y Byron inspiró hondo para calmarlo—. Si me responde a unas simples preguntas, estaré encantado de compensarle adecuadamente por su tiempo.

¿Había bajado un poco el arma? Byron mantuvo el silencio mientras el otro rumiaba su propuesta. Al final, el pistolero habló:

—Pregunte.

—¿No preferiría que nos sentáramos en un lugar más cómodo? Estoy seguro de que por aquí cerca podríamos encontrar una taberna con algún vino que no estuviera muy aguado.

La pistola recobró su altura. Byron alzó las dos manos:

—De acuerdo, ¡vale! —Meditó un instante—. ¿Llevaba mucho tiempo trabajando para el señor Calafell?

—Menos de un mes.

—¿Para qué le contrató?

—Quería a alguien que le protegiera en determinadas reuniones fuera de su despacho.

—Comprendo… En esas reuniones, ¿se vio con alguien que le resultara sospechoso?

El pistolero mostró los dientes en algo que un espectador despistado podría tomar como una sonrisa.

—No se reunía con nadie que no lo fuera. Bueno, excepto una vez.

El tipo se quedó en silencio.

—¿Qué vez?

El pistolero continuó callado. Al cabo, Byron lo pilló. Despacio, alzó una mano y se abrió la chaqueta. Con dos dedos de la otra y en total calma pescó unos billetes del bolsillo interno. El pistolero ladeó la cabeza; la vista curiosa fijada en el dinero.

Byron se lo ofreció. El otro aún lo observó unos instantes más. Descargó el arma y guardó el cañón en el cinto. Dio un paso hacia Byron que tuvo que esforzarse por no apartarse. Aunque el tipo era más bajo que él, su envergadura de hombro a hombro daba pavor.

Le arrebató el fajo y paseó el pulgar por el borde para contarlo por encima.

—En una taberna cerca del puerto se vio con una mujer. Una burguesita de las que abundan por barrios de la ciudad que son mejores que este.

—¿Podría descri…?

—Sobre cuarenta años. Bajita; metro cuarenta y algo. Pelo oscuro atado en un moño muy apretado. Se había echado tanto perfume a rosas que se la olía desde dos mesas de distancia. Cojeaba de la pierna derecha.

Vaya, una señora burguesa de metro cuarenta que cojeaba de la pierna derecha. Podría ser casualidad… Seguro que había más de una dama en la ciudad que cumplía esa descripción, pero se le venía a la cabeza una muy concreta.

«Las casualidades raramente existen en una investigación», le susurró el Gran Detective al oído.

—¿Estaría usted interesado en ganar algo más de dinero?

—Depende de qué se trate.

—No es nada complicado, pero tendríamos que vernos mañana por la mañana. A eso de las once. ¿Le parece bien?

El otro se guardó el dinero. Se le veía satisfecho con la cantidad contada.

—Mañana no tengo nada que hacer.

—Perfecto entonces. Mañana a las once. En la Vaquería Suiza del parque de la Ciudadela. ¿Está de acuerdo, señor…?

—Redmond. Irving Redmond.

—Un placer, señor Redmond.

Byron extendió la mano. Irving Redmond le dio la espalda para alejarse por el callejón.

Byron echó mano al costado herido y resopló.

Redmond le habló desde la distancia.

—Una cosa más, señor Mitchell.

—¿Sí?

—Como se le ocurra comentarle a la policía cualquier cosa sobre mi relación con el señor Calafell o sobre mi misma existencia, usted y yo tendremos un grave problema.

Redmond reanudó la marcha y se alejó pisando fuerte sobre el empedrado.

Byron caminó en la misma dirección. Por detrás de aquel bruto habría menos posibilidades de algún otro encuentro indeseado. A cada paso, el golpe en el torso le dificultaba la respiración. Como no encontrase un carruaje en las Ramblas, iba a costarle lo suyo regresar a pie a casa.

Viernes, 25 de octubre de 1901

I

Tras su excursión al Raval, su violento encontronazo con aquellos tres matones y su no menos incómodo *rendez-vous* con el señor Irving Redmond, Byron se había ido a dormir tarde y, además, le costó bastante conciliar el sueño. La contusión amoratada que le pinchaba en el costado a cada giro sobre la cama no ayudaba a ello.

Al final logró dormirse un buen rato después de que las campanadas de la parroquia de la Purísima Concepción dieran las cinco. Tuvo sueños agitados sobre un abogado muerto, desnudo y en calcetines, que lo perseguía por una callejuela oscura de la ciudad hasta que iba a dar a la ladera de una montaña suiza donde un antiguo detective, también muerto, aunque elegantemente vestido, le gritaba que estaba yendo por muy mal camino.

Despertó con un tam tam agresivo golpeando sus sienes sudadas. Le llevó su tiempo darse cuenta de que los golpes sacudían la puerta del piso. Se arrastró en ropa de dormir hasta la entrada y abrió dispuesto a cagarse en quien…

El inspector Alfredo Martín lo observó, sorprendido, de arriba abajo. Venía acompañado de un guardia municipal de uniforme. El disfraz del Gran Detective cayó sobre Byron en cuestión de un segundo y le hizo alzarse en toda su altura para fingir una tranquila superioridad.

—Querido inspector, ¿qué se le ofrece?

—Buenos días, señor Mitchell. Lamento importunarle. —Lo repasó con la mirada—. ¿Le he despertado?

—Me temo que ayer me acosté muy tarde, por causa del trabajo.

Martín se animó visiblemente. Abrió mucho los ojos al preguntar:

—¿Alguna novedad interesante en el caso que nos ocupa?

Byron dedicó una clara mirada de desconfianza al municipal.

—Nada definitivo por el momento. En cuanto llegue a alguna conclusión, me encantará comunicárselo en persona. —Martín se desinfló, decepcionado—. ¿Se trata de una visita oficial?

—Sí, bueno, como le digo, siento molestarle. El comisario Galván me ha pedido que viniera a solicitarle si podría usted acompañarme. El comisario querría mantener una conversación sobre el caso. Sé que presentarme aquí sin anunciarme no resulta muy adecuado, pero me temo que mi superior está muy interesado en verlo en su despacho.

El guardia municipal miraba al inspector como si no entendiera por qué estaba dando tantas explicaciones.

—No se preocupe —dijo Byron—. Si me concede cinco minutos para que me asee, estaré encantado de acompañarle.

—Muchas gracias, señor Mitchell. —El inspector dio un paso atrás y casi chocó contra el uniformado. Este no se movió hasta que Martín le apremió con la mirada—. Le esperamos en la calle.

Byron cerró y apoyó la cabeza contra la puerta. Dejó ir un fuerte suspiro.

Tenía que tranquilizarse.

Corrió a vestirse y, en menos de cinco minutos, estaba listo para salir, aunque esperó otros tantos junto a la puerta. Las divas del espectáculo siempre se hacían de rogar.

Pasado el portón abierto de la casa Rius, ya en la calle, esperaba un carruaje cerrado para dos. El guardia municipal, subido al pescante, agarraba con firmeza las riendas del único caballo del vehículo. Byron y Martín se acomodaron en los asientos. El inspector dio dos golpes en el techo de la caja y el guardia gritó una orden al animal.

Arrancaron paseo de Gracia abajo, en dirección a las Ramblas y hacia el mar. Byron desconocía si lo conducían al palacio del gobernador o al edificio de jefatura. Ambos se hallaban cercanos a la estación de Francia y a la orilla del Mediterráneo.

El inspector Martín simulaba distraerse apartando los visillos de la ventana para cotillear el exterior. Intentaba no mirarle a la cara. ¿Estaba avergonzado por la misión que le había caído encima?

Byron probó a deshacer la evidente incomodidad reinante:

—Es una bonita ciudad. ¿Nació usted aquí?

El carruaje rodeaba en aquel momento el contorno de la plaza de Cataluña. Martín se volvió, sonriente y aliviado:

—No. Vengo de Galicia, en el noroeste del país.

—Conozco la zona de oídas. ¿Echa de menos su hogar?

—Echo de menos a mis padres, que en paz descansen. Me gusta vivir aquí. Prefiero el sol a que me esté lloviendo todo el día encima. Pero qué le voy a contar a usted… Dicen que en su país también llueve mucho. Seguro que su infancia estuvo pasada por agua al igual que la mía.

Su infancia fue sol y arena de playa, y ayudar a su padre a sacar la barca y a recogerla. Y traerlo de vuelta a casa cuando caía inconsciente por el alcohol. O esconderse de él cuando la bebida no lo tumbaba, pero despertaba sus peores instintos, que volcaba contra él y sobre todo contra su madre.

—Sí. Demasiada agua —respondió con una sonrisa.

El carruaje descendió las Ramblas. Volvió a instalarse un silencio incómodo. Dejaron a la derecha el monumento a Colón y avanzaron por el paseo del mismo nombre hasta llegar al de Isabel II. Cuando ya avistaban el palacio del gobernador, el vehículo paró en seco con un relincho del animal y se detuvo a un buen trecho de distancia. Martín, sin esperar al conductor, abrió la puerta y descendió. Byron le siguió.

El inspector y el uniformado lo guiaron hasta un edificio grande y destartalado al que entraban dos policías de uniforme y del que salían dos tipos de paisano. Estos últimos lo observaron con curiosidad.

O sea que la cita iba a ser en jefatura y no en el palacio del gobernador. ¿Eso eran buenas noticias o lo peor que le podía pasar?

Martín saludó al oficial de guardia que, tras el mostrador de recepción, estaba registrando la entrada a calabozos de un pilluelo con gorra. El crío, de no más de doce años, inmovilizado del cuello por la garra de un guardia municipal, intentaba disfrazar su miedo con una expresión altiva.

Byron tragó saliva y siguió al inspector hasta las escaleras. Subieron al tercer piso. Tras recorrer un pasillo de suelo de madera llegaron a un despacho con la puerta cristalera abierta. Martín dio dos golpes en el marco.

El comisario Galván, de espaldas en su butaca con la mirada fija en una ventana hacia el paseo de Isabel II, volvió el cuello.

—Buenos días, señor Mitchell. Martín…

No se molestó en levantarse. Giró el asiento para encarar a los visitantes. Con aire desganado les ofreció acomodo en la única silla delante de su mesa.

Byron se sentó y cruzó una pierna sobre la otra. Martín cerró la puerta y se quedó en pie, buscando sin éxito algún otro asiento en el despacho.

—¿Quiere usted tomar una copa? ¿Quizá un puro?

—No, gracias, comisario.

Galván se echó atrás en la butaca. Vestía uno de esos trajes suyos elegantes. Impoluto, en contraste con las manchas de tierra seca en los bajos de las perneras de Martín.

El despacho estaba decorado con gusto. Un par de pinturas de buena calidad. Muebles franceses. No tenía pinta de que nadie trabajara mucho por allí. Sobre el escritorio, dos papeles y apenas instrumentos de escritura, aparte de una pluma y un tintero más bien decorativos.

—Y bien, señor Mitchell, ¿qué tal anda su investigación? —Byron reprimió la intención de encogerse de hombros—. Vamos, señor Mitchell. Esta ciudad no es tan grande. El inspector Martín ya me informó de que había asomado las narices por la vivienda del difunto. Él y yo tuvimos una buena discusión sobre los límites de las intromisiones de un civil en una investigación policial. Luego nos hemos enterado de que ha estado husmeando por las cocheras de la calle Caspe. Martín no consiguió sonsacarle nada a los desarrapados que trabajan allí. Es ver una placa de policía o a un agente uniformado y todos agachan la cabeza y olvidan hasta el nombre de la puta madre que los parió. —Se rio en voz baja de su propio chiste—. ¿Averiguó usted algo?

Byron mantuvo su expresión impasible. Galván empezó a rascar con una uña sobre el tapiz de la mesa. De súbito, todo su corpachón empujó hacia atrás la butaca arrastrándola sobre el suelo y se puso en pie. Rodeó el escritorio hasta medio sentarse sobre la mesa, muy cerca de Byron, quien siguió todo el proceso con una mirada tranquila. Ya no era un delincuentillo callejero a quien hombres como aquel pudieran intimidar. El uniforme de honorabilidad que vestía el comisario apenas ocultaba las evidencias de un pasado barriobajero como el que el mismo Byron se esforzaba por esconder.

—¿Lo ha contratado el señor Rius para que realice una investigación paralela a la nuestra?

—El señor Rius es un amigo y está preocupado por lo que le ha sucedido a su colega y abogado.

—Bien —rio Galván—, empezaba a pensar que se había quedado usted mudo. Verá, Mitchell, Calafell y Rius nunca han sido colegas en nada. Eso lo sabe todo el que es alguien en esta ciudad.

En toda Barcelona nadie se explica por qué dos empresarios triunfadores como Jordana y Rius se asociaron con ese tipo. Esas dos familias dirigen un negocio textil de éxito desde hace tres generaciones; si hasta tienen una línea de barcos de vapor entre la península y el Caribe... Y, en cambio, ¿sabe usted quién era Ramón Calafell hace unos años? —Cogió las dos hojas sueltas de su escritorio y las agitó—. ¡Nadie! No tenemos constancia de su existencia hasta apenas un año antes de que empezara a trabajar para ellos. —Consultó una de las hojas—. Un abogado salido de la nada, con un sospechoso título en Derecho por la Universidad de La Habana, que logra afiliarse al Colegio de Abogados de Barcelona gracias a una recomendación manuscrita del propio Sr. Rius. —Sacudió la otra hoja antes de rematar—: ¡No me diga que no le huele a mierda todo eso!

Acompañó el exabrupto tirando de mala manera los dos folios sobre el escritorio.

—¿No saben ni siquiera dónde nació? ¿O cómo dio a instalarse en Barcelona?

—Llegó de Cuba —intervino Martín, todavía en pie a su espalda—. Parece ser que era español de nacimiento. Hay quien dice que de algún lugar del norte de Cataluña, algún otro nos ha dicho que lo creían aragonés o navarro. Lo único que hemos podido averiguar es que emigró a Cuba y permaneció allí unos años. No nos consta que hiciera fortuna...

Galván le cortó agitando un brazo:

—Lo que quiero que le quede claro de esta conversación, señor Mitchell, es que es muy probable que esté usted trabajando para la gente equivocada.

—Según tengo entendido, su médico forense ha determinado que la muerte de Calafell se produjo durante la noche. Ese hecho invalida su teoría inicial de que el señor Rius asesinara a su abogado antes de abandonar la casa. ¿No es por eso por lo que lo han dejado en libertad?

—Usted sabe muy bien que su señor Rius dispone de la capacidad económica suficiente para contratar a alguien que le haga el trabajo sucio.

Byron le mantuvo la mirada a Galván durante unos segundos de silencio que acabó por romper Martín:

—¿Ha averiguado usted algo más sobre la relación entre Rius, Jordana y Calafell? A mi parecer, podría ser un punto clave para desentrañar este asunto.

—¿O quizá —intervino Galván— no le conviene morder la mano que le da de comer?

Martín carraspeó desde detrás de Byron:

—Comisario, el señor Mitchell tiene una bien ganada fama de poner por delante la verdad ante cualquier otra cuestión.

Galván palmeó con violencia la superficie del escritorio:

—¡No me venga con tonterías de folletín, inspector! Si así fuera, ¿por qué no ha empezado a investigar por ahí? Aunque solo sea para descartarlo.

—Acabo de iniciar mis indagaciones —Byron habló con cautela— y, aunque usted no tenga la capacidad de verlo, estas siguen su método. Uno que no pienso discutir aquí con ustedes. —Tiró de la leonina de su reloj para sacarlo del bolsillo y consultar la hora—. Si no tienen más que decirme, llego tarde a una cita.

Se puso en pie, pero se quedó quieto en el sitio. Galván asintió hacia su subordinado y este abrió la puerta. Byron saludó con una inclinación de cabeza y se volvió para salir. Ya bajo el marco, le paró la voz del comisario:

—Señor Mitchell, el señor Rius es poderoso, pero solo hasta cierto punto. El último año y medio se ha aliado con ciertos sectores catalanistas que no le dejan en muy buena situación a ojos del gobierno de Madrid. Tenga usted mucho cuidado sobre por quién toma partido. No me gustaría verme obligado a ordenar medidas para la revisión de sus documentos de viaje.

Byron sonrió con una mueca exagerada por encima del hombro. Se colocó el sombrero y abandonó el despacho del comisario.

Aquel imbécil le había lanzado la amenaza típica de una autoridad contra cualquier extranjero molesto: la posibilidad de expulsarlo del país. En su caso, una revisión de sus papeles podría acarrearle problemas mucho más graves.

Tres días más. Solo tres días.

II

El inspector Martín acompañó a Byron a la salida del edificio de jefatura. Ambos descendieron los tres pisos en completo silencio.

Nada más pisar la calle, Byron se llevó la mano al sombrero:

—Que tenga un buen día, inspec...

Martín lo frenó poniéndole una mano en el brazo.

—Señor Mitchell... Lamento mucho el comportamiento de mi superior. —Mantenía la cabeza baja, evitaba el contacto con sus ojos—. Está demasiado centrado en la vertiente política de su trabajo. Entiendo que son cosas del cargo, pero pienso que debería preocuparse más por la gente de la calle que por la de los despachos. Además, a veces es un poco...

—¿Agresivo? —interrumpió Byron.

Ahora sí, Martín le miró de frente.

—Tiene su forma de hacer las cosas. Una manera que a mi parecer resulta anticuada. Como a él le ha funcionado durante toda su carrera hasta llevarle a su posición actual, cuesta hacerle ver que, en los tiempos que corren, se está quedando obsoleto.

—No se disculpe, inspector. Cada uno debe responsabilizarse solo de sus propios actos.

Martín asintió con pesadez. Algo le rondaba la cabeza y al final se decidió:

—¿De verdad no averiguó usted nada más en las cocheras?

—Los trabajadores me dijeron que cada jueves llevaban a Calafell al barrio del Raval. Allí, unas veces visitaba burdeles y otras entraba en cabarés de mala reputación.

—¿Iba solo? —insistió el policía.

¿Sabía Martín algo que se estaba guardando? ¿Le tanteaba para averiguar si era de fiar? Convenía que estuviera de su parte, aunque tampoco quería explicarle más de la cuenta. Byron se negaba a poner en apuros a Violeta. Por mucho que confiara en Martín, un tipo como el comisario Galván no dudaría ni un minuto en joderle la vida a una joven prostituta solo para demostrar avances en su investigación ante el gobernador civil.

Se la jugó entregando una de sus cartas para contentar al inspector.

—Parece ser que, durante las últimas semanas, un guardaespaldas le acompañaba en sus visitas a los burdeles.

—¿Sabe cómo se llama ese hombre?

—No —mintió Byron.

Martín le aguantó la mirada.

—¿Y no conoce algún otro dato que nos pudiera ayudar a identificarlo?

—Sí. Es un hombre negro.

Martín sonrió abiertamente y le dio la mano, agitándola con efusividad.

—Sabía que podía confiar en usted. Gracias, señor Mitchell.

El inspector se dio por satisfecho. Regresó al edificio y Byron consultó su reloj de bolsillo. Faltaba muy poco para las once. Estaba bastante cerca del parque de la Ciudadela, pero caminando no llegaría a tiempo.

Un coche de punto detenido ante el palacio del gobernador descargaba en aquel momento a un pasajero. Byron cruzó la calle al trote y silbó con todas sus fuerzas para llamar la atención del conductor. Llegó resoplando hasta él:

—Al parque de la Ciudadela, por la entrada a la Vaquería Suiza. Rápido.

Subió al coche un segundo antes de que el conductor jaleara al caballo para partir a toda prisa por el paseo de la Aduana en busca de la calle de Circunvalación. En apenas cinco minutos alcanzaron el parque. Byron pagó y corrió para adelantar a los peatones del paseo circular, que deambulaban sobre el piso de tierra a la sombra de los tilos y los plátanos.

Al poco tenía a la vista el edificio de la Vaquería Suiza, la reproducción en madera, con techo de tejas a dos aguas, de una granja rural helvética. Un distinguido grupo de damas, que cotorreaban a diferentes volúmenes de voz, ocupaban la totalidad de las redondas mesas de exterior dispuestas bajo el soportal previo a la entrada.

Byron frenó sus pasos al inicio del desvío que conducía al curioso café-restaurante y buscó refugio tras el amplio tronco de un plátano de sombra. En la mesa más cercana al camino de acceso se acomodaban Anna Coll de Rius, Elisa y la institutriz Bettina. Elisa, medio girada en su asiento, conversaba sonriente con una joven sentada en la mesa contigua. La señora de Rius llamó la atención de su hija y esta recompuso su postura para colocarse firme en el asiento de cara a su madre.

Más allá de las féminas de la familia Rius y del resto de las señoras de la Junta de Damas, apoyado con discreción contra uno de los extremos del frontal de edificio, esperaba el señor Irving Redmond, vestido de negro del sombrero hasta las botas. Byron alzó una mano para saludarle, pero el otro ni se inmutó. Un trabajador de la Vaquería pasó tras la espalda del pistolero negro acarreando una carretilla llena de paja.

Byron estiró su figura y se acercó paseando por el caminito de entrada hasta la mesa de la señora Rius y de Elisa:

—¡Byron! —A la niña se le iluminó el rostro y agitó el brazo en bienvenida. Su madre la fulminó con la mirada.

—Elisa, señora Rius. Señorita Krauss.

Las tres devolvieron el saludo.

—¿Qué hace usted por aquí, señor Mitchell? —dijo Elisa. Sobre la mesa había dos vasos vacíos y un tercero mediado de leche fresca—. ¿Quiere tomar algo con nosotras?

La expresión en el rostro de la señora Rius no mejoró. Bebió un sorbo de su vaso y se limpió los labios impolutos con una servilleta.

—No querría molestar... —dijo Byron.

Elisa miró a su madre y esta mantuvo su hierática efigie cuando apenas alzó la nariz para preguntarle:

—¿Suele caminar a solas por el parque, señor Mitchell?

—En realidad, regresaba de mantener una interesante conversación en el edificio de la jefatura de policía.

La señora de Rius tensó la espalda sobre su asiento. Elisa se acodó a la mesa, muy interesada por escuchar. Su madre carraspeó y agitó una mano lánguida en dirección a la institutriz:

—Bettina, por favor... Vaya a comprar dos botellines de leche fresca para llevar. —Sacó unas monedas del bolso y se las entregó. La institutriz se puso en pie al momento—. Elisa, acompaña a la señorita Krauss.

Elisa puso los ojos en blanco y se levantó refunfuñando. Su madre sacó otra moneda del bolso:

—Toma, cómprate una horchata.

La propina bastó para que la niña se animara. Mientras las dos se alejaban, la señora de Rius compuso la expresión más cordial de que fue capaz y, con la mano, invitó a Byron:

—Por favor, señor Mitchell, tome asiento.

Lo hizo, con la vista fija en la esquina de la Vaquería, desde donde Redmond los observaba. Byron dirigió un discreto gesto hacia la mujer y Redmond asintió en la distancia.

—Y bien, señor Mitchell, ¿ha logrado avanzar en su investigación?

—No me explicó usted que se había visto con el señor Calafell fuera de su casa. En una taberna cercana al puerto, para más datos.

La señora Rius se sonrojó. Habló en un susurro:

—¿Conoce ese dato la policía?

—Tranquila. Lo he averiguado por otras fuentes.

—Le agradecería que me guardara el secreto. Le aseguro que no tiene nada que ver con…

—Por supuesto, solo me gustaría saber qué temas trataron. —Ella giró el rostro—. Verá, señora Rius. Intento averiguar más acerca del difunto señor Calafell. Entender en qué negocios andaba metido me ayudaría a buscar posibles sospechosos que pudieran estar interesados en verlo desaparecer. Como ya le expliqué a su marido cuando acepté hacerme cargo del caso, estoy convencido de que ni él ni nadie de su familia están involucrados en el crimen. De no ser así, no habría accedido a ayudarles.

La señora de Rius suspiró y relajó la expresión.

—Señor Mitchell, le agradezco su discreción. Sí, me reuní con el señor Calafell. Pidió verme en privado en relación a un asunto de la familia de mis padres. Algo que sucedió hace unos años.

—¿El tema de la herencia que mencionó usted el otro día?

—Mi marido lo conoce, pero no le gusta hablar de ello. Calafell vino a pedirme que hiciera las paces con mi hermana. Ella y yo llevamos dos años sin hablarnos. En realidad, nuestra relación nunca ha sido muy buena. Desde muy joven, yo siempre me preocupé por el bienestar de nuestros padres, que en paz descansen… —Se santiguó, sin parar de hablar—. Ella, en cambio, solo pensaba en asistir a fiestas de sociedad. Mi hermana pequeña era la niña de los ojos de mi padre. No me entienda mal, nos quería mucho a las dos, pero ella tocaba muy bien el piano y tenía una voz preciosa. Y sí, era la niña más bonita que podías conocer. Sé lo que piensa, pero no: yo no estaba celosa. La quería tanto como a mis padres. Era un ángel en la tierra. Por desgracia, los ángeles no siempre hallan el camino correcto. Apenas tenía diecisiete años cuando se escapó de casa. Quería vivir aventuras o no sé qué más sarta de tonterías. Mis padres se hundieron. Mi madre enfermó de los nervios.

Calló y bebió de un sorbo lento los restos del vaso de leche. Debía llevar mucho tiempo guardándose aquello en el interior. Lo había volcado todo sin que Byron se hubiera visto obligado a tirar de la madeja.

Esperó callado a que ella terminara de limpiarse de nuevo con la servilleta. Se tomó su tiempo, pero la intensidad del silencio de Byron la obligó a continuar:

—Un año después, gracias a la mediación de unos conocidos, la localizamos en París. Vivía en Montmartre, entre bohemios, artistas y delincuentes. Mi padre logró traerla de vuelta. Desde entonces se desvivió por hacerse perdonar y no tardó en lograrlo al aceptar su matrimonio con Genís Sanmartí, un hombre mayor, pero de posibles. Mis padres se esforzaron por borrar cualquier señal de su año en París. Inventaron que había permanecido con unos familiares todo aquel tiempo, para evitar el escándalo. Yo no pude perdonarla. Presencié todo el daño que les había… que nos había hecho. Dos años después, madre falleció de tuberculosis. —Volvió a santiguarse. Alrededor, el gorgoteo de las señoras había disminuido y Anna Coll de Rius bajó el volumen de su discurso—. Yo sé que la huida de mi hermana causó en su ser el daño que acabó dando forma a la enfermedad. Mi querido padre aún estuvo con nosotras unos años más e intentó con todas sus fuerzas reconciliarnos. Yo le quería mucho y le dejé creer que así era. Hace dos años, cuando falleció, mi hermana y yo volvimos a discutir.

—La herencia…

La señora Rius asintió:

—Verá, señor Mitchell. Tenemos una propiedad en Sitges, donde solíamos veranear en familia. Mi padre había dispuesto que yo me quedara la propiedad. Él sabía bien cómo adoraba yo esa casa y el recuerdo que tenía de los buenos momentos que pasamos allí cuando éramos niñas… Mi hermana insistió en que mi padre se la había prometido a ella. Incluso se atrevió a mentir asegurando que lo había dejado registrado en un documento; un papel que, por supuesto, no fue capaz de presentar. Desde entonces no nos hablamos. Tampoco nuestras familias. Ni ella ha mostrado voluntad por ver a su sobrina ni yo veo a su hija desde entonces.

—¿Por qué quería Calafell que hicieran las paces? ¿Qué ganaba él?

—Yo tampoco entendí su petición, a la que, por supuesto, me negué, así que —se acercó sobre la mesa, susurrante y misteriosa— los días siguientes realicé mis propias averiguaciones. Por lo visto pretendía la mano de mi sobrina. La chica es seis años mayor que Elisa y parece ser que mi hermana le anda buscando marido. El señor Calafell era algo mayor para ella y, además, no gozaba de prestigio en esta ciudad. Supongo que intercediendo en nombre de mi hermana buscaba la manera de congraciarse con su familia.

Byron se retiró en el asiento. Juntó las manos, cruzó los dedos y apoyó la barbilla sobre ellos, en aquel movimiento que le había visto tantas veces al Gran Detective.

—Bien… —Simuló meditar en silencio—. ¿Podría indicarme la dirección en la que reside su hermana?

Un rictus breve cruzó el rostro de la señora Rius.

—¿Cree necesario hablar con ella? No sé si lo considero adecuado.

—Descuide, señora Rius, la mantendré a usted fuera de la conversación. Entiéndame, si Calafell mantenía relaciones con la familia de su hermana, podría obtener de ellos alguna información que me ayude en mi objetivo de exonerar a su marido de las injustas acusaciones a las que le somete la policía.

La señora Rius sonrió, relajada y agradecida. En realidad, la dirección del hogar de los Sanmartí era un dato que Byron ya conocía, aunque resultaba interesante la resistencia de Anna Coll de Rius a proporcionárselo.

—Por supuesto, señor Mitchell. Mi hermana reside en la rambla de Cataluña, en un palacete en la esquina con la calle Consejo de Ciento. Perdóneme por dudar de su metodología. Mi marido y yo le estaremos eternamente agradecidos por su ayuda. Y mi hija, Elisa, también, por supuesto. Ya sabe que ella le tiene en muy alta estima.

Eso último, ¿a qué venía? ¿También ella quería poner a la niña en venta? Byron se mordió la lengua, sonrió y se puso en pie con ceremonia. Saludó con una leve reverencia.

—Muchas gracias por dedicarme su tiempo.

—¿Ya se marcha? ¿Dónde se han metido Elisa y Bettina? Estoy segura de que a mi hija le gustaría que se quedara un poco más con nosotras.

—Debo disculparme, pero hay labores que requieren mi atención.

—Por supuesto, señor Mitchell.

Ella le ofreció su mano y Byron la besó.

Abandonó la terraza y salió al paseo. Bordeó una agrupación de altos arbustos, que lo mantuvo oculto de las mesas y de la señora Rius, para regresar junto a la Vaquería, por el lateral en el que había visto a Redmond.

¿Dónde estaba el pistolero? Resultaba extraño que se largase sin cobrar el dinero prometido por Byron.

Siguiendo por aquel costado del edificio, una nube de moscas y el olor a mierda de vaca anunció la entrada a las cuadras. Aparte de los animales no se movía nada a la vista.

Bien. Byron se dio la vuelta. Si Redmond había decidido renunciar a su dinero, quién era él para…

Una garra de acero atrapó su garganta, le dejó sin aire y lo arrastró con violencia al interior del establo.

III

La garra lo lanzó descontrolado contra una valla de madera en el interior. Byron rebotó y cayó de rodillas sobre la mezcla de forraje y boñigas que cubría el suelo. Apoyó las manos en los listones para ponerse en pie con más pena que gloria.

Por encima de la separación, el rostro enorme de una vaca le dedicó un mugido lastimero. Byron retrocedió un paso y recordó la presencia de su atacante. Se volvió en su mejor pose de boxeo estilo marqués de Queensberry.

Al rostro esculpido en piedra de Irving Redmond se le dibujó una sonrisa. Byron bajó los brazos e intentó recomponer una imagen de dignidad.

La sonrisa en el otro se esfumó.

—Señor Redmond. Por un momento creí que se había marchado.

—Me ha dado la sensación de que ya conocía a la señora de la Vaquería.

Byron palmeó sus perneras para sacudir los restos de paja y estiércol.

—La descripción que me proporcionó usted anoche coincidía, pero prefería asegurarme.

—Bien, pues si ahora me paga usted, podré volver a dedicarme a mis asuntos.

Byron sacó del interior de la chaqueta los billetes que había preparado y se los entregó. Tenía que empezar a controlar el dinero si no quería quedarse sin blanca antes de tiempo.

Redmond los contó allí mismo, sin disimulo ni vergüenza alguna. Al terminar, asintió. Se llevó dos dedos al ala ancha de su sombrero y se encaminó a la salida del establo.

Byron lo siguió al exterior mientras volvía a sacudirse el pantalón. Aquella mancha de excrementos no iba a ser fácil de…

Chocó contra la espalda de Redmond como quien da de narices contra un muro.

—Qué demonios… —masculló.

—¿Pensaba marchar sin despedirse, señor Mitchell?

Elisa los observaba curiosa a la misma salida del establo mientras sorbía de una pajita de papel manila su horchata en vaso de cristal.

Irving Redmond se quedó parado, con expresión curiosa. Casi la misma con la que la niña lo contemplaba a él.

Byron bordeó al muro humano y se quitó el sombrero:

—Elisa, ¿no deberías estar con tu madre y con tu institutriz?

—Te he visto escabullirte y quería saber con quién hablabas.

Clavó la mirada en Redmond, que se mantenía firme, serio y con el sombrero puesto. Le extendió la mano con una enorme sonrisa en el rostro.

—Me llamo Elisa Rius, ¿y usted es…?

Redmond la observó hierático. Ella aumentó en un grado la sonrisa y agitó la mano para llamar su atención. Redmond miró de reojo a Byron, quien se encogió de hombros. La actitud risueña de Elisa acabó por desarmar a Redmond, que recogió la mano de ella con un saludo lánguido, como falto de costumbre para responder al gesto de la niña.

—Redmond. Irving Redmond.

—Es un placer, señor Redmond. —Elisa miró hacia lo alto—. ¡Me encanta su sombrero!

Byron mantenía el suyo propio en la mano y Redmond se dio por aludido. Descubrió su cabeza con un carraspeo incómodo.

—Parece usted salido de una novela del Oeste —siguió la niña.

—El señor Redmond es todo un vaquero —intervino Byron, divertido por ver al agresivo pistolero tan descolocado.

—¡Eso es fascinante! ¿Es usted americano? ¿Cómo es que está usted en Barcelona? ¿Ha visto búfalos alguna vez? ¿Sabe hablar con los indios?

Redmond, que intentaba mantener su férrea expresión, fracasó ante el arrebato de preguntas de la niña. Una sonrisa cruzó su rostro antes de responder:

—En realidad, sí, señorita. Conozco bien un par de dialectos de los nativos de Nuevo México. Trabajé con algunos de ellos en el circo de Buffalo Bill.

—¡Buffalo Bill! —Elisa estaba a punto de desmayarse por la emoción—. Mi madre me contó que hace unos años su espectáculo actuó en Barcelona y que ella y mi padre asistieron a una función.

La gira europea del *Buffalo Bill's Wild West*. Byron también había asistido a una representación, en Florencia, cuando él mismo respondía a otro nombre menos conocido.

—¿Y cómo es que dejó el espectáculo, señor Redmond? —preguntó Byron.

—Pues en parte por culpa de esas novelitas que, por lo visto, tanto le gustan a su amiga —dijo Redmond. Elisa se llevó una mano al pecho y retrocedió un paso, dramática—. La mayoría las han redactado cuatro escritorzuelos que no han pisado en su vida el lejano Oeste. Han difundido la imagen de que tanto los hombres que transportan ganado como los pistoleros a uno y otro lado de la ley son más blancos que la leche. En su momento se hicieron tan famosas que hasta el mismo Buffalo Bill pensó que sería mejor que su espectáculo reflejara esa imagen uniforme. En fin, que tanto yo como mis otros compañeros de piel negra ya no podíamos seguir con nuestros números de disparar al blanco o de lazar caballos. Nos tocó pintarnos como guerreros zulús para recrear batallas del ejército colonial inglés en África. Aguanté apenas un par de representaciones. Cuando recogimos el tinglado al terminar la gira para regresar a América, yo me quedé para buscarme la vida.

—¿Y escogió Barcelona? —Elisa no cabía en sí de gozo e ilusión.

—En realidad, di tumbos por medio continente, pero cuando estuve aquí la primera vez con Bill, conocí a una bailarina que...

Byron carraspeó. Redmond lo miró molesto por la interrupción. Byron señaló con la cabeza a la niña de la horchata y el otro también carraspeó.

—En fin —siguió Redmond—, que me había gustado mucho la ciudad.

—¡Elisa! —El grito de la institutriz Bettina Krauss hizo que los dos hombres dieran un bote. Elisa, en cambio, se limitó a poner los ojos en blanco. Se la veía acostumbrada al tono marcial de la germana.

La mujer llegó hasta ellos roja y sofocada. Cogió del brazo a la niña y la apartó de aquel hombre negro al que dedicó la peor de las miradas. Redmond se colocó en la cabeza su Stetson con expresión desafiante.

Bettina susurró a Elisa, aunque sus palabras se oyeron claras:

—Elisa, apártate de ese hombre.

La niña se zafó de la señorita Krauss.

—El señor Redmond es un caballero americano —contestó, toda digna ella—. Y me estaba explicando una historia muy interesante.

Redmond agradeció la defensa con una leve inclinación hacia Elisa:

—No se preocupe, señorita —dijo. La boca de Bettina se contrajo como si fuera a escupirle. Redmond la puso firme con otra mirada grave y la postura de la bávara encogió. Él se tocó el sombrero en dirección a Elisa y sonrió afable—. Señorita Rius, ha sido un placer conocerla.

Miró de reojo a Byron y se marchó de allí. Sus pasos se cruzaron con los de la señora de Rius, que llegaba en aquel momento a los establos resoplando. Esquivó al pistolero negro casi dando un salto a un lado y lo miró espantada mientras él se alejaba.

—¿Quién era ese hombre, señor Mitchell? No debería permitir que un desconocido de esa catadura hablara con mi hija en un lugar apartado como este.

—¡Madre!

—Contigo ya hablaré en casa. Bettina, ve hacia la salida y para un coche de alquiler.

La señorita Krauss obedeció, pero por su mirada resultaba claro que no le había gustado el tono de la orden. Aceleró sus pasos para adelantarse.

La señora de Rius cogió el brazo de Elisa y la conminó a acompañarla. Byron anduvo tras ellas, camino del paseo circular. Al llegar allí, mientras se dirigían a la salida del parque, se colocó a su altura.

—Le ruego me disculpe, señora Rius. Como usted comprenderá, para avanzar en los asuntos que me ocupan debo tratar con individuos de toda índole. Hablé con ese caballero la noche pasada, en relación con el abogado Calafell. No esperaba encontrármelo aquí.

—¡Caballero! ¡Ja! —soltó la señora. Tardó unos pasos más en relajarse—. Por supuesto le entiendo —dijo cuando ya tenían la salida del parque a la vista.

En la misma puerta, la eficiente Bettina había detenido un carruaje. La señora Rius ordenó a la institutriz que subiera y apremió a su hija tras ella. Se acercó a Byron, más de lo normal. Sonrió con excesiva efusividad, tras la bronca anterior:

—Recuerde que le esperamos esta noche para la pequeña recepción que le comentó ayer mi marido.

—Allí estaré.

—Y por favor, señor Mitchell —bajó el tono de voz—, respecto a lo que hablamos antes, le ruego sea discreto.

Elisa remoloneaba antes de subir y estiró la cabeza intentando captar la conversación. Desde el interior del carruaje Bettina reclamó su atención y le mandó sentarse.

La señora de Rius accedió a su asiento con toda la dignidad de la que era capaz y ordenó al cochero la dirección. El vehículo se alejó por el paseo de Circunvalación.

Aunque era un carruaje para cuatro, la señora Rius en ningún momento ofreció a Byron la oportunidad de acompañarlas hasta el edificio en que todos ellos habitaban. Podrían repetir todas las veces que quisieran que le consideraban uno más de la familia, pero aquellos pequeños burgueses tendían a aislarse en su cerrado círculo social. Byron tenía que andarse con ojo si no quería quedarse fuera del juego.

IV

Mientras se alejaba el carruaje con las mujeres de la familia Rius a bordo, un bramido reverberó en las tripas de Byron. No había comido nada en todo el día, así que cruzó a pie la calle esquivando a un ciclista tembloroso que fumaba en pipa para alcanzar a un vendedor ambulante al otro lado.

Pagó unos céntimos por un bocadillo de jamón. Tras el segundo bocado, el embutido, seco y muy salado, se negó a descender garganta abajo. Byron caminó hasta un quiosco de bebidas, una estructura de base poligonal cubierta por un toldo. Acodado al mostrador, compró un agua de Seltz para empujar el bocadillo gaznate abajo.

¿Le había explicado la señora Rius toda la verdad respecto a ella, su hermana y el difunto Ramón Calafell? Algo le decía que no era así.

Tendría que acudir a casa de los Sanmartí para intentar hablar con la hermana. Parecía el paso más sensato y lógico dentro de la investigación que estaba llevando a cabo. El hecho de que al hacerlo era bastante probable que volviera a encontrarse con Rosa Sanmartí no resultaba más que un atrayente valor añadido.

Masticó el último bocado y tragó con fuerza para hacerlo bajar. Alivió el mal momento con el último sorbo de su agua de Seltz y consultó su reloj. A las ocho estaba citado para la cena en casa de sus anfitriones. Llevaba desde el sábado aseándose en la jofaina de la habitación. Casi una semana. No podía presentarse en la cena de aquella guisa.

Paró un coche de alquiler y ordenó que lo llevaran al Instituto Hidroterápico Barcelonés del Doctor Castellarnau en la calle Aragón, cerca del paseo de Gracia. Allí se dio un largo baño, recibió un masaje y terminó con una buena ducha a presión. Limpio, aseado y tonificado regresó a su piso.

Rebuscó en el fondo del baúl sus prendas más elegantes: un esmoquin negro, al estilo de los que el recién coronado Eduardo había puesto de moda en Londres cuando aún reinaba su madre Victoria, un pantalón de la misma tela y un chaleco y camisa de color blanco. Colgó las cuatro piezas de sendas perchas para que retomaran su mejor aspecto posible y de una sombrerera extrajo la chistera que había adquirido en unos grandes almacenes de París. Para terminar, dedicó un buen rato a sacar brillo a los zapatos de charol que reservaba para las grandes ocasiones.

A eso de las siete de la tarde se vistió con esmero y completó el conjunto con una pajarita negra y un reloj Zenith que casi nunca sacaba de su caja. Abrió la tapa y acarició la inscripción del interior: «Con cariño, tu buen amigo B.M.».

Tragó saliva.

Consultó la hora: las siete y media. Vestido de punta en blanco y con la chistera en la mano se tomó unos segundos para prepararse antes de salir a escena. Apoyó la palma de la mano libre contra la puerta y descargó todo su peso. Cerró los ojos. Inspiró y contó, despacio: uno, dos, tres, cuatro...

Diez.

Abrió los ojos. Se colocó el sombrero y salió del piso con una amplia sonrisa en el rostro. Bajó las escaleras y evitó el acceso al hogar de los Rius desde la escalera de inquilinos. Llegó a la portería y llamó a la entrada principal. El mayordomo abrió, amable y formal:

—Señor Mitchell.
—Enrique.

Le guio hasta el salón principal. Los Rius habían ordenado colocar un biombo de estilo japonés para dividir la enorme estancia en dos. Era de suponer que al otro lado estaría montada la mesa para la cena, bajo la lámpara cuyo esplendor llegaba difuminado a aquel lado del salón. La media docena de velas encendidas en una repisa junto a los ventanales obligarían a que los caminantes nocturnos del paseo de Gracia dirigieran sus miradas hacia el espectáculo. Así tendrían que preguntarse quiénes eran los invitados a tan elegante celebración y por qué ellos mismos no habían sido escogidos. De eso trataban todas aquellas reuniones sociales, al fin y al cabo: demostrar que uno podía estar por encima del mayor número de gente posible.

La señora Rius presidía la escena. Vestida elegante con un conjunto azul celeste que empaquetaba de la mejor manera posible su metro cuarenta de altura, departía con un orondo cura de sotana. Byron había coincidido en alguna ocasión con el padre Felip, un primo segundo, tercero o cuarto del señor Rius; el consabido párroco de la familia. En aquel país nunca faltaba un cura si cerca había una buena mesa.

Iluminados por las velas y la luz de la lámpara, el señor Rius y Vidal Jordana, en charla distendida y ataviados con levitas francesas algo pasadas de moda, daban cuenta de sendos copazos de coñac. Un poco apartado, el pintor Aurelio Beltrán, americana gastada sobre camisa sin lazo ni pajarita, centraba su atención en una copa de licor con aire de no saber muy bien qué hacía allí. Dos camareros montaban guardia junto a una improvisada mesa de bebidas en la pared más alejada de los ventanales.

Elisa apareció desde el otro lado del biombo. Su elegante vestido largo, en suave verde esmeralda, ceñido a la cintura por un cordel de seda, anunciaba que la jovencita se estaba convirtiendo en mujer. Byron sintió un cierto orgullo de hermano mayor al verla tan guapa. Sin duda, en muy poco tiempo iba a convertirse en una de las damas más bonitas de la ciudad.

Saludó sonriente a Byron desde la distancia y su acción provocó que los demás se volvieran hacia él.

—¡Bienvenido, señor Mitchell! —Rius alzó los brazos con efusividad.

Una vez advertidos los anfitriones de su presencia, Enrique se sintió validado para solicitarle su sombrero de copa. Byron lo entregó y el fámulo se retiró.

Elisa adelantó a sus padres para acercarse a Byron. Su inexperiencia con el vestido y con los zapatos con incrustaciones coloridas que asomaban bajo la falda la hicieron trastabillar. Byron colocó a tiempo el brazo para que se sujetara.

—Gracias —dijo ruborizada. Tras recobrar la estabilidad, abrió los brazos mostrando el conjunto, con vergüenza.

—Estás muy guapa, Elisa.

—Gracias, Byron —repitió, aún más colorada.

Los Rius se acercaron dejando a Jordana atrás. El socio sujetaba un cigarro en la mano izquierda y una copa en la derecha. Alternaba la atención de sus labios entre uno y otro.

—Una vez más —dijo Byron cuando el matrimonio Rius estuvo a tiro—, quiero darles las gracias por las atenciones que tienen ustedes con mi persona. —Admiró el salón con un gesto amplio—. Una decoración maravillosa.

—Muchas gracias, señor Mitchell. —El henchido pecho de la señora Rius amenazaba explotar de orgullo.

Su marido iba a hablar cuando perdió su mirada en algún punto a la espalda de Byron. Él se volvió. El mayordomo Enrique acompañaba al salón al nuevo invitado, un hombre joven, delgado, alto y con un fino bigote sobre el labio. Al igual que Byron, vestía chistera y esmoquin negros sobre camisa y chaleco blancos. Su rostro, firme y decidido, mostró una sincera alegría al ver a los Rius.

El anfitrión se olvidó de Byron al instante y acudió rápido en recepción del recién llegado:

—Querido Víctor…

El joven entregó su sombrero a Enrique a tiempo de que Rius le sacudiera el brazo con tanta energía que a punto estuvo de arrancárselo.

O sea que aquel era Víctor Aiguaviva, el proyecto mercantil de Rius y Jordana…

La señora de Rius agarró del codo a Elisa y se la llevó en volandas hacia Aiguaviva. Era el invitado de honor y, de largo, mejor partido que cualquier otro presente.

Byron llamó la atención de uno de los camareros y pidió un *brandy*. Libre de la atención de sus anfitriones, se acercó al señor Beltrán, que lo recibió con una sonrisa amable en su rostro de perrito abandonado. Antes de que Byron articulara palabra, el vozarrón de Rius reclamó su presencia.

—Señor Mitchell, por favor, venga a conocer a nuestro invitado.

Byron se disculpó con Beltrán y acudió junto a sus anfitriones.

—Querido Víctor —dijo la señora de Rius—. Te presento a nuestro amigo, el famoso detective Byron Mitchell.

—Señor Mitchell, es todo un honor. Mi querida madre se desmayaría si estuviera aquí con nosotros. —Aiguaviva le dio la mano mientras hablaba a los demás—. No saben ustedes lo admirado que es el señor Mitchell en todo el Reino Unido. Es una gran figura nacional.

Los Rius se inflaron como pavos reales. Byron no sabía dónde meterse y cruzar la mirada con la expresión burlona de Elisa no le ayudó lo más mínimo.

—Aunque debo decirle que en nuestro país le echamos mucho de menos —siguió Aiguaviva—. Algunas personas piensan que se ha vuelto usted demasiado europeo. ¿No tiene pensado volver a casa?

—Lo cierto es que suelo regresar a menudo —mintió Byron—, pero lo hago de incógnito. Con el tiempo me he vuelto reservado y me gusta pasar desapercibido. Es la única manera de visitar con tranquilidad a mi familia.

—No sabía que tenías familia, Byron —intervino Elisa.

—Mantén la corrección con el señor Mitchell, Elisa. —Su padre la reprendió con severidad.

—Sí —habló Aiguaviva—, el señor Mitchell tiene una hermana. Es una gran mujer. Tuve el inmenso placer de conocerla en Londres. Mantiene intereses en el campo de la industria metalúrgica. ¿No comparte usted sus inquietudes?

—A mi hermana siempre se le han dado mejor que a mí esas cuestiones.

—Es una mujer muy preparada —siguió Aiguaviva— y de las personas más inteligentes que he conocido en el mundo de los negocios de la City.

—De cualquier manera, Mitchell —dijo Rius—, ahora que está usted retirado de sus labores detectivescas, debería hacerse cargo de las empresas de su familia. En fin, ¿una dama en ese mundo de hombres? —Rius terminó la frase con un bufido.

Aiguaviva torció el gesto:

—Tras el fallecimiento de mi padre en Cuba, fue mi madre la que controló las riendas de la firma familiar hasta que yo tuve la edad adecuada. No solo mantuvo los beneficios, sino que los mejoró.

—Claro, claro. —Rius carraspeó—. Yo solo pretendía decir que...

—¿Sí, Enrique? —La señora de Rius aprovechó la aparición del mayordomo desde el otro lado del biombo para cortar a su marido antes de que se siguiera liando.

—La cena está preparada —anunció Enrique.

La señora de Rius cogió del brazo al joven Aiguaviva y encabezaron el grupo en dirección a la otra sección de la sala. Al pasar junto a Vidal Jordana, este trituró los restos de su puro en un cenicero y dejó su vaso vacío sobre la bandeja de uno de los camareros. Habló a Aiguaviva:

—Lo que mi socio quería decir es que solo las mujeres excepcionales tienen esa capacidad. Y su madre, Constance, siempre ha sido una mujer excepcional.

Aiguaviva agradeció el comentario con una inclinación de cabeza. En cambio, la mirada que le echó Rius a Jordana…

Allí había algo más. Lo cierto era que desconocía por completo el pasado de los tres socios. ¿Se había equivocado al no iniciar sus investigaciones con la relación entre Rius y Jordana y lo que fuera que supiera Calafell de ellos dos, tal y como había sugerido aquella mañana el comisario Galván?

V

Como Byron había supuesto, la mesa preparada para ocho comensales lucía excepcional: mantelería francesa, candelabros con velas, cristalería de Viena, cubiertos de plata, un colorido centro de mesa floral y tres bandejitas con frutas repartidas a lo largo del tablero.

La señora Rius, anfitriona del evento, tomó asiento a la cabeza. Siguiendo sus indicaciones, Víctor Aiguaviva, el invitado de honor, se aposentó a su derecha, escoltado por Elisa, la joven casadera.

A la izquierda de la señora Rius se colocaron Jordana, el padre Felip y el pintor Beltrán. El señor Bartomeu Rius presidía en el extremo opuesto a su esposa y, por cómo movió la silla un poquito a su izquierda, quedó claro que no pensaba hablar con Beltrán nada más que lo estrictamente necesario.

El asiento asignado a Byron quedaba entre Elisa y el señor Rius. Había un bulto sobre su silla: un libro. Lo recogió con curiosidad; era una edición ilustrada de *Veinte mil leguas de viaje submarino*, de Julio Verne. En la distancia, la señora de Rius se dio cuenta y reclamó a Enrique, con clara intención de reprenderle. Elisa la interrumpió:

—Lo siento, madre. Quería enseñarle a Byron esa novela que he encontrado en el cuarto de trastos de padre.

—No deberías hurgar entre mis cosas, Elisa. Allí almacenamos documentos que trajimos de Cuba y que todavía no hemos tenido tiempo de organizar. Además —dudó unos segundos—, creo que ese libro en concreto pertenecía a tu padre, Víctor.

Aiguaviva reclamó la atención de Byron:

—¿Me permite? —pidió, señalando el volumen. Byron se lo alargó sobre la mesa. Aiguaviva lo abrió por el inicio y se dibujó una sonrisa en su rostro—. Sí, aquí está su firma a pluma. —Acarició la página con un dedo—. Madre mencionó en alguna ocasión cómo le gustaba leer estas aventurillas allí en Cuba.

—Cierto —afirmó Rius—. También guardo varias cajas con documentos de la empresa que recibimos tras la repatriación. El gobierno nos las hizo llegar mezcladas con pertenencias que asociaron a nuestro negocio, como agradecimiento por el uso de nuestros vapores en la repatriación del ejército. Hay entre ellas objetos personales de tu padre: libros, cartas, carpetas… Hasta un trípode de esos que arrastraba a todos lados para las fotografías que tanto le gustaba tomar con aquella cámara suya de fuelle. Escribí a tu madre, ofreciéndome a clasificarlo todo para enviárselo, pero ella no me respondió. Si tú quieres…

—No —Aiguaviva le cortó, tajante—. Muchas gracias, señor Rius. Tanto mi madre como yo guardamos un gran recuerdo de mi difunto padre, pero lo que sucedió en la Isla Grande…

—Aquellos malditos salvajes —gruñó Rius—… A todos ellos teníamos que haberlos…

—Bartomeu, ¡por favor! —Su esposa le lanzó sendos dardos con los ojos y Rius calló, enterrando el morro en su copa.

—No —continuó Aiguaviva—, mi madre y yo preferimos dejar atrás un recuerdo tan doloroso. Le agradezco inmensamente su atención, al igual que estoy seguro de que mi madre agradeció su primer ofrecimiento, aunque no se lo comunicase. No, no hay nada entre esas posesiones que pueda interesarnos ya. Disponga de ellas como guste. Por supuesto, me encantaría que la señorita Elisa se quedara con lo que quiera que pueda hallar interesante.

Le entregó a la niña el volumen, acompañando la acción con una sonrisa. Ella murmuró un agradecimiento tímido. Ante aquel intercambio la señora de Rius alzó las cejas hacia su marido, que respondió con un disimulado gesto cauto.

Jordana apuró al camarero que recorría el perímetro de la mesa para que rellenase su copa de vino. El mayordomo Enrique dio paso a otros dos empleados. El primero portaba una sopera de cerámica adornada con motivos campestres. El segundo, armado con un cazo, fue sirviendo una olorosa sopa de cangrejo en los platos de los invitados.

Jordana alzó un dedo para reclamar la atención de la concurrencia:

—A menudo recuerdo nuestros años felices en Cuba. —Se detuvo a beber un trago de vino. No parecía muy oportuno abordar aquel tema, tras la clara opinión de Aiguaviva al respecto, pero Jordana iba cargadito después de todo el alcohol que se había pimplado en la recepción—. Tu padre y yo nos conocíamos desde críos. Los dos nacimos en la isla. Cuando ya éramos unos jóvenes crecidos, llegó Rius.

Las cabezas giraron hacia el anfitrión, quien se sintió obligado a aclarar el tema:

—Mi abuelo mandó a mi padre de regreso a España, para encargarse de los negocios en la metrópoli. Yo crecí aquí, en Barcelona, pero tanto mi padre como mi abuelo creyeron necesario que conociera nuestra empresa en Cuba.

Jordana soltó una risotada ebria. Se inclinó sobre la mesa en dirección a Elisa:

—¡Menudo pipiolo de ciudad estaba hecho tu padre! —Torció la cabeza hacia Aiguaviva—. David y yo aprovechábamos cualquier ocasión para tomarle el pelo. Una vez le retamos a cabalgar por la selva. ¡Tuvieron que mandar una partida para encontrarlo!

Jordana rio de nuevo con estrépito. Elisa y Aiguaviva sonrieron por compromiso. El resto de los invitados mantenían la cabeza baja mientras tomaban la sopa. A Rius no se le veía nada contento:

—Sí, David y tú erais uña y carne. Hasta que llegó Constance, claro.

El cambio en el rostro de Jordana resultó evidente. Su buen humor ebrio se desvaneció en un instante. Soltó la copa de vino, agarró la cuchara y empezó a sorber el caldo.

Callaron todos, en un silencio apenas roto por los golpecitos de las cucharas contra los platos y los bufidos sobre la sopa caliente. Por fortuna, Elisa concluyó la irritante pausa en la conversación:

—¿Cómo se conocieron sus padres, señor Aiguaviva?

El joven se secó los labios con la servilleta.

—Mi abuelo materno era un marinero y comerciante irlandés que se estableció en la isla en compañía de su mujer e hija: mi madre. Ella y mi padre, y el señor Jordana, se conocieron en aquellos años.

—Y los dos competían por ella —intervino Rius, sonriendo, con ganas de venganza—, hasta que tu padre venció la lucha.

—Ni siquiera hubo combate posible. —Jordana estaba ahora muy serio—. Desde el primer momento en que Constance y David se conocieron, yo ya no tenía nada que hacer.

—¡Qué maravilloso es el amor! —La señora Rius intercedió para atemperar la situación—. Cuando dos jóvenes quedan cautivos el uno del otro… ¿Verdad, señor Aiguaviva?

—Por favor, señora Rius. Tanto usted como su hija pueden llamarme Víctor. Para mí son ustedes como de la familia.

Alzó su copa hacia la madre y la hija. A la señora Rius casi le da un vahído de satisfacción y Elisa bajó la cabeza ruborizada. Era gracioso verla sin capacidad de respuesta.

Aquel chico le gustaba. ¿Y por qué no? Se le veía buena persona. Byron se llevó la copa a los labios para disimular su propia sonrisa. ¿Él también estaba buscándole un pretendiente digno a su «hermanita»?

En la cabecera de la mesa, Bartomeu Rius, erguido, recuperó su habitual aspecto triunfal. Jordana, volcado sobre el plato, apuraba a sorbos rápidos las últimas cucharadas. Su expresión tristona dejaba claro el punto de amargura alcanzado por la bebida. El cura, adormilado, no había intervenido en la conversación desde el inicio de la cena. Beltrán devoró el primero con esa curiosa capacidad suya para pasar desapercibido.

Enrique gesticuló una orden y los camareros retiraron los platos. Al minuto desfilaron para servir el segundo, unos ligeros *éclairs* de salmón. Los comensales dieron buena cuenta de ellos mientras las conversaciones se agrupaban. La familia Rius al completo mantenía una charla distendida con Víctor Aiguaviva, en la que a veces intervenía Byron. Jordana, por momentos más agriado, consumió en silencio los pastelitos de pescado. El cura resurgió de su sopor para atormentar al pintor Beltrán con una charla evangelizadora que, por la cara del otro, lo estaba encendiendo por dentro.

Tras el tercer plato, codornices *à la Richelieu*, y los postres, la cena terminó. Los Rius dirigieron a sus invitados de regreso a la antesala en que habían transformado la mitad del salón. Mientras unos y otros charlaban contemplando el espectáculo nocturno del paseo de Gracia, los camareros retiraron con efectiva celeridad los restos de la cena así como la vajilla y los cubiertos. A continuación, desmontaron la mesa y la sacaron de la sala. Empujaron desde una habitación contigua un piano de cola, con patas montadas sobre ruedas, y colocaron las sillas en semicírculo delante del instrumento. Se sirvieron café, licores y puros. Jordana hizo ademán de ir a por los segundos, pero Rius lo atrapó al pasar por su lado y pidió a uno de los camareros dos cafés bien cargados.

La señora de Rius anunció que Elisa interpretaría unos temas que había ensayado. Aiguaviva, entusiasmado, le dedicó un fervoroso aplauso al que se unieron los demás, Byron incluido. Elisa hizo una reverencia de agradecimiento. Por una vez, no parecía haber guasa en su ademán.

El padre Felip apresó a Beltrán y no se apartaba de él. Le estaba dedicando una homilía completa y el pintor lo sobrellevaba como podía entre copa y copa de *brandy*. Aiguaviva y la señora Rius se aposentaron en primera fila para disfrutar de la función. Elisa emprendió una sencilla pieza de Beethoven.

Rius y Jordana, cafés en mano, se acercaron furtivos a Byron.

—Y bien —habló Rius—, ¿ha podido averiguar usted alguna novedad sobre el asesinato de Calafell?

Byron creyó conveniente interpretar un poco. Llevó un dedo a sus labios, señal que los dos socios aceptaron, serios, con un asentimiento. Los guio hasta los ventanales para apartarlos de los demás.

—Caballeros, no sé si este es el entorno más adecuado para hablar de estos temas, pero, resumiendo, les diré que he sabido que Calafell visitaba un burdel todos los jueves por la noche. La prostituta a la que frecuentaba me explicó que una de esas noches la llevó, con los ojos vendados, hasta una habitación repleta de arte erótico. No vi nada así en mi breve visita a su casa. ¿Saben si Calafell disponía de alguna otra propiedad inmobiliaria?

Los socios intercambiaron un encogimiento de hombros.

—No —dijo Jordana. El café comenzaba a serenarle; apenas se trababa al hablar—. Por lo que yo sé, su única propiedad era el bloque de pisos en el que vivía. Aparte de la planta que habitaba, el resto las tenía alquiladas desde hacía tiempo.

—Calafell —habló Rius— alardeaba de que era su primera gran inversión; el inicio detrás de la que muchas otras vendrían. Presumía de haberse hecho con la obra a muy buen precio gracias a que el propietario que la estaba reformando tuvo que dejarla sin terminar por problemas económicos.

Jordana iba a hablar, pero pausó su intervención hasta apurar su café de un trago.

—Aparte de eso —dijo al fin—, solo invirtió en un par de proyectos industriales con nosotros. Ninguna otra adquisición inmobiliaria que sepamos.

—¿Tampoco un despacho donde desempeñara su labor profesional?

—No, en general trabajaba en su casa —dijo Rius—. En alguna ocasión le habilité una mesa y una silla aquí, en casa, en una pequeña estancia junto al cuarto de los trastos. Solo cuando debía manejar abundante documentación nuestra.

—Entiendo, entiendo… —Byron se acarició la barbilla—. Respecto al supuesto arte que vio la prostituta, ¿saben si era aficionado? ¿Pujaba por la compra de cuadros?

—No que yo sepa. —Rius negó con la cabeza.

—Sé que le interesaba la fotografía —explicó Jordana—, aunque por supuesto eso no es arte. —Dejó ir una risa no del todo serena.

—Es cierto —afirmó Rius—. Me pidió que le pusiera en contacto con un conocido mío fotógrafo. Agustí Albalá se llama. Al parecer quería tomar alguna lección práctica.

—¿Podría proporcionarme sus señas?

—Sí, por supuesto. Tiene un estudio en la calle Canuda, a tocar con las Ramblas. Si quiere puedo buscar su dirección particular…

—No será necesario, gracias.

En aquel mismo momento, Elisa culminó su interpretación al piano. Los tres caballeros acompañaron la ovación del resto de invitados. Elisa inició otro tema. ¿Era de Bach? La señora de Rius giró la cabeza hacia donde se encontraban y alzó las cejas. Su marido debió captar alguna seña secreta del matrimonio.

—Discúlpenos, señor Mitchell.

Con poca discreción, indicó el camino a Jordana y los dos tomaron asiento junto a la señora de Rius y Aiguaviva. Se veía que Rius no confiaba en su socio, en su estado actual, y no quería dejarlo a solas con un detective. La súbita fuga impidió que Byron preguntara por otro tema que le rondaba la cabeza desde el comienzo de la cena: ¿cuál había sido la causa del fallecimiento de David Aiguaviva años antes en Cuba?

Elisa encadenó tres piezas más. Al concluir una de Mozart, en la que cometió un par de claros errores, su madre anunció que había llegado la hora de que las damas se retirasen para que los caballeros pudieran hablar con libertad de sus negocios. Cogió a su hija del brazo y se aseguró de que se despidiera de Víctor Aiguaviva como correspondía. Él besó las manos a ambas mujeres.

—Espero volver a verlas pronto —dijo.

—¿Podría hacernos el honor de cenar con nosotros la próxima semana? —La señora Rius pretendía echar el lazo a la presa antes de que hallara pastos más verdes en otra parte.

—Me temo que la semana próxima estaré en París. Después debo regresar a Londres, no me gusta dejar sola a mi madre demasiado tiempo.

—Por supuesto. —La señora Rius asintió comprensiva.

Su marido intervino:

—Estoy seguro de que Víctor regresará en breve a nuestra ciudad por cuestión de negocios, si todo sale tal y como prevemos.

Víctor dio la callada por respuesta, aunque se aseguró de acompañar su sonrisa con una leve inclinación.

—Pero si permanece en Barcelona durante esta semana —habló Elisa—, quizá podría venir con nosotros a la inauguración del próximo martes.

—¿Inauguración? —preguntó Aiguaviva, bastante interesado.

—Han construido un funicular en el Tibidabo. ¡El doctor Andreu quiere construir allí un parque de atracciones entero! —Elisa sonrió como la niña que aún era.

—¿Un funicular? ¡Qué curioso!

—Padre me ha prometido que nos llevará.

—Ya ven, señores, mi familia controla mi agenda.

Todos rieron el comentario, con mayor o menor sinceridad. Aiguaviva se disculpó:

—Me temo que tengo billete para el tren a París ese mismo día.

—No se preocupe, Elisa le relatará la visita con todo lujo de detalles cuando vuelva a visitarnos.

Con aquello, la señora Rius dio por concluida su velada. Se despidió una vez más y, del brazo de su hija, las dos se retiraron hacia sus habitaciones privadas. Aiguaviva les deseó las buenas noches y Elisa agachó la cabeza, colorada. Solo al llegar a la puerta recordó algo y se volvió.

—Buenas noches, Byron —dijo, un poquito turbada.

—Buenas noches, señorita Rius —respondió Byron, con apenas un leve tono burlón.

En cuestión de un segundo, Rius y Jordana cercaron a Aiguaviva en un aparte. Como bien indicara la señora de Rius, era hora de que los caballeros tratasen sus negocios.

Por otro lado, el cura seguía enganchado a Beltrán. Ahora el pintor ya le respondía, y la conversación entre ambos subía de tono con celeridad.

Byron se acercó hasta ellos:

—Caballeros —gesticuló en dirección a Rius, Jordana y Aiguaviva—, me parece que nuestros anfitriones tienen que tratar sus negocios. Creo que ha llegado la hora de retirarme.

—Permítame que le acompañe —dijo Beltrán. Sin dar opción de respuesta al cura, escoltó a Byron hasta el anfitrión y ambos agradecieron la invitación, la cena y la amena compañía.

Enrique trajo la chistera de Byron y los guio hasta la puerta.

—Si no le importa —dijo Byron—, saldremos por la escalera de servicio.

—Como deseen los señores. —Enrique les abrió camino y, ya en la puerta, los despidió—. Buenas noches, caballeros.

VI

Byron y Beltrán subían por la escalera de servicio. El pintor dio un traspié y Byron lo sujetó para que no cayera.

—Gracias —murmuró Beltrán—. Creo que he bebido más de lo que debería. Ese meapilas me ha puesto la cabeza… —Miró de reojo a Byron—. Lo siento, ¿es usted religioso, señor Mitchell?

—No he tenido el placer de hablar con el padre Felip, pero por lo poco que le he escuchado, entiendo que haya bebido usted más de la cuenta.

Beltrán se rio. Byron señaló con la mano abierta las escaleras y ambos continuaron ascendiendo.

—Al inicio de la velada —dijo Beltrán—, se ha interesado por mi obra. Cuando le he dejado claro que no me dedico a la pintura de temas religiosos, ha decidido que su misión para el resto de la noche era hacerme ver mi modo de vida pecaminoso y recomendarme el arrepentimiento por la vía del Señor y no sé qué mierdas más… Perdóneme la expresión, señor Mitchell.

—No se preocupe. Yo tampoco soy muy seguidor de ninguna iglesia.

—Esos gordos gorrones solo sirven para explotar a los trabajadores al servicio de sus jefes. Y, para colmo, aún les convencen de que su sitio está entre la mierda, que ya irán a un lugar mejor cuando se mueran deslomados por servir a sus patrones.

Pareció recordar que no estaba solo y se quedó en silencio. Byron tomó la palabra:

—Como le digo, comparto bastante sus opiniones, aunque en ocasiones resulta conveniente mantener cierta cautela con ellas.

Llegaron al rellano de Byron y Beltrán lo siguió. Byron se detuvo.

—Señor Beltrán, usted vive más arriba.

El pintor le miró confuso.

—Claro, claro.

Retornó a la escalera. Giró sobre sí mismo mientras dudaba entre subir o bajar. Pues sí que se había pasado con la bebida.

—Permítame que le acompañe —sugirió Byron.

Subieron hasta la buhardilla y Byron le ayudó con la cerradura. La puerta daba acceso a una única estancia visible, de techos bajos y olor a disolvente y óleo, con una puerta al fondo por la que se vislumbraba el extremo de un camastro. En la pared que daba al exterior del edificio, un ventanuco proporcionaba la única ventilación. Junto a él, en el suelo, una manta cubría varios lienzos apoyados unos contra otros como fichas de dominó.

En un caballete cercano a la entrada, una pintura a medias representaba el edificio señorial de alguna población rural.

—Es un encargo —dijo Beltrán—. Debo terminarlo en breve. No habría perdido el tiempo en esa estúpida cena si no creyera conveniente estar a bien con mis arrendadores. —Se frotó las sienes—. Disculpe, señor Mitchell. Sé que los Rius son amigos suyos.

Byron agitó una mano para quitarle importancia. El cuadro representaba una edificación aristocrática que aún estaba abocetada. En la parte inferior izquierda, la figura fantasmal de una mujer en camisón escapaba del edificio. La imagen femenina lo hipnotizó.

—Creo que pintaré un rato más antes de dormir. ¿Le apetece un café? A mí me iría bien. —Señaló a la habitación contigua—. Tengo un hornillo y una cafetera de latón.

Entre el olor a disolvente y la pericia ebria de Beltrán, lo más probable era que todo el edificio saliera ardiendo.

—Permítame que lo prepare yo —dijo Byron—. Si no le importa, me gustaría verle trabajar unos minutos.

Beltrán sonrió, le había halagado. El pintor se puso a preparar la mezcla de colores en su paleta. Byron esquivó varias hojas caídas por el suelo, con bocetos a carboncillo del cuadro en el caballete, y pasó a la sala contigua. Encendió el hornillo y preparó el café. Cogió dos tazas de loza de un estante y sirvió la bebida en ellas. Cuando regresó con las tazas, la americana de Beltrán colgaba del respaldo de una silla. El pintor había recuperado uno de los bocetos del suelo y lo tenía apoyado contra un atril a la vista. Pincel en mano y con la ropa protegida por un guardapolvo, estudiaba la mejor manera de continuar su obra. No se le veía nada convencido y agradeció la pausa que le proporcionaba el café. Byron dio un sorbo del suyo. Era un sucedáneo de muy mala calidad y se esforzó en que su rostro no lo dejara ver.

Señaló los cuadros en serpentín.

—¿Podría…? —pidió.

—Por supuesto, señor Mitchell. Por favor…

Dejó la taza sobre una mesita de madera y retiró la manta que protegía las pinturas. Reconoció la imagen del primero: una representación del Sena con tres barcazas amarradas y la inevitable torre Eiffel al fondo. En la parte inferior, junto a la firma de A. Beltrán, constaba la fecha: 1877. El siguiente, del mismo año, era la vista, desde algún punto elevado, de una ciudad de casas bajas apelotonadas que echaban humo por las chimeneas.

Beltrán había superado sus dudas y deslizaba el pincel con pericia, definiendo con claridad a la mujer en camisón. Sin saber casi nada de arte, era evidente la mejora que los años de trabajo habían proporcionado a sus cuadros.

—¿Son todos motivos parisinos?

—¿Esa serie? Sí. Los pinté hace años, cuando empezaba. No

los he vendido por nostalgia. Bueno, y porque tampoco son demasiado buenos.

Pinceló sobre el lienzo con soltura, centrado.

—¿Me permitiría una pregunta sobre Calafell?

El pincel se detuvo, pero Beltrán no se volvió.

—Claro.

—¿Sabe si le interesaba el arte?

—Alguna vez hablamos de cuadros, en una de las cenas organizadas por los señores Rius, como la de hoy. Apenas preguntó por mi obra —apuntó, con evidente fastidio—. Me comentó que había asistido a una exposición de arte en la sala Parés. Si le soy sincero, la imagen que me formé de él fue la de otro burgués atraído por la moda del arte, aunque más interesado en su valor transaccional que en el artístico.

Beltrán mojó el pincel en la paleta y retomó su trabajo. Byron lo observó en silencio, mientras esbozaba unos árboles a la derecha del edificio principal del cuadro. Quiso corresponder a la amabilidad del pintor y se esforzó en terminar el café. Se esforzó mucho.

Tras el último sorbo, dejó la taza sobre la mesa de madera. Beltrán estaba absorto en su obra.

—No le molesto más —dijo Byron—. Gracias por el café.

—¿Cómo? —Beltrán le miró durante unos segundos como si no supiera qué hacía allí. Al cabo, sonrió: —Por supuesto. Buenas noches, señor Mitchell.

Byron regresó a su piso. Dejó la chistera en su sombrerera y se quitó el esmoquin. Iba a guardar el reloj Zenith de bolsillo en su caja cuando llamaron a la puerta. Eran las once pasadas. ¿Quién podía ser, tan tarde? Llegó despacio hasta la entrada y abrió con precaución.

Mauricio, el portero, se quitó la gorra y extendió la otra mano. Llevaba un sobre.

—Disculpe usted. Trajeron esto con el último reparto de la tarde. No quise interrumpir la celebración de los señores Rius.

Byron recogió la entrega.

—Por supuesto. Muchas gracias, Mauricio. —Se volvió para rebuscar unas monedas, pero el taciturno portero ya se retiraba en dirección a la escalera—. Buenas noches —musitó Byron.

Cerró la puerta y rasgó el sobre. ¿Sería otro anónimo amenazador?

No. Esta vez el mensaje, fechado dos días antes, tenía un remitente claro: Mary Anne Mitchell.

Querido hermano:
Todavía no he recibido noticias tuyas al respecto de la venta de nuestra propiedad en Zúrich. Hace tiempo que sigo tus andanzas por media Europa. He sabido que al fin te has instalado y que llevas meses viviendo en Barcelona. No sé qué cuestiones te retienen en esa ciudad, pero mañana mismo iniciaré viaje para ir a verte. Me detendré en París, donde debo atender unos asuntos, pero en tres o cuatro días podremos hablar por fin en persona.

«Su hermana» pensaba viajar a Barcelona para verle. No solo lo pensaba, a tenor de la fecha en su carta, llevaba ya un día de viaje. En tres días podía tenerla a la puerta de su casa.

El tiempo en este mundo para Byron Mitchell acababa de acortarse un poco más.

Sábado, 26 de octubre de 1901

I

Byron se levantó temprano. El día amanecía gris y apenas entraba luz por el ventanuco que daba al patio interior, por lo que encendió la lámpara de gas de su habitación para asearse. No había dormido bien. El mensaje de «su hermana» le daba vueltas en la cabeza.

Mary Anne Mitchell. Apenas sabía nada de ella. La madre del Gran Detective había fallecido cuando aquel era apenas un niño. Su padre se encargó de poner las distancias necesarias ingresándolo en un internado. Años después, el viudo contrajo segundas nupcias con una mujer mucho más joven y a resultas del enlace nació la pequeña Mary Anne Mitchell, hermanastra del Byron Mitchell original y quince años más joven que él.

¿Cuánto tiempo haría que los dos hermanos no se veían cara a cara? Recordaba que su viejo amigo le había hablado de su único pariente vivo como alguien con quien solo se comunicaba por carta. Dada su aversión a ser fotografiado, ¿cabía la esperanza de que ella desconociese su aspecto actual? ¿Podría presentarse ante Mary Anne Mitchell como Byron Mitchell y simular que en verdad era su hermano?

No, ni pensarlo, resultaría demasiado arriesgado. Aunque no lo hubiera visto desde niña, seguro que se habían explicado temas privados en la correspondencia que ambos mantenían. Temas que él desconocía por completo. Por no hablar de que a ella sí que le resultaría evidente la diferencia de edad de Byron con la de su verdadero hermano.

¿Y si le enviaba un telegrama explicando que debía ausentarse de Barcelona durante unos días? Sería una manera de evitar el encuentro… Por desgracia no tenía ni la más mínima idea de en qué hotel de París se alojaba ella.

Desde el hueco del montaplatos llegó el sonido de la campanilla que le avisaba de que su desayuno ya estaba preparado. En la bandeja, junto a la edición del día de *La Vanguardia* de Barcelona, subió un huevo duro acompañado por una tostada de pan con aceite y sal y una cafetera para dos tazas. No iba a solucionar nada en la media hora siguiente, así que llevó la bandeja a la mesa de su pequeño comedor y desayunó ojeando las ocho páginas de la edición matinal. Al pie de la segunda se informaba de que una violenta tormenta desatada en el canal de la Mancha había interrumpido las comunicaciones entre Boulogne y Folkestone imposibilitando la salida de barcos durante las últimas cuarenta y ocho horas y, a cierre de la edición, no se conocía cuándo podría reemprenderse el servicio.

Byron casi se puso a dar palmas, ¡qué buena noticia! Mary Anne seguiría aún en Inglaterra. Aunque el temporal hubiese amainado la noche pasada, todavía tenía que ir a París, como explicaba en su telegrama, para resolver unos asuntos. Eso le ocuparía al menos un día, con lo que no partiría en dirección a Barcelona hasta avanzado el domingo, como pronto. Acababa de ganar un buen margen de tiempo para llegar al lunes, cuando podría acudir al banco para cobrar la letra de cambio. Si se veía apurado, incluso podría dirigirse directamente de la sucursal hasta la estación. Dejaría una nota a Mary Anne indicándole que se había visto obligado a abandonar la ciudad durante unos días. Más tarde ya decidiría si podía regresar de incógnito para descubrir si su tapadera se había perdido de forma irremediable o si debía darle esquinazo y trasladarse a otra ciudad del continente con una sede del Crédit Lyonnais en ella.

Llamaron a la puerta. Byron se quitó la servilleta del cuello y acudió. Mauricio, el portero, traía otro telegrama y, de nuevo, no esperó a recibir propina tras entregarlo. Byron cerró la puerta y abrió el sobre. El mensaje venía de Zúrich, de los abogados que lidiaban con los problemas por la venta de la mansión del Gran Detective. Le informaban de que, gracias a sus muy eficientes gestiones, las pruebas de que la mansión y los terrenos adjuntos pertenecían a Byron en exclusiva, y no a la familia Mitchell, obraban ya en manos del juez. El problema podría tardar algunos días más en solucionarse, pero estaban en el buen camino.

Perfecto. Reprimió las ganas de silbar. El día no podía comenzar de mejor manera. ¿Debía iniciar los preparativos de su partida hacia una nueva vida más allá de la del falso detective Byron Mitchell? Eso sería lo más sensato…

Aunque lo cierto era que todo el asunto Calafell había despertado su curiosidad. El fantasma del Gran Detective, acodado junto al ventanuco que daba al patio interior, en traje blanco y sombrero panamá, le habló:

—En el fondo, más allá de todas esas tonterías sobre la justicia y no dejar escapar al culpable, lo que impulsa a un detective es lo mismo que a cualquier otro ser humano: queremos saber. Quién hizo qué, por qué lo hizo… —Rio con afectación—. Asumámoslo. No somos más que unos vulgares cotillas.

Podía dedicar la mañana a visitar el estudio del fotógrafo Agustí Albalá, ¿por qué no? Y por la tarde, entrevistaría a los Sanmartí. A lo mejor lograba desentrañar el misterio de la muerte de Ramón Calafell. Sería un bonito homenaje al Gran Detective. Un último caso, en su nombre, antes de desaparecer.

Terminó de asearse en la jofaina ante el espejo y se dispuso a vestirse. La ropa de la cena de la noche anterior descansaba sobre su silla de paja. La que había vestido durante los últimos dos días formaba un montón encima del baúl cerrado. Recogió los pantalones y los estiró: tenían manchas de tierra en los bajos de las perneras. Revisó también la camisa y la chaqueta, que no estaban demasiado sucias. Apartó la ropa usada y abrió el baúl. Rebuscó hasta encontrar unos pantalones, una camisa y un chaleco limpios, y dedicó unos cuantos minutos a adecentar la chaqueta con un cepillo para la ropa.

Con el objetivo de recabar información sobre las visitas de Calafell al estudio de Albalá, lo más rápido sería visitarlo como un cliente más. Hacerse un retrato le daría ocasión de conversar con los empleados. Por ese lado, le convenía presentarse bien arreglado y, claro, después tenía previsto visitar la casa de los Sanmartí. Si por casualidad se encontraba allí con Rosa Sanmartí, no estaría de más hacerlo con buen aspecto. Torció el morro al observar la camisa que acababa de sacar del baúl. La había mandado lavar y ahora se veía encogida. No quería parecer un pordiosero en ropas de segunda mano ante Rosa. Cambió la camisa por otra aún sin estrenar, adquirida dos semanas antes en el conocido establecimiento de Estanislao Furest, y aún demoró media hora más en quedar satisfecho con su aspecto final.

A la puerta misma del edificio de los Rius cogió un coche de punto que lo llevó hasta el inicio de las Ramblas. Allí, en la esquina de la calle Canuda con la rambla de los Estudios, un cartel en la barandilla del segundo piso anunciaba el «Estudio Fotográfico del Señor Agustí Albalá». Junto a la entrada al edificio, una selección de trabajos expuestos en un tablero montado sobre caballete reclamaba la atención del paseante ocasional y al mismo tiempo daba la bienvenida a los clientes.

El vestíbulo mostraba en exhibición fotografías de todos los tamaños y temas, desde retratos de tarjeta, tan de moda entre la gente bien de la ciudad, hasta grandes bustos expuestos en lujosos marcos con filigranas doradas. Las más espectaculares eran cinco imágenes en gran formato de paisajes del país, entre las que destacaba una fotografía coloreada a mano de la montaña de Montserrat.

Para acceder al piso principal subió una escalera doble de mármol blanco veteado. Un empleado con el pelo liso por la brillantina le dio los buenos días, tomó nota de su nombre y de sus intereses en la visita y le pidió que aguardase en el gabinete de espera. En la sala, amueblada con cómodas butacas y adornada con más ejemplos del trabajo de la casa, un padre cariacontecido esperaba turno junto al niño más ruidoso de la ciudad. El chaval, vestido de domingo y peinado con unos ridículos tirabuzones y un sombrerito marinero, correteaba de arriba abajo imitando los graznidos de algún ave carroñera.

Byron se mantuvo a distancia, distraído ante una vitrina que promocionaba objetos a la venta: marcos de latón, álbumes en los que los clientes podían guardar las fotos de familiares y amigos junto a las de algún miembro de la familia real o de un famoso del mundo del teatro, y camafeos, colgantes y medallones donde engastar fotografías de pequeño tamaño.

La puerta lateral a un tocador se abrió y la madre del crío ruidoso salió atusándose los cabellos justo en el momento en que un ayudante larguirucho aparecía para pedirle a ella y a su marido que los acompañara a la galería del fotógrafo. El empleado se dirigió también a Byron:

—Si lo prefiere, el caballero puede esperar su turno paseando por el terrado.

Byron le siguió a él y a la ruidosa familia por un corto tramo de ocho escalones. Mientras el trabajador y los clientes accedían a la amplia galería vidriada que ocupaba el centro de la terraza, Byron rodeó la construcción donde se realizaban los retratos. Un caminito marcado por piedrecitas y pequeñas conchas blancas que crujían bajo sus zapatos circunvalaba la azotea. Paseó entre los arbustos recortados en macetas y las flores de colores mustios que se esforzaban por sobrevivir al otoño y, tras dos o tres vueltas, tomó asiento en una banqueta de mármol enfocada hacia la calle.

El edificio era superior en altura a sus vecinos y desde allí se veía la plaza de Cataluña, el paseo de Gracia y hasta los inicios de las villas vecinas, algunas de las cuales ya habían sido absorbidas por la ciudad. A la derecha, multitud de fábricas de ladrillo rojo y enormes chimeneas, de las que brotaban columnas de humo negro y vapor blanco, dominaban el terreno del llano hasta el río Besós, y lo mismo sucedía a la izquierda, hasta el Llobregat. Por algo había mucha gente empeñada en nombrar a Barcelona como «la Mánchester del Mediterráneo».

Dos ríos a los lados, la sierra de Collserola delante y el mar Mediterráneo a su espalda enmarcaban una curiosa cuadrícula del mundo que había aprendido a estimar en los escasos seis meses que llevaba allí instalado. Pensándolo bien, en todos sus años de vagabundear por media Europa, desde que escapara de Dubrovnik siendo poco más que un crío, no había encontrado otro lugar en el que se sintiera tan a gusto. Sonrió. En alguna ocasión, durante las noches anteriores al estallido de los problemas derivados del asesinato de Calafell, tumbado en su cama, había llegado a plantearse si Barcelona no podría convertirse en... ¿qué? ¿Su nuevo hogar? Bueno, eso sería...

—¿Señor Mitchell?

Byron se volvió de sopetón. El empleado que había interrumpido sus pensamientos melancólicos le pidió que le acompañara y Byron asintió. Camino a la galería se cruzó con la ruidosa familia, que se batía en retirada. El niño pequeño berreaba desconsolado ante la indiferencia de su madre. El humor del padre, en cambio, rozaba el punto de ebullición.

El empleado abrió la puerta de la galería para retratar y le invitó a entrar, mientras él se quedaba fuera. Las amplias cristaleras que formaban el techo y la parte superior de las paredes proporcionaban la luz natural necesaria para el correcto desempeño de las tareas del fotógrafo y, de paso, le evitaban usar el artificio de una lámpara de magnesio.

El retratista era un hombre mayor, de barba blanca, coronilla despejada y pequeñas gafas redondas. Retiraba un fondo pintado con la imitación de unas montañas alpinas que habría utilizado para la sesión con la familia del niño escandaloso. Byron carraspeó y el hombre le miró.

—Buenos días —saludó—. Por favor, deme un minuto para recoger todo esto.

Señaló un taburete alto, en el que Byron tomó asiento, delante del trípode con la cámara de fuelle montada, que terminaba con una densa tela negra colgando de su parte posterior. El fotógrafo arrastró el biombo de dos hojas con la representación de montañas mientras analizaba en la distancia a su nuevo cliente.

—¿Es su primera visita, señor...?

—Mitchell. Byron Mitchell.

Apoyó el fondo pintado junto a otros en la pared lateral. Le mostró uno que representaba una estantería llena de libros.

—¿Qué le parece este cartel para su retrato? En lo relativo a fotografías para asuntos profesionales, es el más solicitado.

—Si no le importa, preferiría aparecer solo en el taburete, sin fondos ni accesorios complementarios.

—Por supuesto.

Una nube inoportuna ensombreció el escenario. El fotógrafo torció el gesto y se dirigió a un extremo de la galería del que colgaba la cuerda de una polea.

—¿Sabe? Su nombre no me resulta desconocido... —dijo, mientras tiraba de ella para mover un toldo en el techo. Al hacerlo, aumentó la luz directa sobre Byron y el taburete. El hombre asintió satisfecho.

—En realidad, señor Albalá, me ha sugerido su establecimiento un conocido común: el señor Bartomeu Rius.

El fotógrafo sonrió sincero mientras regresaba junto a la cámara:

—Un buen hombre, elegante. Da muy buen aspecto en los retratos.

—Me comentó que también le había recomendado a otro conocido suyo: Ramón Calafell.

Albalá paró tras la máquina, con un cristal esmerilado entre las manos, y lo observó con desconfianza por encima de las lentes redondas. Se tapó la cabeza y medio cuerpo con la tela negra y se oyó un sonido de encaje en el cuerpo de la cámara.

Byron cruzó una pierna sobre la otra en el taburete:

—Veo que ya conoce las malas noticias.

—Lo leí en el diario. —La voz llegó amortiguada—. Una desgracia. No se mueva. —Las manos de Albalá aparecieron para girar sendos tornillos en los laterales de la máquina. Tras unos segundos, alzó el pulgar izquierdo—. Ajá, perfecto.

—No le voy a engañar, señor Albalá. Rius me ha contratado para investigar el fallecimiento de su amigo y abogado. Si quiere, puede preguntárselo.

El fotógrafo sacó el cuerpo de debajo de la tela negra, de nuevo con el cristal en las manos.

—No será necesario. Ahora recuerdo que me ha hablado alguna vez de usted: el detective inglés que se aloja en su mismo edificio.

Dejó el cristal sobre una mesita auxiliar y recogió una cajita de madera, del mismo ancho que el cristal. Se zambulló otra vez bajo la sábana oscura y volvió a sonar el chasquido de encaje.

—¿Está preparado, señor Mitchell?

Byron descabalgó la pierna, colocó la mano derecha en el chaleco y la izquierda sobre el pantalón. El brazo izquierdo de Albalá asomó desde debajo de la tela negra y el fotógrafo alzó el índice. Byron posó con su mejor sonrisa y aguantó la postura durante los largos segundos de exposición, hasta que Albalá mostró el pulgar y asomó el rostro de nuevo.

—Tenía entendido que a usted no le agradaban los retratos —dijo el fotógrafo.

—Estoy cambiando mis hábitos. ¿Puedo preguntarle por la razón de que Calafell contratara sus servicios?

Albalá extrajo la cajita de madera de la cámara.

—En realidad no lo hizo. Me pagó una buena cantidad, sí, pero fue por el alquiler de mi local durante unas horas en un par de ocasiones. Le pareció bien que fuera los domingos, cuando el local está cerrado, así que no hubo problemas con el acuerdo. Yo venía a abrirle y luego cerraba la tienda cuando él terminaba.

—Creía que le proporcionaba usted algún tipo de formación sobre fotografía.

—Apenas durante una hora, u hora y media, el primer día. El señor Calafell tenía buenos conocimientos previos al respecto, pero quería refrescarlos. En realidad, todas sus dudas estaban relacionadas con el proceso de revelado.

¿Revelaría alguna de las fotos que eran solo para sus ojos y, en una única ocasión, para la prostituta Violeta?

—El segundo día —siguió el fotógrafo— le dejé a solas. Me pidió que lo hiciera así, ya que gustaba de trabajar por su cuenta. Traía sus placas en un maletín.

—¿Placas?

—Sí, placas secas de gelatina-bromuro. —Albalá alzó el cajoncito de madera que había colocado y luego extraído del cuerpo de la cámara—. Yo le comenté que le resultaría más cómodo adquirir uno de los nuevos modelos de la casa Kodak, que trabajan con película de celuloide, pero él insistió en que quería seguir utilizando sus aparatos de hace unos años. También portaba una curiosa caja de nácar y marfil muy bonita, decorada con motivos japoneses, y con un pequeño cerrojo de llave. El segundo día, cuando vine a cerrar, le vi guardar en ella unas fotografías que había revelado.

—Supongo que no vería usted alguna de esas imágenes.

—Como le he dicho, él me pedía privacidad y yo se la concedía. —Se encogió de hombros—. Bien, aquí ya estamos. —Con una amplia sonrisa, señaló la salida.

Byron se despidió. Un ayudante asomaba ya por la puerta con los próximos clientes, un serio matrimonio de edad avanzada.

—Si me acompaña al despacho —dijo el empleado—, prepararé el recibo para que pueda recoger el retrato en papel a partir de mañana.

Byron pagó en el mostrador y guardó el recibo. Se interesó por si tenían algún modelo de cámara de uso particular a la venta y, al igual que su jefe, el empleado intentó venderle un modelo de Kodak con cinta de celuloide.

—Preferiría una cámara de las que funcionan con placas de vidrio.

—Señor, ese tipo de equipo solo lo utilizan ya los profesionales. Le recomiendo una cámara moderna más manejable. No querrá ir acarreando varios kilos cada vez que quiera tirar fotografías.

Byron pidió que le mostrara cómo eran esas placas de vidrio. El empleado, extrañado, rebuscó bajo el mostrador y sacó una caja de cartón alargado. Extrajo una de las placas y se la enseñó. Byron la sostuvo en sus manos: constaba de un marco de madera que encerraba un rectángulo de vidrio, tratado para capturar la imagen en el momento de la exposición.

Devolvió la placa al trabajador.

—Le agradezco mucho su buen servicio —dijo, llevándose la mano al sombrero.

—Entonces, ¿no quiere ver una cámara Kodak?

—Quizá cuando venga a recoger mi retrato.

Se despidió y se marchó sin más. Salió a las Ramblas. Media docena de músicos armados con trombones, flautas y trompetas avanzaban en fila a la busca del local o terraza en el que pensasen amenizar a los clientes. Como caminaban en dirección a la plaza de Cataluña, Byron se puso a la cola tras ellos, pero el cañón de otro tipo de instrumento se clavó con fuerza contra sus riñones. El corazón le dio un vuelco.

—Será mejor que no haga ningún gesto brusco —susurró la voz rugosa de Irving Redmond muy cerca de su oído. Le puso una mano sobre los hombros y, con firmeza, dirigió su cuerpo para que diera la vuelta y regresara por donde había venido—. Por ahí, vamos.

Byron obedeció. Pasaron de largo el acceso al estudio fotográfico de Albalá y, unos metros más adelante, Redmond le guio por un callejón desierto que se abría a la izquierda de la calle. Allí, protegidos de la vista de los curiosos, lo empujó con violencia contra la pared. La espalda de Byron sintió los ladrillos.

Redmond agarró su cuello con una manaza. Con la otra alzó el colt y lo apoyó contra la sien de Byron.

A ver cómo demonios se las apañaba para salir de esa.

II

Redmond mantenía la pistola fija contra el lateral de la cabeza de Byron y los ojos clavados en los suyos. Estaba muy enfadado, no cabía duda. Byron sopesaba con mucho cuidado lo que iba a decir a continuación.

Antes de que abriera la boca, Redmond bajó el arma y, tras mirar a un lado y a otro del callejón, la guardó en el cinto.

Byron respiró hondo. Redmond apretaba su cuello y usó la mano que acababa de librar del arma para cogerle por la mandíbula y empujar. El sombrero de Byron tropezó con la pared, descabalgó su cabeza y cayó al suelo.

—Le avisé de que no diera mi nombre a la policía. Ahora me están buscando y he tenido que dejar la pensión donde me alojaba y largarme con lo puesto.

—Se equivoca, Redmond. No les dije su nombre. Yo nunca me atrevería a...

La mano del pistolero soltó la cara de Byron y descendió en busca de la culata de su arma.

—Vale, vale —rectificó Byron—, pero apenas les di una descripción física de usted. —La presión de garra se cerró sobre su cuello. Habló, con dificultad, en un gemido ahogado—. Compréndalo, era o usted o dejar al descubierto a una joven prostituta.

—¿De qué coño me está hablando?

Redmond aflojó la presa. Byron recuperó aire y se apresuró a dar explicaciones.

—La policía me pilló en un renuncio. Debía entregar algo para contentarles. Sabían lo de la prostituta del Raval...

—Violeta.

—Sí.

—No es más que una cría. No sabe nada de nada.

—¡Exacto! Estaba convencido de que usted se defendería mejor que ella, en caso de verse en apuros.

¿Le había convencido? La mano de Redmond continuaba aferrada a su garganta, pero lo cierto era que Byron respiraba ahora un poquito más aliviado.

—¿Cómo ha sabido dónde encontrarme? —acertó a preguntar.

—Le he seguido desde la casa de los Rius. Hasta que no ha abandonado el estudio fotográfico, no he tenido ocasión de...

—¡Eh, ustedes! —La voz en grito llegó desde el extremo del callejón. Un guardia municipal con la mano bajo la guarda del sable enfundado los observaba con sospecha—. ¿Qué pasa ahí?

Byron cruzó la mirada con Redmond. El pistolero negó con la cabeza; «ni te atrevas» parecía decir.

—¡Socorro! —gritó Byron—. ¡Me están robando!

Redmond le golpeó un puñetazo seco en las costillas y Byron cayó al suelo.

—¡Le debo una buena paliza! —gritó Redmond. Sus pisadas se alejaron a toda prisa.

Byron se incorporó de rodillas en el momento en que el guardia llegaba hasta él.

—¿Está bien?

Byron asintió. El otro tenía intención de perseguir a Redmond, pero Byron se enganchó a su cintura.

—¡Ayúdeme!

—¡Señor, por favor! —El guardia intentaba librarse de él mientras miraba impotente que Redmond torcía al final del callejón.

Byron contó hasta tres y liberó al policía. Este reemprendió la persecución del fugitivo hasta desaparecer de la vista. Byron recuperó el sombrero del suelo, lo sacudió y puso pies en polvorosa en dirección a las Ramblas. Al llegar allí, se camufló entre el flujo de gente y siguió adelante. Paró a la altura de la fuente de Canaletas para comprobar que ni Redmond ni el municipal aparecían en su persecución.

¿Por qué había ayudado a escapar a Redmond? Pues porque se sentía culpable, responsable, como si en verdad lo hubiera traicionado al advertir de su existencia al inspector Martín, por más que este ya pareciera saber de ella. Quizá lo mejor sería que el guardia municipal acabase echando el guante al pistolero. De otra manera, Byron lo iba a tener crudo con aquel matón enfadado suelto por la ciudad.

Un súbito pinchazo en el costado, recuerdo del reciente puñetazo, le dejó sin resuello al inicio de la plaza de Cataluña. Paró un coche de punto que se acercaba desde la ronda de San Pedro, se acomodó entre quejidos en el asiento y dio la dirección de su piso en el paseo de Gracia.

Antes de que el carruaje circunvalara por completo la plaza, cambió de opinión:

—Espere. A la estación de Francia, por favor —pidió al conductor desde debajo de la capota.

Se arrebujó en el asiento y palpó el punto en el torso donde le había golpeado Redmond. No parecía haber nada roto por allí. Tenía la sensación de que el pistolero solo había pretendido dar un aviso. Gimió dolorido y cerró los ojos para descansar.

Tras bajarse en la entrada a la estación, se dirigió al vestíbulo. Esperó su turno en la cola de venta de billetes y solicitó al empleado un listado de los horarios de trenes a París de la semana siguiente. Sacó su libreta y apuntó a lápiz las salidas previstas para el lunes y el martes, tanto para los trenes de la mañana como los de la tarde.

Después tomó un tranvía que lo llevó de regreso al edificio Rius. Entró en su piso en el justo momento en que repiqueteaba la campanilla del portaplatos. Al abrir la portezuela, el sabroso olor a pato confitado despertó el hambre que no sabía que tenía. Degustó la suculenta comida en compañía de un bollo de pan francés todavía caliente y después devoró una macedonia de frutas variadas servida en un cuenco de loza.

Tras terminar el ágape, vació la jofaina de su cuarto en el conducto a la letrina y la rellenó con una jarra fresca que le habían dejado ante la puerta a primera hora. Refrescó el rostro y dejó pasar algo más de una hora hasta el momento en que calculó que sería prudencial presentarse en el hogar de los Sanmartí sin haber anunciado antes su visita.

Salió al paseo de Gracia y llegó por Aragón hasta la calle paralela, la rambla de Cataluña. Allí, paseó hasta el cruce con Consejo de Ciento, donde la señora de Rius le había indicado que la casa de su hermana se hallaba a pie de calle. Comprobó que la primera de las cuatro esquinas la ocupaba una confitería, con un tentador muestrario de pasteles y chocolates en su escaparate; la segunda, una farmacia, decorada con rejas de hierro forjado y una colorida cristalera verde y azul con la copa de Higía y su serpiente enroscada; y la tercera, una casa en construcción. El único edificio de viviendas con su planta baja habitada era un palacete de dos pisos con una galería-mirador semicircular junto a la entrada.

En la fachada lateral de la casa que daba a Consejo de Ciento se abrió una puerta de servicio bajo uno de sus múltiples ventanales de inspiración arábica y por allí salió Aurelio Beltrán, su vecino pintor. Byron se parapetó tras el puesto de una vendedora de flores situado delante de la confitería mientras Beltrán desaparecía en dirección al paseo de Gracia. ¿Qué hacía Aurelio Beltrán en la casa de los Sanmartí? ¿Qué relación tenía con ellos?

Subió los escalones de acceso y utilizó un picaporte con cabeza de león para llamar a la puerta principal, a la derecha del mirador.

Cuando el mayordomo abrió, le entregó su tarjeta de presentación, en la que, junto a su nombre y apellido, constaba su autoimpuesto título de «Detective». El fámulo apenas alzó una ceja y le pidió que le acompañara. En un altísimo vestíbulo rematado por una viga policromada, tomó el sombrero de Byron y después le guio hasta la galería semicircular, adornada con flores de exótica procedencia, desde la que se contemplaba la gente que paseaba por la rambla. Al poco, una distinguida dama de algo más de cuarenta años, vestida con sobriedad y tocada con un elevado peinado vaporoso al estilo *bouffant*, se presentó con el nombre de Aurora Coll de Sanmartí.

—Por favor, señor Mitchell. —Señaló la mesita de té con dos asientos en el centro del mirador, al pie de una cristalera adornada con motivos feéricos. Byron esperó a que se sentara y la acompañó.

El parecido entre las dos hermanas Coll resultaba evidente, como también lo era la razón de los celos que negaba sentir Anna Coll de Rius por su hermana. Aurora era una mujer alta, esbelta y elegante, y un claro eco del atractivo que de seguro la acompañó en sus años jóvenes permanecía en sus facciones aristocráticas. Para una chica bajita y con cojera habría resultado difícil crecer al compás de aquella estatua griega andante.

Sujetaba la tarjeta de presentación de Byron en la mano y la leyó con curiosidad.

—¿Detective? ¿Trabaja usted para la policía?

—No. Me ha contratado su cuñado, Bartomeu Rius, para que investigue las causas de la muerte de Ramón Calafell, su abogado.

—¿Querría usted beber algo?

—No, gracias.

La señora Sanmartí despidió al mayordomo y se quedó a solas con Byron.

—El pobre Ramón… —dijo ella, dejando morir la frase sin finalizar.

—¿Hasta qué punto le conocía?

Aurora Sanmartí se mantuvo en silencio. Analizaba al intruso con una mirada indefinible.

—Pretendía a mi hija, Rosa —dijo al fin.

—¿Y ella estaba interesada? —preguntó Byron, quizá demasiado rápido. Se arrepintió al instante.

—Mi hija es una mujer muy sensata. Ramón Calafell era un caballero educado y de buena posición.

—Comprendo.

—De todas formas, la diferencia de edad era un importante factor que tener en cuenta. Sacar adelante una familia requiere de un caballero de posibles que sea capaz de mantener sus bienes y a su familia a lo largo de los años.

Costaba ver en aquella mujer de discurso conservador a la joven que se había fugado a París con solo diecisiete años para vivir entre artistas y bohemios. Pero bueno, la vida nos cambia a todos.

Como Byron no decía nada, la señora de Sanmartí continuó:

—Mi hija acaba de cumplir los veintidós años de edad. Todavía le queda tiempo para esperar a un buen pretendiente, no necesitábamos precipitarnos con la propuesta del señor Calafell.

—Tengo entendido que Calafell pretendía aumentar sus posibilidades, mejorar su imagen ante usted para incrementar las opciones de obtener su beneplácito.

—No le entiendo.

—Intentaba que usted y su hermana se congraciaran.

—¿Eso le han explicado?

—¿No es cierto?

—Calafell vino a verme hace unas semanas. Yo ya sabía de sus intenciones. Le habíamos conocido en el Círculo del Liceo, a través del marqués de Cabrera, un socio de negocios de mi marido, Genís. Todavía no nos explicamos cómo logró Calafell que lo invitaran a un club tan exclusivo. En fin, como le digo, era un caballero educado y, desde el primer momento se mostró muy atento para con mi hija. Me informó de que conocía ciertas «diferencias» entre mi hermana y yo, por cuestiones que no vienen al caso.

—La herencia de la casa de Sitges.

—Es cierto que es usted detective. —La mueca altiva en el rostro de Aurora Coll podía indicar tanto admiración como desdén—. En efecto, tras el fallecimiento de mi padre, mi hermana y yo discutimos por la posesión de una propiedad en Sitges, una casa a la que yo le tengo gran cariño.

—También su hermana.

—Supongo que eso es lo que explica ella, pero que no le engañe. Solo le interesaba porque yo la quiero. Padre me la había dejado a mí. Me aseguró, tiempo antes de enfermar, que así lo había consignado en un anexo a su testamento.

—Pero en la lectura del testamento eso no constaba.

—El anexo desapareció. Mis abogados me aconsejaron que lo dejara estar, que era probable que mi padre no hubiera llegado a ponerlo escrito sobre papel. El abogado al cargo ya había fallecido y no pudimos confirmar ese extremo. Como resultado, mi hermana se quedó con la casa. Desde entonces no nos hablamos ni mantenemos ningún tipo de relación con su familia. Lo que más me duele es no poder ver a mi sobrina Elisa. Ella adoraba a mi hija Rosa. En fin...

—¿Le propuso Calafell mediar en una reconciliación entre usted y su hermana?

La señora de Sanmartí volvió el rostro a un lado y soltó un bufido.

—¡Ja!, de ninguna manera. Calafell me aseguró que le constaba que la existencia del anexo era real. Afirmó que podía conseguirlo, que podía lograr que me devolvieran mi querida casa en Sitges.

¿Había accedido de alguna manera Calafell al anexo del testamento y, en un inicio, lo había escamoteado para acercarse a la familia Rius? ¿Lo había mantenido en su poder por si resultaba menester usarlo con posterioridad?

—¿A cambio de la mano de su hija?

—Señor Mitchell, yo nunca vendería mi hija de ese modo. Le hice ver al señor Calafell que ese acto de generosidad por su parte sería muy bien visto por la mía y por la de mi hija.

—¿Su hija conoce el problema con la herencia?

—No son asuntos que deban ocuparla. Ella encontraba interesante al señor Calafell por sus propios motivos.

Desde la entrada llegó el ruido de la puerta al abrirse. La señora de Sanmartí calló y su rostro se tensó. El mayordomo circuló raudo por el pasillo en dirección al vestíbulo. Fuera de la vista, se escucharon sus palabras de bienvenida al recién llegado. Al minuto entró en la sala un caballero cercano a la sesentena, de escaso pelo blanco y hombros vencidos hacia delante. Byron se puso en pie. Aurora Coll de Sanmartí no se movió del asiento.

El hombre, serio, saludó con un leve gesto de cabeza.

—¿El señor Mitchell? —dijo—. Marcial me ha comentado que teníamos visita. Aurora…

Marido y mujer ni siquiera se miraron. Byron estrechó la mano del recién llegado. Este continuó:

—Genís Sanmartí, señor Mitchell. ¿Podría explicarme qué asuntos le traen a mi casa?

Hizo una seña para que Byron retornara a su silla, pero el anfitrión quedó en pie. El caballero no pretendía facilitar la conversación en ninguna manera.

—El señor Mitchell —intervino su esposa— ha venido a solicitar informaciones sobre el señor Ramón Calafell.

—No sé qué relación podía tener ese caballero con nosotros.

—Según he sabido —habló Byron— intervino en la gestión de un problema con la herencia del padre de su señora esposa.

—¡La condenada casa de Sitges! —bramó Sanmartí, para disgusto evidente de su mujer—. ¿Todavía sigues a vueltas con eso? ¡Que se queden con esa maldita propiedad! ¡No la necesitamos para nada!

Aurora Coll de Sanmartí enrojeció y giró el rostro. Se veía a las claras que se mordía la lengua para no expresar su opinión. Con la vista fija en el ventanal que daba a la rambla de Cataluña, se tomó su tiempo. Después alzó la regia cabeza de vuelta a su marido:

—Le he explicado al señor Mitchell que Ramón Calafell pretendía a nuestra Rosa.

—¿Y qué tiene que ver eso con lo sucedido? Escuche, Mitchell, espero que no se le ocurra implicar a mi hija en este turbio asunto en el que ella no tiene…

Byron se puso en pie, de una forma más agresiva de la que pretendía. Sanmartí calló de golpe.

—Estoy convencido de que su hija no tiene nada que ver con la muerte de Calafell, pero mi trabajo me obliga a seguir todas las líneas que partan de la víctima. —Sanmartí iba a hablar, pero Byron no se lo permitió. Giró la cabeza hacia su mujer, en una leve reverencia—. Muchas gracias por su atención, señora Sanmartí. Espero no haberle causado demasiadas molestias.

Byron señaló con la palma abierta hacia la salida y Genís Sanmartí se hizo a un lado. En la puerta de la sala esperaba el mayordomo Marcial con el sombrero de Byron en la mano. Lo recibió con un agradecimiento y, mientras se lo colocaba en la cabeza, se volvió hacia el matrimonio.

—Una última cuestión, si me permiten. ¿Tienen ustedes relación con el socio del señor Rius o con algún otro vecino de la casa de los Rius?

—Por supuesto que no —dijo Sanmartí—. No se nos ha perdido nada con esa familia.

Su esposa bajó la cabeza un instante. Luego la alzó y negó, con una mueca que pretendía semejar una sonrisa. Byron aceptó la explicación y se guardó para otro momento el dato de Aurelio Beltrán saliendo de la casa.

El mayordomo Marcial lo acompañó a la salida. Abrió la puerta y Byron, al salir, casi choca de bruces contra Rosa Sanmartí al pie de la escalera de acceso. La joven vestía de rojo pálido. Frente a frente y tan cerca de ella, Byron se quedó sin palabras y también un poco sin aire. Rosa sonrió, sorprendida. Pasado un instante, impostó una expresión de indiferencia.

—Señor Mitchell, qué sorpresa encontrarle en la puerta de mi casa.

—Señorita Sanmartí, es un placer…

Por detrás de ella asomó el rostro conocido del periodista Leary. Rosa no venía sola y Byron no pudo evitar que la desazón se reflejara en su gesto. Leary sonrió como el gato que se ha comido al ratón:

—El detective Byron Mitchell.

—Señor Leary… ¿Persigue usted alguna noticia interesante en esta casa?

—No, solo estoy aquí por motivos personales. Dados los acontecimientos desagradables que han sucedido últimamente en esta ciudad, me sentía obligado a acompañar a Rosa hasta la puerta de su casa.

—Joseph ha sido tan amable de acompañarme a una exposición de pintura en el salón Robira.

Con la familiaridad en el trato, Leary había marcado a las claras su terreno.

—Comprendo, pero —Byron dirigió una mirada inquisitiva a Leary—… ¿Joseph?

—Es mi nombre. ¿No se lo había dicho?

—Creo que me acordaría.

—Y usted, señor Mitchell, ¿a qué había venido? —preguntó Rosa.

—Quería verificar unos datos acerca de Calafell con su señora madre. Ahora, si me disculpan, ha sido un placer volver a verles. A ambos, por supuesto.

Byron saludó y esquivó a la pareja. Rosa parecía querer decir algo, pero calló. Leary, en cambio:

—Espere, señor Mitchell.

El periodista cogió la mano de Rosa Sanmartí, galante, y la besó. Ella le sonrió y, por un segundo, la mirada se le desvió hacia Byron, antes de retornarla a su acompañante.

—Espero volver a verla pronto, señorita Sanmartí —dijo Leary.

—Por supuesto, señor Leary… Joseph. —Inclinó el rostro hacia Byron—. Señor Mitchell…

Rosa Sanmartí subió los últimos escalones y entró en la casa.

Leary llegó hasta Byron y sonrió mostrando los dientes.

—Bien, señor Mitchell, creo que ha llegado el momento de que usted y yo hablemos.

Byron devolvió una sonrisa que no le apetecía. La incómoda situación no hacía más que mejorar.

III

Byron buscó a toda velocidad alguna excusa que le permitiera librarse del entrometido periodista.

—Lo lamento, señor Leary, pero mis obligaciones con…

—No —le interrumpió él.

—¿No? —repuso Byron.

—No, señor Mitchell. No dejaré que vuelva a escapar. Permítame que le invite a tomar una cerveza.

Era uno de esos momentos en que resultaba aconsejable ceder para no levantar más sospechas. Y, qué demonios, le apetecía una buena bebida fresca.

Leary le guio hasta una cervecería del paseo de Gracia, dos calles por encima del hogar de los Sanmartí. Era un ruidoso local con una barra curva, con grifería dorada para el servicio de cervezas, en la antesala y billares en el salón mayor al fondo.

Pidieron dos jarras y se sentaron a una mesa de madera en una esquina de la primera estancia, al pie de un panel decorativo de estilo vienés que representaba a una campesina vestida con algún traje tradicional centroeuropeo y tocada con una corona de flores. Byron niveló su taburete cojo para encajarlo en una grieta del suelo.

—Y bien, Mitchell, ¿qué hilo de su investigación le ha conducido a la casa de los Sanmartí?

—¿Cuál es su relación con Rosa Sanmartí?

—¡Ya empezamos! ¿Hoy tampoco va a contestar a mis preguntas?

—Antes debo saber si puedo confiar en usted y en su discreción.

—¿Acaso Rosa o sus padres son sospechosos? Me sorprendería mucho…

Byron evitó responder. Bebió con calma sin apartar la mirada de los ojos del periodista. Leary también bebió. Se limpió la espuma del labio superior con el dorso de la mano y rio sincero.

—De acuerdo. Lo admito. Yo, Joseph Leary, estoy cortejando a Rosa Sanmartí.

Byron continuó en silencio.

—¿No le parece bien? —preguntó Leary.

—No creo que sea asunto mío.

—Por cómo miraba a Rosa, me temo que sí que lo cree.

—Tranquilo, señor Leary, no me entrometeré en sus asuntos románticos.

—Como si usted pudiera hacer algo.

—¿Me está retando?

—Solo quiero que sepa que no temo a la competencia. Rosa Sanmartí es una joven bella y muy inteligente por la que merece la pena batallar.

—Estoy seguro de ello.

—Dejémoslo por el momento. ¿Su investigación…? Venga, Mitchell, prometió darme algo.

Byron suspiró. Estiró la espalda y el incómodo taburete tullido se recolocó bajo su peso.

—Está bien —dijo—. Parece ser que hace unos años Calafell intercedió en un asunto legal entre Aurora Coll de Sanmartí y su hermana, la señora de Rius.

—¿Y…?

—Y recientemente había vuelto a contactar con la señora Sanmartí para estar a bien con ella.

—¿Para qué querría hacer eso?

—Por lo visto pretendía a su Rosa.

—¡Ese viejo fisgón de Calafell! Se merece todo lo que le ha pasado.

A Byron se le escapó una mueca burlona.

—Cuidado, Leary. Esas palabras podrían ponerle en mi lista de sospechosos.

—No me fastidie, Mitchell. Yo ni siquiera sabía que la pretendía.

—Pensaba que llevaban un tiempo viéndose ustedes dos.

—¿Quiere saber en qué fase del cortejo me encuentro? ¿Para averiguar si ha llegado a tiempo de tener posibilidades?

—Podría ser —Byron sonrió con un punto de maldad.

—De acuerdo. Veamos… Han pasado dos meses desde que solicité a sus padres el permiso para poder verla. Durante los últimos treinta días nos hemos citado dos veces a la semana. Tendrá que correr si quiere alcanzarme.

—En ese tiempo, ¿de verdad no supo de las intenciones de Calafell?

—Para nada. —Miró al techo y rio para sí—. La madre de Rosa habría sido una gran empresaria. He llegado a apreciar cómo controla el negocio de su hogar. Estoy seguro de que Calafell tampoco sabía que tenía un rival. Bueno, si se puede decir que él lo fuera mío.

—¿Y no se puede?

—Byron, Ramón Calafell era un hombre mayor y no era una persona tan rica.

—Usted tampoco lo es.

—No, pero me gano bien la vida. Gozo de cierto prestigio. Además, como tantos otros industriales de esta ciudad, el señor Sanmartí tiene intereses puestos en las islas británicas. En una conversación reciente me dejó entrever que un yerno angloparlante nativo podría ser beneficioso para el negocio familiar. Incluso insinuó que mis orígenes norteamericanos podrían facilitar algún intento de comercio transoceánico.

Cada vez tenía más claro que las relaciones románticas de aquellos burgueses se gestionaban como otro apartado más dentro de sus respectivas empresas económicas.

—¿Y dejaría usted a un lado su vocación periodística, la que le ha llevado a ostentar cierta fama en su campo?

—No se burle de mí, que no tengo tanta disposición. Soy más joven que el señor Calafell, que en paz descanse, pero ya voy teniendo una edad. Preferiría un empleo más estable en el futuro. Algo que me permitiera proporcionar un buen nivel de vida a mi familia.

—Entonces, ¿la señorita Sanmartí nunca le comentó que usted tuviera un rival?

—Rosa es una joven muy discreta.

—¿Y no le molesta que no lo hiciera?

Leary rio de nuevo.

—No logrará chincharme, Mitchell. Rosa es una mujer muy inteligente y me parece perfecto que valore todas sus opciones. —Se estiró, henchido de orgullo—. Estoy convencido de que tras analizarlas cuidadosamente, escogerá la mejor alternativa.

Leary había terminado su cerveza y Byron finiquitó la suya. El periodista se puso en pie:

—Vamos, Mitchell.

Byron le siguió ciegamente hasta la barra, donde reclamaron otras dos jarras llenas, y después a la parte posterior del local, a las mesas de billar.

Leary cató su nueva cerveza y la condensación le dejó los labios brillantes. Los secó con la mano libre y depositó la jarra sobre un tablero con patas junto a una de las cuatro mesas de billar francés, todas libres en aquel momento. De un mueble bajo que servía de estante para mantener los tacos en posición vertical seleccionó dos de ellos y le entregó uno a Byron. Colocó las tres bolas en su posición de inicio sobre el tapiz verde y le ofreció a Byron comenzar. Este, con la cerveza en los labios, le cedió el turno.

Leary se inclinó sobre el tapete, agarró el taco con mano firme y deslizó el extremo entre el anillo que formaban sus dedos. Mientras apuntaba, le habló a Byron:

—Dejando aparte sus sospechas sobre la familia de mi futura prometida…

—Me parece que va usted demasiado deprisa. —Byron soltó una risotada que hasta a él le pareció algo ebria. Aun así, bebió otro trago.

—Dejando a un lado a la familia Sanmartí —rectificó Leary—, ¿no tiene usted ningún otro sospechoso a la vista?

Byron observó en silencio cómo golpeaba Leary con firmeza. La bola blanca alcanzó, una a una, la madera encerada de tres de las bandas para finalizar impactando contra la roja y la punteada. El periodista fingió una exagerada expresión de sorpresa y Byron le felicitó aplaudiendo con desgana contra el culo de la jarra.

Tras el tanto anotado, Leary se dispuso a continuar:

—Vamos, señor Mitchell. ¿De verdad no puede explicarme nada sobre el caso?

—Pero Leary, ¿qué más le da si usted pretende dejar el periodismo? —se burló Byron.

—Por el momento sigue siendo mi medio de vida.

Leary golpeó la bola. Tres bandas y una nueva carambola. El tipo era bueno en el juego.

Byron empezaba a creer que sería mejor proporcionarle alguna información. En caso contrario, el periodista podía acabar por sospechar que le ocultaba algo.

—Me temo que todavía no he logrado ningún avance definitivo. Si decidiera relatarle alguna de las pistas que sigo y usted las hace públicas… Bueno, eso podría afectar a mi investigación.

—Le prometí que no publicaría nada hasta que usted me lo permitiera y yo cumplo mi palabra. Además —bajó la voz a un tono confidencial—, hablar con alguien podría ayudarle a aclarar los puntos que seguro todavía le mantienen en la oscuridad.

Leary tiró de nuevo, pero su bola blanca esquivó por un dedo a la punteada de Byron.

¿Comentar el caso? ¿Por qué no? No le iría mal repasar los detalles en voz alta. Para eso lo utilizaba a él, a menudo, el Gran Detective, y la táctica solía proporcionar muy buenos resultados. De cualquier manera debía andarse con cuidado y no dejar que la falsa sensación de amistad provocada por la cerveza y el juego le hiciera descuidarse ante un periodista.

Se dobló sobre la mesa y extendió el brazo izquierdo por el tapete para apoyar el taco, dispuesto a ejecutar su primera jugada.

—Venga, Byron —insistió Leary—. Somos amigos, ¿no?

Byron rio, sin incorporarse, y se rindió.

—Está bien. Le contaré una parte de este puzle que me tiene despistado. El señor Calafell, aparte de su gusto por entrometerse en la vida de los demás, tenía sus pequeños pecadillos.

Byron golpeó y logró su primera carambola. Ahora fue Leary quien aplaudió.

—¿Pecadillos? —preguntó el periodista—. ¿Mujeres? ¿Apuestas?

—Lo primero. El señor Calafell visitaba cierta casa alegre del Raval una noche determinada de la semana.

—Entiendo.

En su segunda jugada, la bola de Byron golpeó a la roja. Tras el choque, salió girando sobre sí misma de manera que, después de dar contra dos bandas, perdió fuerza y se detuvo.

—Vaya por Dios —masculló Byron.

Leary sonrió mientras preparaba su turno.

—Una casa en el Raval... —recordó el periodista.

—Sí, sí —Byron retomó el hilo—. Allí solicitaba los servicios de una joven, siempre dentro del local, como es la norma de la casa. Excepto en una ocasión, en que pagó a la dueña para llevarse a la chica de allí.

Estirado sobre el tapete, Leary detuvo su movimiento y alzó la mirada hacia Byron.

—¿Y adónde la llevó?

—Eso es lo que no sé.

Leary abortó la jugada. Se incorporó y apoyó el taco contra el suelo.

—¿No fueron a casa de él? ¿A una pensión quizá? No me diga que ese viejo verde se llevó a su prostituta a algún lujoso hotel de la ciudad.

—Para nada. Le vendó los ojos a la joven y se los destapó en una sala adornada con arte de tipo… sensual.

Leary lo miró con expresión indescifrable.

—Ya sabe, cuadros de mujeres, fotos de desnudos.

—Ya, ya me lo imaginaba. Pues será alguna habitación de su casa.

—No vi nada así cuando estuve allí con el inspector Martín.

—¿Recorrió todo el piso?

—No, pero el inspector no mencionó nada al respecto sobre las habitaciones que no visité.

—Seguro que su admirador de la policía se lo habría comentado.

Leary se agachó y realizó su jugada sin pensárselo mucho. La carambola falló por completo.

—No sea malo —dijo Byron, tomando de nuevo su lugar en el juego—. Aunque hay algo más.

—Dígame.

—Al día siguiente me acerqué al edificio. Por la parte de atrás, los dos pisos superiores tienen una ventana que da al exterior. En la planta principal, en cambio, esa ventana estaba cegada.

Byron anotó una carambola estupenda. Lo celebró con una involuntaria sonrisa de felicidad y con un trago de su cerveza. Leary le quitó importancia con una mueca y un gesto de la mano.

—Es raro que Calafell conceda ese lujo a sus realquilados, pero que no lo luzca en su piso principal. No es un comportamiento normal entre los nuevos ricos de esta ciudad, a los que tanto gusta presumir de sus propiedades. ¿Cree que ahí podría ocultarse esa misteriosa habitación lúbrica?

—Quizá, pero no tengo manera de comprobarlo.

—Podría pedírselo a su amigo policía. Que le deje echar un vistazo de nuevo.

—Me temo que a su jefe no le han sentado nada bien sus anteriores favores hacia mi persona.

—Por suerte para usted, ese policía no es el único amigo que tiene en esta ciudad. Sígame.

Byron iba golpear cuando Leary le cogió la punta del taco y se lo arrebató. Lo dejó junto al suyo en el bastidor y se encaminó hacia la sala anterior. En la separación entre los dos espacios, se dio la vuelta.

—¡Vamos, Mitchell!, ¡no tenemos todo el día!

Fuera por lo que fuera, el periodista había decidido dar por finalizada la partida. Le siguió hasta la barra. Quedaba por abonar la última ronda y Leary le indicó que aflojara la mosca. Byron pagó y salieron al paseo de Gracia. Ya era de noche y Leary le guio directo hacia la casa Calafell. Byron caminó en silencio a su lado, a la espera de conocer las intenciones del periodista.

El dueño de la sastrería de los bajos del edificio de Calafell vigilaba a uno de sus dependientes mientras este echaba el cierre a la persiana del local. El jefe verificó con dos tirones decididos que el candado en la reja estaba firmemente sujeto y los dos hombres se dieron las buenas noches. Cada uno marchó en una dirección distinta, el dueño hacia la Diagonal, el subalterno hacia la plaza de Cataluña.

Leary y Byron se mantenían en una posición discreta tras el tronco de un plátano de sombra en la acera contraria del paseo. Leary oteó a izquierda y derecha, vigilante. Esperó a que los de la sastrería se alejaran.

—Vamos —dijo—. Ahora no pasa nadie.

Cruzó al trote. Byron, sorprendido, también verificó que no hubiera moros en la costa antes de seguirle. Cuando llegó a la puerta, Leary ya estaba arrodillado y trasteaba con dos ganzúas en la cerradura del portal. Miró por encima del hombro a Byron:

—Apártese, Mitchell. Me tapa la luz del farol.

Byron obedeció y Leary se recolocó de manera que la escasa luz de gas le permitiera atinar. Guiñó un ojo para observar en el interior de la cerradura.

—¿Lleva siempre esas herramientas encima?

—No se sorprenda, Byron. —Leary mantuvo fija la ganzúa de su mano izquierda mientras maniobraba con la de la derecha—. Soy un fisgón profesional.

La cerradura hizo clac y la puerta se abrió. Leary se coló dentro.

Byron se quedó pasmado en la calle. El periodista asomó medio cuerpo y apremió con un gesto vehemente:

—Vamos, detective, ¿o es que espera una invitación?

Byron suspiró y entró cerrando la puerta a sus espaldas.

IV

Un rancio olor a comida impregnaba la escalera del edificio de Calafell. Alguno de los inquilinos de los pisos superiores estaría preparando la cena en un hornillo o en una cocina mal ventilada.

En la penumbra apenas se apreciaba el inicio de la escalera. Un chisporroteo y el olor a fósforo precedieron a la aparición de una pequeña llama; Leary había prendido una cerilla. Con la ayuda de su escasa luz, Byron y su compinche subieron ligeros hasta la entrada al piso principal: el escenario del asesinato de Calafell. Ya en la planta, Leary soltó una maldición y agitó la cerilla para apagarla. En la oscuridad, sus dedos apretaron la cajetilla en la palma de la mano de Byron.

—Necesitaré que me ilumine.

Byron encendió otra cerilla. Leary estaba ya en cuclillas ante la puerta cerrada y Byron se agachó tras él. El periodista comenzó a trastear con sus palanquetas.

La escalera de inquilinos llegaba desde la portería por la izquierda del rellano y subía al piso superior por la derecha. No se percibía ruido desde ninguno de los lados. Por el momento, claro.

—Dese prisa —apremió Byron.

—No me ayuda. —Leary se secó el sudor de la frente y siguió intentándolo.

Un largo minuto después, la llama de la cerilla alcanzó los

dedos de Byron. La sacudió al aire para apagarla. Buscó rápido otra en la cajetilla y la encendió. A la luz de la llama se encontró con el rostro desilusionado de Leary.

—¿Y bien? —preguntó Byron.

—Esta cerradura es mejor que la de la entrada. Se me resiste.

—¿Demasiada cerveza, quizá?

El periodista entrecerró los ojos, ofendido.

—Déjeme probar a mí. —Aún en cuclillas, Byron intercambió la cerilla encendida por las herramientas y cambió la posición con su compañero de allanamiento. Leary le observó con gesto sorprendido.

—¿El señor detective también sabe de forzar entradas?

—El señor detective sabe de muchas cosas.

Que Byron no siempre había estado en el lado correcto de la ley no era un dato que necesitase conocer aquel periodista.

Colocó uno de los alambres fijo en la parte inferior de la cerradura e introdujo el otro hasta el fondo. Tanteó y localizó el último de los pistones. Con suavidad, muy atento a las leves variaciones de sonido y vibración, lo movió apenas unos milímetros. Suspiró satisfecho. Pasó al siguiente pistón, al que venció en un instante. Sonrió triunfador y sopló hacia arriba para refrescarse los ojos. Alcanzó la hendidura del tercer pistón, pero este no cedió. Byron remugó su fastidio.

—¿Problemas, detective? —dijo Leary, con tonillo burlón.

Byron no respondió. Volvió a intentarlo, pero la ganzúa resbaló sobre el pistón, sin atraparlo. Cayó en la cuenta de que estaba rozando una hendidura trampa y resiguió el pistón hasta dar con el extremo final de este. Una vez en él, empujó el diminuto cilindro en su sitio. Los dos siguientes, ya averiguada la trampa, no le supusieron problema alguno. Tras alinear el último en la posición correcta, abrió la puerta con un chasquido. Empujó la hoja y dedicó a Leary la que pretendía fuera una enorme sonrisa de superioridad.

Entraron y Byron cerró la puerta tras ellos con mucho cuidado de no hacer ruido. Avanzaron pasillo adelante. Pasaron junto a la biblioteca. Más allá de la puerta con la parte superior vidriada rota, la mancha oscura persistía en la alfombra del suelo.

Leary asomó la cabeza por encima del hombro de Byron para observar el escenario del crimen.

—Vaya. ¿Fue aquí donde…?

—Sí.

La cerilla se apagó de nuevo. Leary encendió otra. Byron hizo una seña y los dos hombres siguieron hasta alcanzar el despacho. Cerca de la entrada había una lámpara fijada a la pared. Byron abrió la espita y Leary la prendió con la cerilla.

La luz de gas iluminó la estancia y Byron señaló la estantería al fondo de la misma.

—Ahí debería estar la ventana cegada.

—¿Tras esos estantes?

—Sí.

Examinó los libros: volúmenes de leyes, una colección encuadernada de ejemplares de la *Revista Jurídica de Cataluña*, del Colegio de Abogados de Barcelona, años 1899 y 1900, una *Guía Diamante de Barcelona*, del año 1896, la *Guía de forasteros de la siempre fiel isla de Cuba para el año económico de 1880-81*, más novelas, en castellano, catalán y francés… Lo que fuera, si había algo, estaría escondido tras los anaqueles. Cogió uno de los libros al azar, una novela de Balzac en su idioma original. Por detrás solo se veía la pared. Se lo pasó a Leary.

—Haga un montón ahí al lado.

El periodista obedeció. Byron le pasó otros tres de golpe. Al intentarlo con el siguiente bloque de cinco, el de en medio se resistió.

—¿Qué narices…?

Apartó los que sí se podían mover y se centró en el rebelde. Intentó sacarlo de nuevo, sin éxito. El volumen se vencía hacia adelante, pero por debajo no se separaba del estante. Lo volvió a dejar en su posición inicial.

—¿Ha oído eso? —dijo Leary.

Sí que lo había oído. Un leve clac al mover el libro. Repitió el movimiento. En efecto, al traerlo hacia sí, se percibía aquel sonido mecánico cortado.

—Es una palanca —dijo Byron.

Leary agarró el lateral de la estantería y estiró con fuerza.

—No parece que se mueva nada.

Byron volvió a accionar el libro-palanca y estiró junto a Leary de los estantes. En efecto, no se movía.

—¿Estará roto? —dijo el periodista.

Byron no respondió. Apartó los libros que escoltaban a un lado y otro del que hacía de palanca y se los pasó a Leary. Siguió examinando los demás. Retiró una novela de Emilio Salgari y un almanaque del *Diario de Barcelona* del año 1898. Apartó tres volúmenes relacionados con leyes de la propiedad y se topó con un segundo libro-palanca.

—¡Ajá!

Accionó primero la palanca de la izquierda —clac— y luego la de la derecha —clac—. Nada. Lo intentó al revés, primero la derecha y luego la izquierda, sin resultado. Refunfuñó su frustración. Se volvió hacia el periodista.

—Vamos a quitar todos los libros sueltos. Quiero despejar la estantería.

De dos en dos o de tres en tres, fueron retirando los volúmenes y los amontonaron en el suelo, junto al estante. Hallaron una tercera palanca escondida en *Las aventuras de Arthur Gordon Pym*, de Edgar Allan Poe, una cuarta en un tratado filosófico de Friedrich Nietzsche y una quinta en una obra de teatro de Santiago Rusiñol.

Al final, los dos hombres dieron un paso atrás y contemplaron la estantería, vacía a excepción de aquellos cinco libros fijados.

—Bien —dijo Byron para sí mismo.

Dio un paso adelante y accionó, una a una, las cinco palancas en orden, de izquierda a derecha.

—Nada —dijo Leary—. Si había un mecanismo, se habrá estropeado.

—No sea impaciente.

Byron movió las palancas en orden inverso, de la última a la primera.

De nuevo, ningún resultado.

—¿Piensa probar todas las combinaciones? —dijo el periodista—. Serán innumerables.

—Más de cien —dijo Byron, pensativo—. Menos de doscientas. Creo. Saque usted esa pequeña libreta suya, señor periodista. —Leary le miró pasmado—. ¡Vamos, que no tenemos toda la noche!

Señaló el primer título por la izquierda.

—Este será el uno —pasó al siguiente—, este el dos. El de Poe, el tres. El rollo filosófico ese, el cuatro y la obra de teatro, el cinco. La combinación ordenada uno, dos, tres, cuatro, cinco no funciona. Ni tampoco la cinco, cuatro, tres, dos, uno. Apúntelas.

—Vale, vale, pero insisto en que vamos a tardar lo nuestro.

—Nadie dijo que el trabajo de investigador se limitara a tener ideas felices sacadas del aire.

Byron probó la uno, dos, tres, cinco, cuatro y después la uno, dos, cuatro, tres, cinco, y siguió probando combinaciones que Leary anotaba, ya sin quejarse, en las hojas de su libreta. Al lado de cada una el periodista apuntaba el número de orden. Al llegar a la número cincuenta (tres, uno, dos, cinco, cuatro) Byron estiró la espalda y algún músculo crujió. A Leary en cambio, lo que le molestaba era el cuello: lo giró a uno y otro lado varias veces.

—¿Seguimos? —preguntó al fin.

—¿Cuál toca? —dijo Byron

—Creo que la tres, uno, cuatro, dos, cinco.

Byron la ejecutó y tampoco obtuvo un resultado positivo. Siguió adelante. Para la número setenta y cinco, empezó a dudar si no estarían haciendo el tonto. Bien podría ser, como había apuntado Leary, que el mecanismo estuviera estropeado o que ni siquiera funcionase como se había imaginado, activado por un orden concreto de activación de las palancas.

Al llegar a la número cien tuvieron que hacer una pausa de unos minutos. Se pusieron en pie en medio de leves lamentos y crujidos de sus extremidades doloridas. Leary le ofreció un cigarrillo.

—Créame —dijo Byron—, será mejor que no dejemos más presencia nuestra de la necesaria.

Leary mostró el cigarrillo dejando entrever que algo tan pequeño no podría generar muchas pistas, pero lo acabó guardando de regreso a su bolsillo.

Volvieron al trabajo una vez más. La emoción del inicio, tras pasar por las molestias físicas de en medio, había dado paso al sopor, por lo que en el intento ciento doce (cinco, tres, dos, cuatro, uno) cuando el mecanismo hizo un clic alargado y la estantería se separó por la mitad los dos hombres se miraron con ojos como platos sin terminar de creérselo.

Las dos partes de la estantería se abrieron hacia dentro, como las hojas de una puerta. Alcanzaron un tope y, al momento, volvieron a vencerse hacia ellos.

—¡Que no se cierre! —gritó Leary, alterado.

Byron detuvo el movimiento de la puerta escondida.

—Tranquilo, ahora sabemos cuál es la combinación correcta para abrirla.

Empujó del todo la puerta, que daba acceso a una sala en tinieblas. Colocó una pila de cinco de los libros descartados al pie, para que no se cerrara con ellos dentro.

Avanzó con cuidado en el interior. Al dar el segundo paso, algo crujió. Byron se detuvo.

—¿Qué es eso? —preguntó Leary.

—Parecen cristales. Vayamos con cuidado.

A la luz que llegaba desde el despacho contiguo, Byron localizó una lámpara de gas y la encendió. La luz iluminó una diminuta estancia cerrada, con las paredes atiborradas de pinturas, cuadros apoyados en el suelo, marcos con fotos... Todos y cada uno de ellos mostraban figuras femeninas desnudas.

En el centro, un butacón representaba el trono del monarca de un reino de mujeres sin ropa.

—Vaya —dijo Leary—. Así que esta es la sala.

En la pared de la derecha había un estrecho diván, incómodo para dormir, del espacio justo para la realización de otras labores. Al lado, una puerta. Byron la abrió. El cuartito allí dentro olía mal, a cerrado. En el suelo, un orinal vacío y una jofaina con un tercio de agua estancada en su interior. Byron cerró y retornó su atención a la estancia principal. Leary estaba agachado junto a la entrada y se levantó. Byron le interrogó con la mirada.

—Hay como restos de vidrio —dijo él.

Byron se acercó. En el suelo, al pie de un archivador, dentro de lo que parecía ser un marco de madera, encontró pequeños fragmentos de vidrio roto. Faltaban partes, pero enseguida vio de qué se trataba.

—Es una placa seca, de gelatina-bromuro. El negativo de una fotografía.

Con dos dedos cogió el trozo de cristal superviviente más grande, de apenas dos centímetros de alto por uno de ancho. Lo alzó al contraste de la luz de la lámpara, pero fue incapaz de apreciar qué podía contener aquel fragmento de la fotografía. ¿Podría ser parte de una construcción de madera? ¿Algún tipo de casa? En el lado izquierdo del fragmento leyó dos signos inscritos con un instrumento afilado de precisión sobre el negativo. ¿Eran dos letras? ¿Una N y una D? ¿O quizá una O?

Leary habló a su espalda.

—¿Se ve algo?

—No, lo que hubiera aquí fotografiado apenas se aprecia. Creo distinguir dos letras escritas.

—A ver…

Leary miró por encima de su hombro.

—Me parece que son una N y una D —dijo Byron—. No sé, podría ser cualquier cosa. No hay suficientes fragmentos enteros.

Byron dejó el resto del negativo sobre la cómoda y se centró en inspeccionar los cajones del archivador. Leary se movió por la habitación.

—¿Entonces Calafell traía aquí a sus visitas femeninas?

—Dudo que fuera la norma.

Byron abrió el cajón superior: más fotos de mujeres desnudas. Estas ya un poco subidas de tono, más explícitas que las anteriores. El segundo cajón, en cambio, contenía papeles. Enseguida llamó su atención el que estaba en la parte superior. Byron lo sacó para leerlo a la luz de la lámpara de gas.

Se trataba de un formulario para telegrama del Cuerpo de Comunicaciones de la Isla de Cuba, cumplimentado a pluma el 17 de septiembre de 1886 en la Estación de Paso Real de San Diego. Como remitente constaba un tal Julio Iribar de Palos, comandante en el cuartel de la Guardia Civil de la misma localidad. El destinatario era Bartolomé Rius Madariaga, estación privada del ingenio Maravillas, en San Cristóbal.

Estimado Señor. Detectada actividad insurrecta en provincia. Banda delincuente Eliseo González. Tememos asalto a su finca y la de Señor Aiguaviva. Ante imposibilidad comunicar con Aiguaviva procedemos enviar hombres allí. Ruego tome usted precauciones necesarias para salvaguardar sus propiedades.

La firma del jefe de estación encargado de tramitar el mensaje era un nombre que ya conocía: Ramón Calafell Tablas.

—¿Qué lee con tanta atención?

Byron le pasó la hoja a Leary. En el cajón encontró la respuesta al mensaje anterior, con las tiras de texto impresas pegadas sobre un formulario estándar.

ESTIMADO SR. COMANDANTE. INACEPTABLE DEJE MI HACIENDA SIN PROTECCIÓN. LE RECUERDO MI BUENA AMISTAD CON SR. GOBERNADOR. ENCOMIENDO RECTIFIQUE Y DIRIJA SUS HOMBRES A MI PROPIEDAD. FINCA AIGUAVIVA ALEJADA. IMPROBABLE ATAQUE BANDOLEROS ALLÍ.

También junto a esta misiva había un justificante firmado por Calafell. Byron se la pasó a Leary que la leyó con atención.

—¿Y qué significa todo esto? —preguntó el periodista.

—Aiguaviva murió en Cuba. Desconozco si estos mensajes están relacionados con aquella desgracia, pero si Calafell los escondía aquí…

—¿Debemos entender que trabajó en telégrafos en Cuba e interceptó estos dos mensajes? ¿Cree que los usó para chantajear a Rius? No me parecen una gran prueba de nada. Es más, se podría hasta argumentar que son documentos falsificados.

—No entiende usted cómo funciona la sociedad de esta ciudad. Las apariencias lo son todo. La posibilidad de que Rius traicionara de esa manera a un compañero como Aiguaviva podría dar pie a que la gente se empezara a hacer preguntas. Además, Rius y Jordana mantienen intereses económicos que persiguen el apoyo del hijo y de la viuda de Aiguaviva.

—¿Qué piensa hacer con todo esto? —Leary le devolvió la hoja del telegrama. Byron la juntó a la otra y se las guardó en uno de los bolsillos secretos del interior de su chaqueta—. Lo pensaré. —Sonrió al periodista—. Me sorprende usted, Leary. No ha intentado escamotear las dos hojas.

—Tiene usted que empezar a fiarse de mí. Me interesa más conocer la historia completa, a la que sé que llegará en algún momento. No me basta con meros fragmentos del rompecabezas. —Leary retrocedió y se sentó en la butaca del centro de la sala. Desde allí, cambió de tema—. Entonces, ¿no cree que Calafell trajera mujeres aquí a menudo?

—No. De verdad creo que solo se veía con Violeta y que es la única a la que trajo aquí, y en una única ocasión. Me temo que esta sala era para su uso particular.

—¿Su uso particular?

Leary apoyó las manos en los brazos del butacón y repasó las imágenes desnudas a su alrededor. Cayó en la cuenta y se puso en pie de un salto.

—¡Qué asco! —Se sacudió enérgico el pantalón a palmetazos y luego frotó las manos—. ¿Me está usted diciendo que ese cerdo se sentaba ahí, a tocarse, mirando sus cuadros y sus fotografías?

Restregó de nuevo las manos, ahora contra las culeras del pantalón. No se quedaría satisfecho hasta que las fregara con agua y jabón. Byron giró el rostro para ocultar su sonrisa y disimuló husmeando entre unos cuadros apoyados al pie del caballete colocado ante el sillón. Parecían dispuestos para ser revisitados a menudo. ¿Serían los favoritos del abogado? Los fue mirando uno a uno. Al igual que el resto, eran retratos muy poco imaginativos de mujeres en distintos grados de desnudez. Tras revisar el cuarto cuadro de la fila, el siguiente le dejó sin aliento. Era un muy gráfico retrato de Rosa. En un cuarto vacío, sobre un suelo de tablones de madera, posaba desnuda por completo, sentada a horcajadas en una silla blanca. La pierna izquierda recogida tras la pata del asiento. La derecha, extendida a un lado, mostraba su sexo sin pudor.

Con la respiración contenida, repasó los ojos castaños que le miraban desde el retrato, la exuberante flor roja atrapada sobre la oreja de la modelo, los húmedos labios encarnados entreabiertos, la mano bajo su pecho izquierdo y la otra, en la cara interior del muslo, muy cerca de su vello…

—¿Qué ha visto ahora? —preguntó Leary, justo detrás de él.

Byron se sobresaltó. Bloqueó con su cuerpo la vista del cuadro, en un gesto torpe y azorado.

—No creo que le guste, Leary.

—Déjeme. —Leary lo apartó decidido con el brazo. Vio la pintura y su rostro risueño se encendió colérico—. ¡Maldito cabrón!

Agarró el cuadro con ambas manos y lo alzó. Byron temió que lo fuera a estrellar contra el suelo, pero Leary solo se quedó mirándolo sin saber qué hacer. Mientras lo mantenía allí, alzado en sus manos, Byron descubrió un detalle y le puso una mano sobre el hombro para frenarlo.

—¡Voy a matar a ese cabrón de Calafell! —Leary cayó en la cuenta de la tontería que acababa de decir y dirigió una mueca descompuesta a Byron—. Bueno, usted ya me entiende.

—Tranquilícese, Leary. Mire. —Señaló el pie del cuadro. La firma era la de un nombre conocido: Aurelio Beltrán. La fecha, 1878.

Leary descendió el cuadro y se fijó en el pie indicado.

—No lo entiendo —dijo—. Rosa ni siquiera había nacido.

—La mujer retratada en ese cuadro no es Rosa Sanmartí. Es Aurora Coll, su madre.

—Oh. —Leary giró el cuadro para observarlo ahora con mayor tranquilidad.

—Por favor, Leary.

—Claro, claro. —Leary bajó el cuadro al suelo y lo inclinó para ocultarlo de la vista de los dos. Se encogió de hombros—. Perdone usted.

Byron consultó su reloj.

—Creo que tendríamos que irnos.

—Ya, pues no pienso dejar esto aquí.

Apoyó el cuadro contra el butacón central. Sacó una pequeña navaja y se agachó. Con cuidado, empezó a cortar la tela por un extremo. Poco a poco, recorrió todo el perímetro y, una vez separada la pintura del marco, la enrolló. Se puso en pie y guardó el rollo bajo la chaqueta. Byron no le había quitado ojo de encima y Leary se dio cuenta en aquel momento.

—Venga, hombre. Usted también está robando esos documentos.

Ahí tenía razón. Salieron del cuarto secreto y cerraron la puerta camuflada como estantería.

—¿Se lo va a explicar a la policía? —preguntó Leary mientras Byron giraba el cierre de la espita para apagar la lámpara de gas en el despacho.

—A su debido tiempo, Leary. A su debido tiempo.

Abandonaron el piso y, a tientas en la oscuridad, bajaron la escalera apoyándose con cuidado en el pasamanos. Llegaban a la portería cuando la puerta se abrió desde afuera y la luz que entró los paralizó como a dos conejos sorprendidos por un cazador.

El grandullón que portaba la linterna de queroseno era alto y fornido, de densa barba roja, camisa sin cuello y gorra calada hasta las orejas. Venía mejor preparado que ellos, con su lámpara para iluminarse el camino en una mano y las ganzúas con las que había forzado el acceso en la otra.

El tipo se paralizó y los tres hombres se miraron sorprendidos. Byron atinó a dar un paso en dirección al tercer intruso y este le arrojó la lámpara al pecho. El aceite se derramó y la llama prendió su chaqueta.

El desconocido escapó corriendo y Leary salió como una exhalación tras él. Byron se quitó la chaqueta a toda prisa y la pisoteó en el suelo hasta apagar el leve incendio. Cayó en la cuenta de que se había quedado solo y, con su chaqueta humeante en la mano, abandonó raudo el edificio en persecución de los otros dos.

V

Byron salió al paseo de Gracia. Leary corría en pos del fugitivo en dirección a la Diagonal.

—¡Espabile, Mitchell!

Frenó un poco para permitir que le alcanzara. Señaló la figura esquiva que desaparecía por un solar entre dos bloques de edificios al otro lado de la avenida. Los dos hombres persiguieron a la sombra más allá de la Diagonal, desierta de carros y coches de caballos en aquellas horas avanzadas de la noche.

—¿Quién es ese tipo? —preguntó Leary entre jadeos.

—No le había visto nunca.

—Entonces, ¿por qué lo estamos persiguiendo?

—Porque ha huido de nosotros.

Tras cruzar el descampado, la parcela contigua estaba protegida por una empalizada de madera. Leary se encaramó de un salto y Byron le siguió. Aterrizó al otro lado, en un barrizal de tierra sucia, junto a una pila de ladrillos. Varias zanjas recién empezadas jalonaban el terreno. No hacía mucho, allí se habían iniciado las obras de una edificación.

Un balazo astilló la madera de la cerca a medio metro de Byron. Aturdido, se volvió en la dirección del disparo. Leary le saltó encima y lo derribó al suelo. Otro tiro alcanzó la valla por encima de sus cabezas.

—¡Por Dios!, preste más atención, detective.

—Había perdido la costumbre de que me disparen.

Leary reptó por el suelo de tierra y Byron recuperó su sombrero caído y lo imitó. El tiroteo cesó. ¿Habría aprovechado su atacante para esfumarse? Alcanzaron el extremo opuesto del solar y se colaron por un hueco bajo la cerca en aquel lado. El terreno vecino se iniciaba con una parcela labrada para sembrado. Se arrastraron por el huerto vacío hasta alcanzar una zanja más profunda que les sirvió de trinchera. Desde el precario refugio, Leary asomó la cabeza muy despacio.

—No le veo.

Byron también oteó con sigilo. La farola más cercana iluminaba un pequeño círculo a unos cincuenta metros a su derecha. En medio de la oscuridad nocturna no se apreciaba movimiento.

—Un momento —murmuró Leary—. Por allí.

Una sombra fugaz se deslizó en la semioscuridad iluminada por la farola, entre el callejón que formaban dos construcciones de ladrillo, con techo de tejas y chimenea.

—Esta zanja no es muy profunda —observó Byron—. ¿Estará buscando un ángulo mejor para dispararnos de nuevo? —Los rodeaban terrenos descubiertos, sin mayor protección que su insegura trinchera—. ¿Y ahora qué hacemos? —Leary no respondía.

Se giró en su búsqueda, pero solo alcanzó a ver sus piernas. El periodista se escabullía reptando.

—Espere aquí —ordenó; un susurro desde la oscuridad.

—¡Leary! —llamó Byron, procurando no alzar la voz. Ya era tarde. Leary se había marchado.

Byron se quedó solo en el surco excavado. ¿Qué debía hacer? Por mucho que se esforzaba en achinar los ojos, apenas apreciaba los contornos en la oscuridad por la que se había marchado Leary. Más allá tampoco distinguía movimiento por la zona donde apenas hacía unos instantes se escabullía su atacante. ¿Se había largado?

El huerto descampado quedó en el más absoluto de los silencios. Con el paso de los segundos y de algún minuto, sus ojos empezaban a adaptarse a la escasa luz. Un grito le sobresaltó. ¿Leary? Los pelos se le pusieron de punta. Era la voz de un hombre, sin duda. Inquieto en el fondo de la zanja, afinó el oído. Estalló otro disparo, lejano a su posición.

Menuda mierda, pero no podía hacer otra cosa.

Pegó el cuerpo a la tierra del suelo y reptó en la misma dirección en la que se había largado Leary. Tras el eco del disparo, la noche volvió a silenciarse. Avanzó un buen trecho de varios metros. Se puso en cuclillas, despacio, con precaución. De nuevo, afinó el oído. Nada.

Continuó, ahora en pie, agachado. Se movía a mayor velocidad. No tenía nada claro adónde ir, por lo que se limitó a seguir una línea recta en pos de donde había sonado el último disparo. Menudo pedazo de idea, Byron.

Tropezó con una raíz en el suelo y se dio de bruces. Maldijo en voz baja. Se le había metido polvo en los ojos. Los frotó y parpadeó varias veces para aclararlos. Con el culo plantado en el suelo, al final pudo enfocar la mirada. Había un hombre allí delante.

—¿Leary? —preguntó con voz trémula. El hombre llevaba una escopeta. No era Leary.

El tipo cargó el arma. Byron reculó en el suelo y alzó las manos.

—Espere, ¡no dispare!

El otro se movió y al acercarse pudo distinguir su aspecto. No era el mismo hombre al que estaban persiguiendo. Era mayor, ya no cumplía los sesenta. Vestía pantalón, camisola blanca y boina de tela.

—¿Quién es usted? —dijo el anciano.

—Un detective.

—No sé qué es eso.

—Persigo delincuentes.

—¿Está siguiendo al tipo de la pistola?

—¿Lo ha visto?

—Estaba en casa —hizo un gesto fugaz con el rostro, hacia atrás— y he oído a alguien cruzando mi huerta. He salido y he visto a ese tipo. Alguien le perseguía, otro antes que usted. El de la pistola se ha girado y ha disparado. Por eso he cogido mi arma. —Agitó la escopeta.

—¿Ha visto al que lo seguía? ¿Sabe si lo ha herido?

—No he visto a nadie más. He corrido de vuelta a casa, a por la escopeta. Pero el tipo de la pistola se ha marchado por allí. —Señaló hacia la derecha.

—Gracias.

Byron se levantó con las manos en alto. Con una mueca inocente, pidió permiso para marcharse. El campesino de la escopeta se lo concedió agitando el arma en la dirección indicada. Byron siguió aquel camino. Se dio cuenta de que caminaba erguido; de alguna manera la sensación de peligro había desaparecido. Al mirar atrás, el campesino todavía le vigilaba, ahora con la escopeta apoyada sobre el hombro.

Acabó llegando al cruce de Diagonal con la calle del Bruch, donde rindió su búsqueda. Bajó caminando hasta la calle del Rosellón y al paseo de Gracia. Regresó delante de la casa de Calafell y rodeó la manzana desierta para verificar que Leary tampoco estaba allí. ¿Dónde narices se había metido el periodista? No sabía dónde vivía, por lo que tampoco tenía una referencia donde ir a buscarlo. En cambio, Leary sí conocía su edificio. Lo mejor sería regresar a casa.

Al bajar por el paseo se cruzó con un guardia nocturno, que alumbraba su camino con un farol. El hombre le saludó con desconfianza. Byron devolvió el saludo, pero no dijo nada sobre su situación. ¿Qué podía explicarle, al fin y al cabo? «Buenas noches, estimado sereno. Me hallaba yo allanando el hogar de un muerto por asesinato en compañía de un periodista, del que empiezo a creer que podría convertirse en un buen amigo, cuando al salir del lugar de esos múltiples delitos nos hemos dado de bruces con otro presunto allanador que pudiera ser (o no) haya disparado a mi compañero de fatigas, quien, por cierto, no sé dónde se ha metido».

Dios, estaba cansado de narices. Lo más sensato sería regresar a refugio en su piso para detenerse a analizar con calma la situación.

Al llegar al edificio Rius, el portón externo estaba cerrado. Byron rebuscó en su bolsillo la llave que abría la estrecha puerta insertada a la derecha de este. Tiró con sigilo del picaporte en forma de dragón y encaminó la escalera de inquilinos. Iniciaba el ascenso cuando la puerta de servicio en el piso de los Rius se abrió. Elisa, en camisón y alumbrada por un cabo de vela, susurró:

—¡Byron!

Byron parpadeó dos veces ante aquella presencia fantasmal.

—¿Qué estás haciendo despierta y aquí fuera a estas horas? Como se entere tu madre...

—Ven, Byron, por favor. Tengo que decirte algo.

Byron se acercó, malencarado. Aquella niña lo iba a terminar metiendo en problemas.

—Elisa. No deberías comportarte así. Ya no tienes edad.

—Ya no soy una niña.

—Eso mismo te estoy diciendo.

La niña se mordió el labio inferior con coquetería.

—¿No me ves cómo a una niña?

—Siempre te veré como a una niña. —Byron atajó aquel tema comprometido—. ¿Qué querías decirme? Habla antes de que despertemos a todo el edificio.

—Llevo atenta a la ventana desde que mis padres se fueron a dormir, esperando a que regresaras. Mi prima me ha hecho llegar un mensaje. Me ha pedido que, por favor, te reúnas mañana con ella.

—¿Tú prima? ¿Rosa?

—Oye, no te alegres tanto. —Elisa hizo morros—. ¿Sabes que está prometida? Aunque no me ha dicho con quién.

—Sé que la están cortejando —dijo Byron. Elisa le miró en silencio, mosqueada. —En fin, ¿para qué quiere verme?

—No me lo ha dicho. Te espera en el Café Inglés, en la calle de Fernando VII, a las diez de la mañana. —Se le acercó al oído—. Escúchame, Byron...

—Señorita Elisa.

La voz de hombre, firme y seria, le hizo dar un respingo, a pesar de que había sonado muy bajo. Elisa también botó y Byron se apartó de la niña. El mayordomo Enrique, en camisa de dormir, los juzgaba con la mirada.

—Señorita Elisa —repitió—. Debería volver a su cama. No querrá que avise a su señora madre.

Elisa recogió velas y se retiró. Se detuvo junto al mayordomo.

—Lo siento, Enrique. —Él asintió. Elisa miró a Byron—. Señor Mitchell, una cosa más. Mientras esperaba he visto llegar a su amigo. —Bajó la cabeza—. Me he colado en su piso y le he abierto. Espero que no le importe. Él le espera allí.

Enrique sacudió la cabeza con disgusto. Elisa, aún cabizbaja, entró en el piso. El mayordomo clavó una mirada severa en Byron, que se vio impelido a asentir avergonzado.

—Enrique... —murmuró en tono de disculpa.

—Señor Mitchell.

El mayordomo marchó tras Elisa y cerró la puerta. Byron reanudó el ascenso mientras el ruido del cerrojo a sus espaldas bloqueaba la entrada.

Al final había acertado suponiendo que Leary lo vendría a buscar a casa. Subió los escalones de tres en tres, ansioso por enterarse de qué era lo que había sucedido. Llegó a su piso y abrió la puerta. El interior estaba a oscuras.

—¿Leary?

Nadie respondió. Venía acalorado y el sofocante espacio

cerrado no ayudaba para nada. Se quitó la chaqueta que todavía olía a chamusquina.

—¿Leary? —repitió.

Entró en su habitación y, con una cerilla de la caja que tenía en la repisa, encendió la lámpara de gas. Se volvió. Sentado en el butacón junto a su cama, con los pies apoyados en un taburete de tres patas, había un hombre que no era Leary. El sombrero sobre el rostro le tapaba la cara. El hombre se descubrió. Irving Redmond le miró con cara de sueño.

Byron se congeló con su chaqueta doblada alrededor del brazo. Redmond parecía recién despertado. Si corría hacia la puerta, ¿le daría tiempo a escapar antes de que lo alcanzara?

Sus piernas no acertaron a arrancar. Su boca, en cambio...

—¿Ha venido usted a darme la paliza que me prometió?

Redmond bajó las botas del taburete al suelo. Su chaqueta le cubría las piernas a modo de manta y la apartó a un lado sobre la butaca. Se movía como un oso recién salido de la hibernación. El tipo había pegado una buena siesta. Frotó su rostro y, al acabar, le dedicó una mirada desganada.

—Relájese, Mitchell. Solo buscaba un lugar donde pasar la noche para dormir un rato en calma. Sus queridos policías han colocado a un municipal en la puerta de la pensión donde tengo una habitación y me he visto obligado a buscarme la vida.

—¿Cómo sabía usted dónde vivía?

—Estuve una vez en este edificio, con Calafell. Le hicimos una visita al pintor que vive en la buhardilla.

Redmond se reclinó de nuevo en la butaca y cerró los ojos. Byron dejó la chaqueta sobre el respaldo de la silla de paja.

—¿Y eso? —preguntó.

Redmond abrió los ojos con fastidio, parecía molesto porque no le dejaran continuar su plácido sueño.

—El tipo...

—Beltrán.

—Sí… El tipo, el pintor, se había puesto pesado con Calafell. Por lo visto le había vendido un cuadro hacía un tiempo y el tal Beltrán pretendía que se lo devolviera. Se estaba poniendo agresivo. Llegó a amenazarle con avisar a unos compañeros anarquistas a los que decía que conocía. Calafell me llevó hasta su puerta para dejarle claro que no se iba a dejar amedrentar por nadie. Por muchos amigos anarquistas imaginarios que tuviera.

Redmond cerró de nuevo los ojos. Cruzó las manos sobre su pecho.

Byron se relajó.

—Le agradezco que haya respetado mi cama.

—Si algo aprendí durante mis años transportando ganado, y también en el circo, es que hay que respetar el espacio de un hombre, ya sea un camastro, una tienda de campaña o una manta en la esquina de un campamento.

—Sea como sea, se lo agradezco.

Byron giró la válvula de la base de la lámpara para aumentar el flujo de gas y la iluminación en la habitación. Redmond respondió con un gruñido quejoso y se tapó el rostro con su sombrero Stetson. Byron se sentó en su cama, con las manos sobre las rodillas.

—¿Me permite otra pregunta? —dijo. En respuesta Redmond apartó el sombrero y le dedicó una expresión hosca. Byron no se amedrentó—. Creo que me lo debe. Digamos que es un pequeño alquiler por el uso de mi butaca como lecho para esta noche.

—Usted me lo debe a mí, por poner a las autoridades tras mi pista.

—En realidad creo que la policía ya sabía de usted antes de que yo…

Redmond agitó una mano para interrumpirle.

—Pregunte de una vez, Mitchell.

—De entre todos los lugares que podría haber elegido usted para refugiarse esta noche, ¿por qué ha decidido escoger mi piso?

—Bueno, por lo general he comprobado que los guardias nocturnos de las ciudades europeas desconfían y se asustan bastante si se dan de bruces con un hombre negro tumbado a dormir en la oscuridad de un portal. —Suspiró hondo—. No lo sé… Supongo que me pareció divertido buscar asilo en el edificio de la familia de un conocido esclavista.

Byron, sentado sobre el lecho, se inclinó hacia delante.

—¿Cómo? ¿Qué quiere decir con…?

—Su querido señor Rius. Los abuelos de él y de su socio, y también los padres de esos dos burguesitos, hicieron sus buenos negocios secuestrando a mis semejantes de las costas occidentales de África y llevándoselos en sus barcos como esclavos para las plantaciones de América. De ahí obtuvieron sus riquezas, esos malnacidos.

—Tenía entendido que su dinero provenía del negocio textil, al igual que el capital de las grandes fortunas del país.

Redmond dejó ir una risotada amarga.

—Por supuesto. Sus barcos transportaban algodón, tejidos y esclavos. Todo muy autosuficiente. —Hizo una pausa, con los ojos abiertos fijos en el techo—. Cabrones. Supongo que por ese motivo me contrató Calafell. Creo que le gustaba tocarles las narices a esos dos burguesitos. ¿Sabía que Rius y Jordana firmaron hace unos cuantos años, junto a sus padres y otros «ilustres ciudadanos», una petición para que no se aboliese la esclavitud? Según Calafell, en esta bonita ciudad se montó una manifestación antiabolicionista a la que asistieron tres mil personas.

Redmond suspiró. Sin esperar respuesta se cubrió el rostro con su sombrero. Byron entendió que la conversación había terminado. Se levantó, apagó la lámpara de gas y se tumbó en la cama. Aquella noche, de nuevo, le costó horrores conciliar el sueño.

Domingo, 27 de octubre de 1901

I

En el sueño, la mujer desnuda se levantaba de la silla y salía del cuadro. Byron, hipnotizado por la aparición, la esperó inmóvil sentado en su cama. La mujer, con sus húmedos labios encarnados y la flor en la oreja, le acarició el rostro con cariño.

—¿R... Rosa? —murmuró él.

Muy despacio, Rosa acercó sus labios a los suyos.

La fantasía terminó de la peor de las maneras. Una manaza le tapaba la boca y Byron despertó de súbito. Abrió los ojos a la luz de día que se filtraba desde el ventanuco a la habitación e intentó incorporarse, pero el peso del corpachón de Redmond se lo impidió.

—No grite —susurró el pistolero—. Han llamado tres veces a la puerta y usted no se despertaba.

Byron parpadeó despacio para despejar los últimos rastros de sueño de sus ojos y luego asintió. Redmond liberó la mordaza y se apartó. Byron se incorporó.

—Quédese aquí —le dijo al pistolero. Las palabras rasparon su garganta. Tragó saliva en un intento de aclararla mientras caminaba hacia la puerta del piso. Abrió.

El mayordomo Enrique, perfectamente vestido y arreglado, apoyó una mano en su propio pecho:

—Discúlpeme, señor Mitchell. El señor Rius querría desayunar con usted. Perdone que le moleste tan temprano, pero el señor quería hablarle antes de que iniciara sus trabajos de hoy.

—No se preocupe, Enrique. Dígale al señor que enseguida estoy con él.

El mayordomo asintió y Byron cerró la puerta.

De regreso a la habitación, Redmond se había aposentado de nuevo en el butacón, con los pies apoyados en el banco de tres patas y las manos cruzadas sobre el pecho.

—¿Va usted a quedarse aquí? —preguntó Byron mientras recogía su ropa de calle.

—No soy yo el que tiene que resolver un asesinato.

Ante la indolencia del otro, Byron salió con su ropa al pasillo para cambiarse. Mientras hacía equilibrios para ponerse los pantalones, habló en voz alta:

—No estará pensando en instalarse en mi piso.

—Solo mientras sea necesario.

Byron inspiró con fuerza para calmarse. Con los pantalones y la camisa ya puestos, regresó a la habitación para asearse en la jofaina y peinarse ante el espejo. En el reflejo, Redmond se había cubierto la cara con su sombrero, que se alzaba y descendía con suaves ronquidos.

Vistió una chaqueta limpia. Recogió la que se había chamuscado la noche anterior y, mientras vigilaba por encima del hombro a su huésped no deseado, recuperó los telegramas hallados en la habitación secreta de Calafell. No pensaba dejarlos allí con aquel tipo, así que los guardó en un bolsillo interior y salió a las escaleras. A la altura de la planta principal del edificio, la criada Margarita abrió la puerta de servicio.

—Buenos días, señor Mitchell. El señor está desayunando en el salón.

Margarita le guio hasta la estancia que ya conocía. Al llegar, Enrique servía con una cafetera al señor Rius, sentado a la mesa y con una inmensa servilleta atada al cuello. Aparte del servicio de café, había pastas y también té, probable deferencia al invitado inglés.

—Buenos días, señor Mitchell —dijo Rius. Vestía un batín largo con un discreto estampado mate—. Muchas gracias por aceptar mi invitación. Déjanos solos, Enrique. —Aleteó con la mano en dirección al mayordomo y este se retiró de la sala.

—¿No nos acompañan su señora esposa e hija?

—No, han acudido a la misa de domingo en la parroquia de la Purísima Concepción.

Byron asintió. Rius le indicó amable una silla frente a la suya, pero antes de que se sentara, llamaron su atención dos fotos en marco dorado colocadas sobre un estante cercano. Sobre todo, porque la última vez que entró en aquella habitación no estaban allí.

Se acercó a contemplarlas. Eran sendas fotos de grupo. En la primera, unas versiones veinte años más jóvenes de Rius y Jordana posaban en el porche de una casa colonial, en un entorno de palmeras. En la segunda, disparada en el mismo escenario, Rius, Jordana y una atractiva mujer con un bebé en brazos sonreían al fotógrafo.

—¿Le gustan? Las realizó David Aiguaviva. Como le explicamos en la cena, iba a todas partes con aquel enorme aparato fotográfico suyo. Era casi una manía obsesiva. Si viajaba, siempre fotografiaba a sus anfitriones y, por supuesto, inmortalizaba también a todo el que visitara su hacienda.

—No las vi aquí el otro día.

—No, esta noche nos visita de nuevo Víctor Aiguaviva, y me pareció un detalle agradable para con él.

Rius no hacía nada por solo agradar a los demás, de eso estaba bien seguro.

—¿Dónde están tomadas? ¿En su finca o en la de Aiguaviva?

—Es la casa principal de nuestro ingenio Maravillas. Lo cierto es que ni Jordana ni yo visitamos el ingenio Aiguaviva. Se hallaba en una zona de difícil acceso, en el complicado camino a Bahía Honda. Solíamos encontrarnos cuando Aiguaviva venía por negocios a San Cristóbal, la capital de la jurisdicción donde Jordana y yo teníamos nuestra hacienda.

—Perdone, señor Rius, ¿ha dicho usted… ingenio?

—Sí, así era como llamábamos a nuestras fincas azucareras en Cuba. Era la denominación común para el conjunto de campos, chozas de los trabajadores y las casas de oficina y maquinaria para el procesado de la caña de azúcar. —Rius volvió a señalar el despliegue de comida sobre la mesa—. Por favor, señor Mitchell. Si tuviera a bien acompañarme.

Byron tomó asiento a la mesa y se sirvió de una cafetera pulida como un espejo.

—Byron —Rius había decidido tomarse confianzas—, no sabe cómo le agradezco su discreción durante la cena del otro día.

—¿Mi discreción?

—Sí, la situación de nuestros tratos con Víctor Aiguaviva nos obliga a ser cuidadosos. Cualquier mínimo escándalo podría dar al traste con la negociación. Ya pudo comprobar por usted mismo que el joven Aiguaviva se muestra reticente a todo lo relacionado con el pasado de su padre, como nosotros, sus antiguos socios.

Entonces, no parecía muy recomendable recordárselo con aquellas fotos de Cuba, ¿no? Había veces en las que Rius no parecía tener muchas luces. O quizá solo se trataba de una alarmante incapacidad para comprender los sentimientos de los demás.

—Una desgracia como la que sufrió su familia —Byron untó mantequilla en una tostada— debió marcar profundamente a un joven muchacho como él. Y a usted también debió afectarle.

—¿A mí?

—Ustedes eran amigos.

—Sí, sí, por supuesto. Tanto a mí como a Vidal nos afectó. En realidad fue lo que nos impulsó a vender nuestros negocios en la Isla Grande y trasladarnos aquí. Tras los sucesivos conflictos bélicos durante los setenta y los ochenta, la situación en Cuba no mejoró. Era evidente que los separatistas continuarían buscando su independencia, por no hablar de los anexionistas pro Estados Unidos. Además, muchos excombatientes se dedicaron a robar y asesinar por toda la isla.

—¿Fue uno de esos grupos el causante de la muerte de Aiguaviva?

—Asimismo fue. —Rius asintió al tiempo que se limpiaba un resto de mantequilla de la comisura del labio—. En aquel fatídico mes de septiembre, en el 86... Sabíamos que había partidas de bandoleros moviéndose por toda la isla, pero nunca nos temimos que llegaran a tanto. Tras la guerra hice construir en mi ingenio una línea privada de telégrafo, conectada a la red pública, para estar al tanto de lo que sucedía fuera de mis tierras. Gracias a eso recibí un aviso de las autoridades en el que se me informaba de que una partida iba a atacar alguna de las grandes fincas.

Byron se tomó su tiempo masticando la tostada. Los telegramas hallados en la habitación secreta de Calafell ardían en el interior de su chaqueta.

—¿Y qué hizo usted?

—Solicitar ayuda militar, por supuesto, para nuestro ingenio y para el de Aiguaviva. Telegrafié al cuartel de la Guardia Civil en el Paso Real de San Diego. Por desgracia, era la temporada de lluvias y el camino hacia el ingenio Aiguaviva corría paralelo al río San Cristóbal, que se había desbordado. No pudieron enviarle ayuda.

—¿Y no pudo avisarle usted?

—No, él no tenía telégrafo. Yo le había insistido en que lo instalara, pero las dificultades orográficas lo hacían muy caro. Además, por aquel entonces Aiguaviva ya se estaba planteando vender la finca para dedicarse por completo a las inversiones ferroviarias iniciadas por su suegro. En fin, propuse enviar a un mensajero, pero Vidal estaba preocupado, por él y por su mujer, e insistió en ir él mismo a caballo.

—¿Vidal Jordana acudió al ingenio Aiguaviva?

—Lo intentó, pero nunca llegó. Sufrió un percance y cayó herido. Eso es lo que me contó. Yo no pude acompañarle debido a una lesión que sufría en la espalda. No logramos dar con él en días. Nos temimos lo peor, que alguno de esos malnacidos bandidos lo hubiera asesinado. Por fin apareció al cabo de una semana, con muy mal aspecto. Explicó que un derrumbe en la orilla del río, al intentar vadearlo en medio de la tormenta, se lo había llevado por delante. Su caballo le cayó encima y le dislocó una pierna. Unos campesinos lo habían cuidado hasta que se recuperó. Después supimos que los bandoleros habían atacado la finca de Aiguaviva y lo habían asesinado. Por suerte, su mujer e hijo se encontraban en casa del padre de ella, en Bahía Honda, y no sufrieron daño.

Rius le acababa de mentir a la cara. No era verdad que hubiera pedido ayuda para Aiguaviva, tal y como atestiguaban los documentos que guardaba en su chaqueta. Joder, no tenía ni la más mínima idea de qué iba a hacer con aquellas pruebas, pero estaba bien seguro de que no se las iba a entregar a él.

—Una historia trágica. —Byron sacudió la cabeza y se limpió con la servilleta—. Bien, señor Rius, supongo que me ha convocado para que le informe sobre el estado de mi investigación.

—Sí, bueno, como le digo, esta noche nos reuniremos con Víctor una última vez antes de que parta hacia su hogar y no me gustaría que ninguna noticia de última hora pudiera…

—No se preocupe. La policía no tiene en su poder nada que el gobernador pudiera utilizar en su contra. Eso se lo aseguro.

Rius lo observó en silencio unos instantes. Al cabo, asintió.

—Bien, bien. Eso me tranquiliza.

—En cuanto a mis avances en la búsqueda del asesino de Calafell, que sé que es lo que más le importa a usted de este asunto… —Rius le clavó una mirada indignada. ¿Se había pasado de la raya con el último comentario? Continuó para que su interlocutor no hablara—, ayer mismo conversé con su cuñada sobre ese tema.

La curiosidad reemplazó rápido a la indignación en el rostro de Rius.

—¿Aurora? ¿La señora de Sanmartí? ¿Qué puede tener ella que ver con…?

—Al parecer, Ramón Calafell cortejaba a su sobrina, la señorita Rosa Sanmartí e intentaba congraciarse con su madre. Además, antes de entrar en casa de los Sanmartí, vi salir de allí al señor Aurelio Beltrán.

Rius, aún más anonadado, señaló con un dedo hacia arriba.

—¿Beltrán? ¿El inquilino de la buhardilla? ¿El pintor?

—Por lo que he averiguado, estoy convencido de que Beltrán y la señora Aurora Coll de Sanmartí coincidieron en París cuando ambos eran mucho más jóvenes. Y, por lo que deduzco de la visita que él le hizo cuando ella estaba a solas en su casa, antes de mi entrevista, parece ser que aún mantienen el contacto. No sé si todo esto tiene algo que ver con Calafell, pero como ve es un hilo interesante del que tirar. —Byron se puso en pie—. Ahora, si me perdona, debo acudir a una cita.

—Veo que los rumores sobre usted son ciertos. Sabe cómo desenterrar la información más sorprendente. —Rius le ofreció su mano—. Es bueno contar con su amistad.

¿La sombra de desconfianza había desaparecido? Byron estrechó el saludo que le ofrecían.

—Por supuesto, señor Rius, puede contar con ello.

Aquel tipo estaba hecho todo un buitre.

II

Byron bajó en tranvía hasta la rambla de los Capuchinos y luego caminó por Fernando VII en dirección al Café Inglés, donde le había citado Rosa Sanmartí. Era una calle estrecha, con comercios protegidos por toldos en ambas aceras. Llegó al número veintidós y entró en el café, un lujoso local con las paredes recubiertas por espejos. Rosa esperaba sentada en una otomana, al pie de una colorida columna decorada con el repetitivo patrón de un mosaico floral. Giró la cabeza y le vio. Alzó la mano para saludar con una espontánea sonrisa en el rostro que al momento disminuyó.

Byron se quitó el sombrero nada más llegó hasta ella. Sobre su discreto vestido color crema, un enorme pañuelo colorido con dibujos de flores le confería el aspecto de una feliz hada mágica del bosque.

—Buenos días, señor Mitchell.

—Sí, por supuesto... —Mal y tarde, Byron corrigió su atolondrada presentación—. Buenos días, señorita Sanmartí.

Le ofreció su mano y ella respondió con la suya, pero no la entregó flácida, en espera de un beso. Encajó el saludo con firmeza y energía. Byron se quedó embobado.

—¿Me acompaña? —Rosa apartó de la otomana al suelo un bolso grande bastante desgastado y Byron tomó asiento a su lado, guardando una prudente distancia, por supuesto. Ella estaba bebiendo un refresco de naranja de una marca americana—. Discúlpeme por haberle citado aquí, pero mi madre sabe que suelo quedar en este café con unas amigas y —bajó el tono— las he utilizado como excusa para poder verle a solas.

Byron se forzó a recordar que solo iban a hablar, probablemente, de la investigación que estaba llevando a cabo. Aunque sería más fácil si esos bonitos ojos negros no le mirasen con tanta intensidad. Además, estaba aquella piel blanca, con un levísimo toque de colorete en las mejillas y, por supuesto, aquella sonrisa de dientes blancos como la leche que…

—¿Señor Mitchell?

—Disculpe. —Byron carraspeó y se colocó firme en el asiento—. ¿Cuál es el motivo por el que quería verme? Su prima no me lo aclaró.

Byron advirtió la presencia del camarero y pidió un café. Rosa sonrió:

—Pensaba que ustedes, los ingleses, preferían el té.

—Ya dicen en mi casa que me he vuelto muy continental.

Rosa bebió de su refresco, sin apartar la mirada de él por encima del vaso.

—Sigo esperando, señorita Sanmartí.

—Ayer me sorprendió encontrarle en mi casa. Intenté que mi madre me explicara el propósito de su visita, pero no logré que dijera nada.

—Y usted utilizó a su prima para contactar conmigo.

—Espero que me disculpe.

—No tiene por qué pedirlo. Es todo un placer volverla a ver.

Rosa sonrió de nuevo. Ahora sí apartó la mirada; apenas un segundo.

—¿Acierto al pensar que su visita tenía relación con su investigación sobre la muerte de Ramón Calafell?

—¿Cuánto tiempo la llevaba cortejando el señor Calafell?

—Estoy segura de que mi madre ya le habrá informado al respecto.

—Por supuesto —mintió Byron—, pero me gustaría escuchar su respuesta.

—Apenas un mes… ¿Coincide con la versión que le proporcionó mi madre?

El camarero trajo el café de Byron y él lo aceptó con un agradecimiento. Para retrasar su respuesta, bebió de la taza. El líquido hirviendo le quemó la boca. Byron frunció los labios para disimular. Rosa no le quitaba ojo, divertida.

¿Era un buen momento para colocar una pequeña trampa? Se secó los labios con una servilleta de papel antes de hablar:

—Calafell, aunque bastante mayor para usted, era un caballero bien situado. Seguro que a su madre le agradaba la idea de un compromiso entre ustedes.

—Sí, últimamente ella me insistía mucho en que valorase como se debía las buenas intenciones del señor Calafell. —El gesto de Rosa no era lo que se diría eufórico—. Eso me sorprendió, ya que en un primer momento no le pareció adecuado. Supongo que, al tratarlo, cambió de opinión. Repetía una y otra vez que Calafell era un hombre de provecho y todo un caballero.

—Pero a usted no le convencía.

—Como bien dice, era bastante mayor que yo. —Hizo una pausa que aprovechó para repasar a Byron de arriba abajo, con algo de burla en el rostro—. Aunque eso no me parece lo más importante. Se trataba de un caballero amable, pero demasiado centrado en hablar de sus negocios. Lo cierto es que al final solo tuvimos dos citas, y ambas bajo la supervisión de mi tía Eufemia, una anciana hermana soltera de mi padre.

—¿El señor Leary le habla de temas más interesantes?

Rosa sonrió y se recolocó en la silla, en una postura inclinada hacia él, desafiante. Byron también sonrió.

—Joseph me acompañó esta semana a una exposición de arte.

Y la semana anterior al Museo Zootécnico del parque de la Ciudadela, donde terminamos la tarde paseando entre las plantas tropicales del umbráculo. La semana próxima nos veremos en el Liceo. Es un hombre culto que ha viajado mucho.

Y, no hacía falta decirlo, era mucho más joven que Calafell.

—¿Eso es lo que le gusta en un caballero?, ¿que sea culto y que haya visto mundo?

—Que sepa entenderme. Que no vea en mí un simple medio para proporcionarle descendencia. Señor Mitchell, tengo muy claro mi papel en este mundo. Hace tiempo le planteé a mi padre la posibilidad de realizar estudios superiores y él me lo prohibió por completo. Joseph, en cambio, me apoya en ello. Si todo sigue como es debido, en cuanto sea su esposa, podré estudiar de nuevo. Mi padre nunca me permitiría participar en sus negocios por mí misma, pero un marido anglosajón le resulta interesante.

—¿Y Calafell? ¿Qué opinaba al respecto?

—Como le he dicho, apenas nos vimos en dos ocasiones. No tuvimos oportunidad de hablar de ese tema en concreto.

—Dice que a su señora madre le agradaba como pretendiente. ¿Le disgustó mucho su fallecimiento?

—Por supuesto. Era un buen amigo de la familia. Esperamos y deseamos que la policía, o usted, den pronto con el culpable. Mi madre, por fortuna, aprecia mucho a Joseph. Aunque no tenga tanto dinero como Calafell, es un caballero respetado en la ciudad. Y el que sea americano puede ayudar a los negocios de mi padre en el mundo anglosajón. Mi madre está muy feliz por nuestro posible compromiso.

¿Debía explicarle los hechos de la noche anterior? No le parecía conveniente alarmarla sin tener más datos sobre lo que pudiera haber pasado. Si le explicaba que su «posible prometido» andaba poniéndose en riesgo por las noches, ella podría enfadarse con él.

¿Y eso era malo?

No seas mal bicho, Byron. Leary parecía una buena persona y Rosa también. Una pareja ideal. ¿De qué podría servirle a una joven como aquella un tipo que se hacía pasar por otro y que estaba esperando a dejar pasar los días hasta recuperar el dinero de un muerto para volver a desaparecer?

Bebió de nuevo de su taza de café. Ya no estaba tan caliente y además le supo muy amargo. Llevaba en silencio más de la cuenta y Rosa lo observaba con atención.

Compuso una de sus más falsas sonrisas de jugador y preguntó:

—¿Le conoce desde hace mucho? A Leary.

—Desde principios de año. Nos presentaron en un baile en casa de los señores Gomá.

—¿Qué sabe de él? Si me permite la pregunta...

—El señor Leary no es ningún misterio para mí. Era periodista en América, en Yuma, en el estado de Arizona.

Se leía en su expresión lo exóticos y divertidos que le resultaban aquellos nombres a la señorita Sanmartí. No cabía duda de que le fascinaba lo foráneo.

Tenía que dejar de hacerse ilusiones sin sentido, por Dios.

—¿Conoce los motivos por los que se trasladó a Europa?

—Joseph no se los oculta a nadie. Estoy segura de que usted mismo también está al tanto. Escribió una serie de artículos contra unos terratenientes que abusaban de los granjeros de la zona. Creo recordar que el apellido de la familia era Towsend. Por lo visto, las cosas se complicaron cuando el hijo mayor asesinó a un matrimonio de granjeros mejicanos que se habían asentado en los límites de sus tierras y después al *marshall* que pretendía arrestarlo. Todos en la zona callaron, excepto Joseph, que denunció los hechos en su periódico. La situación empeoró y una turba de granjeros quemó la casa solariega de los Towsend y los asesinaron. El gobernador acusó a Joseph por sus artículos y se vio obligado a abandonar el país.

—Y vino a dar a Barcelona.

—Un comerciante de paso por Yuma le había hablado de su ciudad natal y el nombre se le quedó grabado. Me explicó que pretendía viajar a París, pero quiso hacer escala aquí y, tras unas semanas, decidió establecerse. Por fortuna para mí.

Toda una suerte. Byron finiquitó su café. Allí no le quedaba nada más que hacer, aunque podría pasarse todo el día oyéndola hablar. Rosa Sanmartí interrumpió sus pensamientos:

—¿Por qué le interesa tanto mi pretendiente, señor Mitchell?

—Quizá no es él quien me interesa, señorita Sanmartí.

Un revuelo cercano a la mesa evitó que ella respondiera a la última frase. Tres jóvenes bellas y elegantes, que robaban la atención de los caballeros de las otras mesas con sus alegres sonrisas y sus coloridos vestidos, se abrieron paso hasta ellos: las amigas que servían de coartada a Rosa. Byron aprovechó para agradecerle el tiempo dedicado, despedirse con amabilidad y escapar a toda prisa. Un coro de susurros y cotilleos quedó alborotando a su espalda.

Ya con la puerta abierta del local en la mano, se rindió al impulso de echar un último vistazo. Rosa, con el rostro de una de sus amigas susurrando algo a su oído, le observaba colorada. Byron tiró de toda su energía para marcharse del café en contra de su voluntad.

III

Byron dejó atrás el Café Inglés, a Rosa y a sus amigas. Muy cerca de allí, en la calle Librería, se hallaba la redacción del *Diario de Barcelona*, periódico con el que Leary le había dicho que colaboraba bastante a menudo. Siguió por la calle de Fernando VII adelante hasta la plaza de San Jaime, que atravesó en diagonal.

Al poco de arribar a la ciudad, ocupó parte de una de sus muchas jornadas ociosas en asistir a una conferencia en la que se hablaba de cómo los antiguos oficios habían dado nombre a muchas calles de la parte antigua de Barcelona. Así se enteró de la existencia de una calle de los Cordeleros, que concentraba a los fabricantes y vendedores de cuerdas, de la calle de la Argentería, donde se vendían joyas y metales preciosos, de la de los Sombrereros, que agrupaba al gremio de fabricantes y vendedores de toda clase de prendas para cubrir la cabeza, y de la calle del Vidrio, cuyo apelativo no precisaba más explicación.

Superó la plaza de San Jaime y llegó a la calle de la Librería, que en tiempos antiguos concentraba a los vendedores de papel. Más tarde, con la invención de la imprenta, acogió a los comerciantes de libros. Ahora, como queriendo continuar con la tradición de las palabras sobre papel, albergaba la redacción del que había oído era el periódico más antiguo del país.

La puerta de vidrio estaba abierta y en la recepción no halló presencia del vigilante de día. Desde el primer piso llegaba el sonido de las teclas, a toda marcha, de varias máquinas de escribir. Subió los escalones de tres en tres y se coló por la puerta entornada.

Al traspasar la entrada, un tipo con gafas de culo de botella le dedicó una mirada de ojos saltones a través de sus lentes. Byron saludó y el hombre volvió rápido la mirada a su mesa, a las páginas de prueba que repasaba y corregía lápiz en mano. En las dos mesas siguientes, cuatro periodistas tecleaban con energía sobre unas Remington bastante machacadas. Por el fondo de la sala, desde detrás de una separación acristalada, asomó el rostro afeitado de un tipo delgado, algo más joven que Byron. Por cómo le miró, con toda seguridad aguardaba a otra persona. Byron se quitó el sombrero y lució una sonriente afabilidad. El otro salió de su despacho, caminó a zancadas hasta él y le extendió la mano. Iba en mangas de camisa y lucía una mancha de tinta en el chaleco oscuro.

—¿El señor Byron Mitchell?

—Sí, ¿cómo lo ha…?

—Soy periodista, señor Mitchell. En el diario estamos al tanto de su implicación en la investigación del asesinato del abogado Ramón Calafell. —Hizo una pausa en espera de algún comentario que no se produjo—. Respecto a ese asunto…

—Me temo que todavía no tengo ninguna novedad que comunicar al público.

—Entonces, ¿cuál es el motivo de su visita a nuestra casa?

Se había hecho el silencio en la redacción. El ruido de los dedos golpeteando las teclas metálicas, desaparecido. Byron era el centro de atención de toda la sala, de toda una sala llena de periodistas. Juntaletras metomentodo, les había llamado el inspector Martín.

A sus tripas no les gustó la situación.

La expresión de uno de los redactores de la mesa más cercana era de claro reconocimiento. Sin levantarse, se inclinó hacia su compañero de pupitre y le susurró al oído. El otro asintió.

Tras la mampara acristalada, asomó otro caballero. Era este de mayor edad, rondaría los sesenta, a ojo de su desmesurado bigote gris y a las canas en las sienes de su calva. Al contrario que el primero, vestía una americana añil sobre la camisa oscura. Se les acercó, renqueando de una pierna, y alzó la voz en dirección a nadie en concreto:

—A ver, señores, ¡no se les paga por mirar a las musarañas!

Las máquinas de escribir arrancaron de nuevo. El tipo de las lentes exageradas hundió el morro en las páginas que tenía delante.

El del chaleco manchado se sintió presionado por su superior y señaló a Byron. El del bigotazo gris recolocó sus quevedos sobre el puente de la nariz y lo observó a conciencia. Al cuarto o quinto segundo, el reconocimiento afloró también en su mirada.

Byron se concentró en su nuevo interlocutor.

—Me gustaría hablar con el señor Joseph Leary.

—¿Viene a informar a Leary sobre algún particular del caso Calafell?

Byron sonrió como el gato de Cheshire. El otro esperó y el silencio entre ambos se extendió unos segundos. Su oponente se rindió antes:

—Señor Mitchell, me llamo Teodoro Baró y soy el director de este diario. Permítame decirle que es un honor tener a una celebridad como usted en nuestro humilde periódico. ¿Me haría el favor de acompañarme a un lugar más privado?

No, para nada, ¡por supuesto que no!

—Tendrá usted que disculparme. Como le he comentado a su compañero, he venido exclusivamente para hablar con el señor Joseph Leary.

—Me temo que ahora mismo no se encuentra en el edificio, aunque si gusta, puede hablar usted conmigo.

—Muchas gracias, pero se trata de un tema personal.

—¿Está seguro de que no tiene que ver con la investigación que está usted realizando sobre el asesinato de Ramón Calafell?

Byron mantuvo su sonrisa y miró a uno y a otro.

—Se confunden ustedes. Yo estoy retirado.

—No es eso lo que se dice por la calle.

—¿Saben cuándo volverá el señor Leary?

—Leary no es un trabajador contratado en este diario —dijo el director—, solo un colaborador ocasional.

—Viene de vez en cuando a ofrecernos alguna noticia en la que esté trabajando —intercedió el otro—. Temas de la ciudad, la mayoría de las veces.

—¿En qué trabaja en la actualidad?

—Si no es en el caso Calafell —el director hizo una pausa—, no tenemos ni la más remota idea.

—¿Y saben dónde podría encontrarle?

El director se encogió de hombros en dirección a su subalterno. Este se rascó el mentón:

—Vive en un piso de alquiler, en la calle Bailén. —Hizo memoria con evidente esfuerzo—. Creo que en el número veinticinco. Aunque no le será fácil encontrarlo allí. A veces pasa días inmerso en sus investigaciones. Si le interesa saberlo, el próximo martes tiene el encargo de asistir a la inauguración del funicular que el Dr. Andreu ha hecho construir en el Tibidabo, pero hasta entonces…

—Muchas gracias, caballeros.

Exageró de nuevo su mueca afable, saludó con el sombrero y salió rapidito de allí, antes de que aquellos dos insistieran en echarle el guante.

Ya en la calle, tomó camino de regreso por donde había venido. ¿Debía avisar a la policía sobre lo sucedido la noche anterior? Pero ¿qué les podría decir? No tenía la más mínima idea de dónde se había metido Leary. De acuerdo en que habían sonado un par de disparos, pero si hubiese ocurrido una desgracia, estaba muy seguro de que ya se habría corrido la voz, sobre todo en el diario. Además, si acudía a la policía se vería forzado a explicar más de lo conveniente sobre el allanamiento perpetrado con nocturnidad y alevosía.

De lo único que se arrepentía era de no haber informado a Rosa. Aquella joven era la (casi) prometida de Leary, por mucho que a él le fastidiara. Y, ahora que se paraba a planteárselo, la cosa le fastidiaba mucho.

¡Menuda tontería! Negó con la cabeza y sacó el reloj del bolsillo. Indicaba las nueve y media y eso era del todo imposible. El sol de mediodía ya había empezado a declinar en el cielo. Se llevó el aparato a la oreja y comprobó que, en efecto, la maquinaria se había parado. Sacó la ruedecilla del mecanismo y la giró para dar cuerda. Al mismo tiempo, caminó hasta la plaza de San Jaime, donde consultó el reloj de la fachada de la Casa de la Ciudad, la sede del Ayuntamiento, para concordar el suyo con la hora correcta.

Lo guardó en el bolsillo y, al levantar la cabeza, Rosa cruzaba ligera por el lado opuesto de la plaza. El destino le daba una segunda oportunidad para remediar su mal comportamiento anterior e informarla sobre su prometido. Ella decidiría qué hacer al respecto.

Inició la marcha para abordarla, pero un carro lento se interpuso en su camino. Cuando terminó de pasar, Rosa se había detenido. Tenía en la mano su colorido pañuelo de cabeza, que guardó en su bolso. Sacó otro y se lo anudó a la cabeza. El tono del nuevo era verde apagado y se veía muy usado. En aquel lapso adoptó una postura algo encorvada, mucho más discreta que sus esbeltos andares habituales. Su bolso desgastado ahora no desentonaba para nada y la volvía indistinguible como una más entre las mujeres trabajadoras que deambulaban por la ciudad a aquellas horas. La mariposa había transmutado en oruga. ¿A qué se debía el cambio?

Byron aprovechó el paso de otro carro para ocultarse tras él y permitir que Rosa avanzara unos metros. La siguió, manteniendo las distancias, mientras ella retomaba la calle de Fernando VII hasta llegar a las Ramblas. Allí se detuvo en una parada y, al poco, se subió a un *rippert* tirado por mulas. Ella caminó entre las dos filas de asientos del alargado carruaje para tomar asiento justo detrás del conductor. El vehículo arrancó y Byron pegó una carrera y subió de un salto a la plataforma trasera. Pagó al revisor y se quedó allí de pie, oculto tras los pasajeros del fondo, para no llamar la atención más de lo necesario.

A tirones de las dos mulas llegaron al monumento a Colón y giraron por el paseo del mismo nombre para continuar entre filas de palmeras en dirección al peñón de Montjuic, que cabeceaba impresionante desde la ciudad hacia el mar. Rosa seguía en su asiento, con la vista perdida más allá de la ventanilla. Antes de llegar a la montaña, torcieron de nuevo por una amplia avenida llena de bares, cafés, restaurantes y mucha agitación festiva. Su nombre oficial era Marqués del Duero, aunque todo el mundo la conocía como el Paralelo. Byron había leído en algún sitio que, en el plan original de ampliación de la ciudad vieja, aquella avenida se había desplegado sobre el Paralelo 40. ¿O era el 44? De ahí el nombre. También existía otra avenida que seguía el recorrido del meridiano que cruzaba la ciudad y que, por supuesto, se conocía como avenida…

Rosa se puso en pie. El vehículo se detuvo y ella descendió. Byron esperó a que las mulas arrancaran, con la cabeza gacha por detrás de los otros pasajeros. La vigiló con atención mientras desaparecía por una calle estrecha que salía del Paralelo. Byron apartó a uno de sus compañeros de viaje con un empellón y una disculpa lanzada al vuelo y saltó del vehículo en marcha.

Aceleró el paso para seguir a Rosa y, al llegar a la calle en cuestión, la vio desaparecer por el otro extremo. Aumentó el ritmo hasta ponerse a la carrera, para sorpresa y susto de más de un viandante. Tomó la esquina y frenó en seco.

Rosa se había detenido a la puerta de un caserón que ocupaba toda la manzana. Byron retrocedió para esconderse tras el cantón. Rosa llamó a la puerta y un hombretón abrió, la saludó bajando la cabeza y se hizo a un lado. Rosa entró.

Byron se acercó con sigilo y rodeó la mansión en busca de algún acceso secundario. La parte posterior del edificio daba a una explanada de campos, con vegetación y alguna que otra barraca, que llegaban hasta la base de la montaña de Montjuic. Allí encontró una ventana abierta. En los terrenos baldíos de alrededor no había nadie, así que metió la cabeza por la ventana para dar con un pasillo con suelo de parqué. Dentro tampoco halló a nadie a la vista. Byron se apoyó en el alféizar, dio impulso y se coló en el interior.

El pasillo contorneaba el edificio, con un seguido de puertas cerradas en su parte interna. Tanteó el pomo de la primera, cerrado con llave. Siguió adelante y probó con la segunda, que se dejó entreabrir y le mostró a dos mujeres con vestidos largos ceñidos por la cintura y que portaban sendas raquetas de bádminton. Ambas le daban la espalda, ocupadas en una charla amigable mientras realizaban ligeros estiramientos de piernas y columna. Byron cerró la puerta.

Un estampido le sobresaltó. ¿Un disparo? Había sonado amortiguado, más bien como un petardo. Esperó, aunque no pasó nada más. Ni gritos alterados ni más detonaciones. Se encogió de hombros y avanzó por el corredor, que en el extremo giraba a la izquierda en ele. Tras la vuelta, más pasillo y más puertas por la parte interior. Cinco o seis metros adelante, otra puerta más, también cerrada, finalizaba el camino.

Sonó otro disparo, con más claridad que antes, desde el otro lado de la puerta. Al momento, un tercero. ¿Qué narices pasaba allí dentro?

Avanzó en dirección a la puerta que bloqueaba su avance.

—¡Eh, usted! —La voz gritó desde su espalda. Byron se volvió. El vigilante de la entrada asomaba su corpachón por una de las puertas laterales—. ¿Se le ha perdido algo?

El tiparraco salió al corredor y bloqueó la huida. Byron aceleró para alcanzar la puerta, con las pisadas de elefante retumbando tras él. Echó mano al picaporte, pero este no giró.

Un antebrazo poderoso atrapó su cuello y una manaza enganchó su entrepierna. El mundo se volvió del revés; vio pared, techo y parqué. El golpetazo le dolió en toda la boca. Abrió los ojos desde el suelo, con los morros aplastados al pie de la puerta cerrada. La rodilla del vigilante clavada entre su espalda y el cuello. Pronunció un «se está usted equivocando» que sonó como un balbuceo y goteó saliva en el entarimado.

El ruido de la cerradura le impulsó a alzar los ojos, todo lo que daba su cuello, en aquella dirección. La puerta se abrió y dos botas inglesas, con adornos bordados en hilo de oro, se plantaron ante su cara. Byron forzó el espinazo un poco más y encontró el semblante burlón de Rosa.

—Hola de nuevo, señor Mitchell.

Intentó responder, pero solo le salió un bufido. Ella llevaba algo en la mano que adelantó para colocarlo ante su cara. Era una pistola antigua y el cañón quedó casi apoyado sobre la nariz de Byron.

—¿Qué voy a hacer con usted, señor Mitchell? —dijo, y sonrió un poco más.

IV

Byron no podía apartar la mirada de la pistola que sostenía Rosa, lo cual era bastante normal, ya que la mantenía pegada a su nariz. Era un arma anticuada, de antecarga y disparo por chispa. La lujosa culata de madera labrada con extremo detalle indicaba que, con toda probabilidad, aquella obra de artesanía pertenecía a una pareja de pistolas de duelo realizadas ex profeso para su dueño; otro más de los caprichos a que acostumbraban los ricos burgueses por aquellos lares. Con todo, la pregunta más acuciante era si en aquel momento había una redonda bala de plomo alojada en el cañón que le miraba de frente.

Más allá de la pistola, su dueña disfrutaba de lo lindo. Sin dejar de sonreír, apartó el arma a un lado y le habló al gigantón que mantenía a Byron clavado al parqué con la pierna sobre su espalda.

—Por favor, señor Sabrián, permita que el caballero se ponga en pie.

La presión sobre su columna aflojó. Byron logró colocarse a cuatro patas. Con la mirada en el entarimado, se limpió la babilla de la boca. Alzó la vista con una falsa sonrisa que a buen seguro no amortiguaba el bochorno de su rostro acalorado.

—Señorita Sanmartí, qué alegría y qué sorpresa verla a usted aquí.

Rosa se rio. Vestía una blusa y unos pololos más ajustados a su figura que ninguno de los vestidos con los que había tenido el placer de encontrarla en otras ocasiones. A Byron le dejó de doler la espalda y casi olvidó su vergonzosa posición.

—¿Quiere que el señor Sabrián le ayude a ponerse en pie?

—No será necesario.

Se apresuró a levantarse, todo lo rápido que lo permitían sus músculos temblorosos. Sacudió las perneras del pantalón con total dignidad. Al terminar, recogió su sombrero del suelo. El matón se mantenía alejado en algún lugar a su espalda.

—Muchas gracias, señor Sabrián —dijo Rosa—. Puede usted retirarse.

—¿Está usted segura, señorita Sanmartí?

—Sí, no se preocupe.

Byron se volvió para ver cómo el tipo se despedía con una inclinación de cabeza y giraba sobre los talones para acabar desapareciendo por la puerta lateral de la que había salido unos minutos antes.

Rosa encañonó a Byron, la pistola apuntaba directa a su rostro. Byron miró el cañón unos segundos, a continuación lo apartó con dos dedos. Rosa se rio. Luego le dio la espalda.

—Sígame, señor Mitchell, por favor.

Byron obedeció mientras ella abría y pasaba por la puerta en medio del pasillo.

—¿Podría decirme qué es este sitio?

—Solo es un club.

—¿Un club?

Otro disparo amortiguado. Byron frenó. Rosa lo miró burlona:

—Tranquilo, señor Mitchell. No tiene usted nada que temer.

Abrió una de las puertas laterales; la hoja interior estaba acolchada.

Un disparo estalló con el triple de potencia que el anterior. Accedieron a una antesala de paredes protegidas por gruesos revestimientos almohadillados, con dos sillones uno frente al otro. No había nadie allí, ni en pie ni sentado. Al otro extremo, una puerta más. Rosa la abrió y el olor a pólvora inundó la pequeña sala. Al instante se oyó otro disparo, este ya en todo su esplendor.

—Última oportunidad, señor Mitchell. ¿Está usted seguro de querer seguirme? —dijo Rosa, con una sonrisita de superioridad.

Byron, un poco harto de que le tomaran el pelo, avanzó decidido.

Dio a salir a un gimnasio alargado, con tres carriles marcados. En el comienzo del tercer carril contando desde la puerta, una mujer vestida al estilo de Rosa apuntó con una pistola de duelo y disparó. Siete u ocho metros al otro extremo, la bala impactó en una diana. El olor picante de la pólvora cosquilleaba en la nariz.

—Es un club de tiro —dijo Byron. Después de tanto suspense, se sintió un poco decepcionado.

—En realidad, es un gimnasio para damas —apuntó Rosa—. La sala de tiro solo es una de sus dependencias.

—¿Se ha divertido usted con todo este misterio?

—No le voy a decir que no… —Guiñó un ojo, pícara.

Se dirigió al inicio del primer carril. Sobre una mesita auxiliar esperaba la caja con la otra pistola de la pareja y el hueco donde encajaba la suya. Rosa invitó a Byron a usarla, pero él declinó la oferta.

Otro estallido. La mujer del tercer carril había disparado de nuevo. Byron se frotó, molesto, el oído.

—Señor detective Byron Mitchell, ¿no le gustan las armas?

—No —dijo Byron, serio. Rosa se desprendió de su gesto burlón y le miró empática. Byron sonrió—. ¿Viene usted aquí a menudo?

En la mesita, junto a la caja de las armas, Rosa había desplegado una bolsita de pólvora, una bandeja con cinco balas de plomo y otra con las telillas para separar lo primero de lo segundo.

—¿Por qué me ha seguido? —dijo ella.

—Quería hablar de nuevo con usted y me ha parecido muy

misterioso que, tras reunirse con sus amigas, se cambiara su colorido pañuelo por ese otro tan discreto y, además, se subiera usted a un barato *rippert* tirado por mulas.

Rosa le miró de lado:

—Entonces, ¿le ha gustado mi pañuelo?

—¿Podría responderme, por favor?

Rosa cargó la pólvora por la boca de la pistola, envolvió la bala con la telilla que utilizaría como taco y la empujó cañón adentro con la ayuda de una baqueta.

—Bueno, a mi padre no le agrada que realice según qué actividades. No las aprueba, así que prefiero que no las conozca. ¿Eso es un problema para usted?

—Le guardaré el secreto, señorita Sanmartí.

Rosa sonrió. Dejó un momento la pistola sobre la bandeja y se colocó dos tapones de cera en los oídos. Recuperó el arma y le indicó que se cubriera los oídos. Byron obedeció y ella disparó.

A siete metros de distancia, la bala impactó en pleno centro de la diana.

—Vaya —murmuró Byron. Se destapó los oídos y Rosa dejó los tapones en la mesa, junto al arma—. Es usted muy buena en el tiro de pistola. ¿Cómo conoció este club?

—Lo fundaron hace años algunas mujeres jóvenes de la Junta de Damas. Vengo por aquí desde que era niña y acompañaba a mi madre.

—¿Su madre también dispara?

—Ya no. A mi padre no le parece bien y ella prefiere no desagradarlo.

—¿Vino mucho a este club su madre en sus tiempos?

—Sí, también mi tía Anna, si se lo pregunta.

—No me lo preguntaba.

No, no se lo había preguntado, aunque era bueno saberlo, claro.

—Fíjese…

Rosa colocó la pistola en el hueco vacío de la caja y le guio hasta la pared a su espalda. Allí se exponía una gran foto enmarcada. Mostraba a una veintena de mujeres elegantes, todas y cada una de ellas sonriente, todas y cada una de ellas sujetando con orgullo una pistola. El letrero colocado sobre la foto informaba: «Tres de Enero de 1890. Primera reunión y fundación del Club de Mujeres Tiradoras de Barcelona».

Byron siguió la dirección que marcaba el dedo de Rosa hasta el centro de la foto. Allí estaba la que podría ser su gemela, pero que Byron, gracias a cierto cuadro indiscreto, ya sabía que era su madre. Junto a una joven y sonriente Aurora Coll de Sanmartí, posaba, colgada de su brazo, una mujer más bajita en la que no tardó en reconocer a su hermana, Anna Coll de Rius. Por la postura cercana de las dos mujeres y la afabilidad en sus rostros retratados no cabía duda de que la imagen se había tomado antes del espinoso asunto de la herencia. Pudiera ser que, tal y como le habían explicado desde diversas fuentes, las fricciones entre las dos hermanas vinieran de lejos, pero parecía claro que el tres de enero de 1890, aún no habían estallado.

Byron se movió para observar un cuadro con anotaciones que colgaba junto a la foto enmarcada. Era un listado honorífico con las primeras posiciones de la clasificación del certamen anual del club. Resiguió el listado con un dedo. En 1891, Anna Coll aparecía en tercer lugar. En 1892, Aurora Coll había sido tercera. En los años 93, 94, 95 y 96, las dos hermanas copaban la primera y segunda posiciones, alternándose en el puesto de campeona. A partir del 97, probablemente tras el problema de la herencia, ninguna de ellas volvía a aparecer.

Una brisa de la colonia de flores frescas de Rosa le llegó por su derecha. Desde allí, tan cerca de él, apuntó:

—Sí, Byron. Las dos eran muy buenas tiradoras. Y como ha podido comprobar, yo también lo soy.

Rosa cogió la mano de él, que aún apuntaba a la lista, y la bajó hasta el podio del año 1900. En un glorioso primer puesto aparecía Rosa Sanmartí.

Byron carraspeó. Rosa dejó ir su mano. Bajó el rostro y se giró hacia él. También Byron la encaró a ella. Rosa le miró de frente:

—Mi madre y mi tía hace tiempo que no vienen al club. Ni a mi padre ni a mi tío les parece una afición correcta para una dama.

—Hay habilidades que no se olvidan.

—¿Le supone un problema que una mujer sea buena con un arma, señor Mitchell?

—No, pero al abogado Ramón Calafell le asesinaron hace cinco días de un solo disparo en el corazón. Un disparo realizado por un buen tirador desde una distancia de siete metros.

—Supongo que, visto lo visto, cualquiera de nosotras tres podría haber realizado ese disparo. Es ahí donde quiere llegar, ¿no?

—No solo eso. Además, las tres podrían tener motivos para hacerlo.

—¿Cuál es mi motivo, señor Mitchell?

—¿Que no quería casarse con él? Lo sé, no es un motivo muy fuerte, pero un buen amigo me dijo hace tiempo que debía mantener la mente abierta al juzgar un caso y no permitir que me cegaran mis sentimientos por los posibles sospechosos.

—¿Tiene sentimientos por mí, Byron?

Rosa sonrió. ¿Le había subido el color en las mejillas? Byron se sintió atrapado. Apartó la mirada a un lado. Apoyado contra la puerta de entrada, el fantasma del Gran Detective, en traje blanco impoluto, desaprobaba su comportamiento con un meneo de la cabeza.

Byron carraspeó de nuevo. Volvió su atención a Rosa, quien, sí, no había duda, al igual que él, estaba sofocada.

—Será mejor que me marche —dijo Byron. Se dirigió hacia la puerta en la que ya no estaba el fantasma. Al coger el picaporte, se volvió. Ella le seguía mirando—: Buenas tardes, señorita Sanmartí.

—Rosa, Byron.

—Rosa —repitió él.

Se quedó plantado; dos, tres, cuatro segundos. Rosa le miraba expectante.

Sonó un disparo que espabiló a Byron. La otra mujer seguía adelante con sus prácticas.

Byron giró el rostro y abandonó la sala antes de que la mirada de sirena de Rosa lo atrapara entre las paredes de aquella isla.

V

Byron salió del club de tiro bastante descolocado y con un principio de dolor de cabeza instalado en sus sienes. Al final no le había explicado nada a Rosa sobre su desconocimiento del estado y la situación actuales de Leary. ¿De verdad pensaba que ella podría estar implicada en la muerte de Calafell?

Y, al contrario, ¿de verdad creía que Rosa estaba libre de toda sospecha? El dolor de cabeza aumentó un grado. Mientras cogía a la carrera un tranvía de mulas, maldijo entre dientes el maldito embrollo en que se había metido. El transporte lo llevó de regreso hasta cerca del paseo de Colón. Allí tomó un coche de punto.

—A la calle Bailén, número veinticinco —ordenó al conductor.

El piso donde le habían informado que vivía Leary se hallaba en un modesto edificio de cuatro plantas. La oronda portera, que pasaba una fregona por la entrada, puso los brazos en jarras cuando le vio poner un pie adentro.

—¡Tenga cuidado! ¡Está mojado!

—Disculpe, señorita. —Byron tiró de zalamería, sonriente, y se descubrió la cabeza—. ¿Me haría usted el favor de indicarme la vivienda del señor Joseph Leary?

La mujerona se ruborizó. Aparcó la fregona contra la pared y se arregló el pañuelo atado sobre la cabeza.

—¿El periodista ese extranjero? Hace un par de noches que no aparece por aquí.

—¿Le importa si subo a su piso?

La mujer lo repasó de arriba abajo. Chasqueó la boca.

—Como usted quiera...

Recogió la fregona y siguió a lo suyo. Byron la esquivó y tomó la escalera. En el segundo escalón se dio la vuelta.

—¿Podría decirme dónde...?

—La segunda planta, la primera puerta.

Byron llegó hasta el acceso indicado. Golpeó dos veces en la madera y esperó. Nada. Volvió a picar con los nudillos, solo que esta vez acompañó con voces la llamada:

—¿Leary? ¿Está usted ahí? Soy Byron Mitchell. ¿Puede abrirme?

No hubo respuesta. Byron pegó la oreja a la puerta, pero allí dentro no parecía moverse nada. Volvió a intentarlo con golpes en la puerta y con llamadas a viva voz durante un par de minutos más. Al final se rindió y bajó las escaleras. La portera había fregado la entrada y le miró de mala manera cuando fue evidente para los dos que iba a pisar lo mojado.

Byron cruzó de puntillas, con gesto de disculpa. La mujer suspiró muy fuerte y empezó a repasar sobre sus huellas.

—No estaba, ¿verdad? —dijo ella con la mirada fija en el suelo—. Es lo más normal. A veces pasa días sin aparecer por aquí. Una vez me contó que es por los artículos esos que escribe. Tiene que investigar para ellos; ya sabe.

Byron se frenó en el vano de la puerta, pero la mujer no parecía tener nada más que decirle. Siguió fregando la portería como si él no estuviera allí. No sacaría ninguna otra información en aquel lugar. Salió a la calle y caminó en dirección a su piso del paseo de Gracia, que no estaba a más de diez minutos de distancia. Esperaba que una leve caminata le despejara la cabeza.

Le preocupaba Leary. El cargo de conciencia por no haber avisado a Rosa, a la policía o a quién fuera sobre su posible desaparición aumentó los nubarrones de su dolor de cabeza. El mal humor se le enfurruñaba por momentos. ¿A quién quería engañar? No podía avisar a la policía, de ninguna manera. Estaba a un solo día de acceder al dinero de la carta de pago. Luego, por fin, sería libre de decidir qué hacer con su futuro. Entonces podría notificar de alguna manera a las autoridades que el conocido periodista Joseph Leary llevaría, para entonces, dos días sin dar señales de vida. Era todo lo que podía hacer; lo único sensato. Aquel pensamiento no sirvió para reconfortar el sentimiento de culpabilidad.

Entró en el portal del edificio de los Rius con la cabeza baja y se escabulló hacia las escaleras, para evitar encontrarse con el portero. Buscaba refugiarse a solas en su habitación. La cabeza le estallaba y, a la altura del principal, se frotó el puente de la nariz y cerró los ojos.

—¡Cuidado, señor Mitchell!

Frenó en seco y los abrió. Había estado a punto de chocar contra Bettina Krauss. La institutriz bávara le reprendió con su entrenada expresión severa.

Byron se quitó el sombrero con muy pocas ganas.

—Disculpe, señorita Krauss.

—¿Se encuentra usted bien?

—Sí, he tenido un día de mucho trabajo.

—Debería hacer usted algo de ejercicio. No se deje contagiar por las malas formas de vida de estos latinos.

Había pronunciado la última frase como si la escupiera. Sorprendía aquella actitud en una mujer que por lo general era experta en mantener las distancias.

—¿No se encuentra a gusto con la familia Rius, señorita Krauss?

Bettina Krauss se le acercó con aire confidencial.

—Verá usted, señor Mitchell. —De su aliento brotó un tenue olor herbal y alcohólico—. Al pasar unas semanas en casa, he recordado lo que es vivir entre gente más civilizada. Estos pequeños morenos no son como usted y como yo, señor Mitchell. Los ingleses y los alemanes somos hermanos, estamos más cercanos y más avanzados.

Byron echó el rostro hacia atrás, para distanciarse de los efluvios. La señorita Krauss no solo se había traído de su viaje a casa aquella desagradable melancolía, también algún tipo de alcohol herbal de su hogar familiar con el que intentaba aliviar su morriña racista.

—¿Y por qué ha vuelto usted aquí?

—Por la niña —dijo, con aire ofendido, como si la respuesta fuese evidente—. La señorita Rius es mi esperanza. Con ese pelo rubio y esos ojos claros tendrá unos hijos preciosos. Siempre y cuando la casemos bien, claro. Con ese joven inglés, por ejemplo.

—¿El señor Aiguaviva?

—Sí. Creo que la niña me aprecia y espero que, cuando ambos se casen, me lleven con ellos a Inglaterra. No sé qué hace usted aquí, señor Mitchell, en este país atrasado, pudiendo vivir en su casa, en un lugar civilizado.

Si le hablase él de su casa... Byron se limitó a sonreír, aunque aquella mujer se lo estaba poniendo difícil.

—Pensará usted que mis motivos son egoístas —siguió Krauss. El licor le había soltado la lengua y no parecía dispuesta a atarla—, pero cuando antes aleje a Elisa de sus padres, mejor será para ella. Últimamente han tenido unas discusiones...

—Pensaba que se trataba de un matrimonio muy bien avenido.

—Sí, bueno, en general son tan mediocres el uno como el otro, pero la semana pasada tuve que encerrar a Elisa disimuladamente en su habitación para que no les oyera. Ya sabe usted cómo son por aquí, siempre hablando en ese tono a punto de gritar. Aquel día se excedieron. La señora quería entregar una casa o una propiedad y su marido se enfadó mucho. ¡Con lo que tuvimos que hacer para conseguirla ahora me vienes con esas! —La ebria

Bettina Krauss interpretó una mala imitación del señor Rius—. Parecía una pésima opereta.

Rio eufórica, aunque al momento calló y se puso seria. Un breve claro entre las nubes alcohólicas le habría dejado ver que estaba hablando más de la cuenta.

—¿Se encuentra bien, señorita Krauss?

—Quizá no debería haber dicho eso… En realidad, estoy muy contenta por tener este trabajo.

Byron se inclinó en su dirección. Bajó el tono de voz:

—No se preocupe, señorita Krauss. —Sonrió confidente—. La entiendo a la perfección. Sus palabras solo se deben a su honesta preocupación por Elisa. —Y al licor de hierbas que se olía ya por todo el rellano, aunque eso no se lo iba a decir.

Bettina Krauss se sonrojó:

—Le agradezco su discreción.

—Siempre a sus pies.

Cogió su mano y la besó. Al momento, se despidió antes de que la alemana pudiera pensarse lo que no era.

—Señor Mitchell… —La voz de Bettina Krauss le paró en el segundo escalón tras el rellano. Byron se volvió—. Sobre ese hombre con el que le vi el otro día en el parque de la Ciudadela, el negro ese que…

—¿Sí, señorita Krauss?

—No se fíe usted de ese haragán. Le aseguro que le está engañando. Yo he leído mucho a mi compatriota Karl May, el hombre que más sabe sobre el Oeste americano. Allí todos los vaqueros y los pistoleros son blancos. Los negros solo trabajan en el ferrocarril o, como mucho, en alguna mina.

Sí, señor. Desde luego que aquella era toda una sabia mujer. Byron se limitó a sonreír, asentir y dejarla allí parada a solas con sus desvaríos. Reanudó el ascenso por las escaleras. Un incipiente enfado había desplazado al dolor de cabeza. ¿Habría entendido bien Bettina Krauss la discusión de los Rius? Si era así, la señora

Rius le mintió a la cara. Embaucar a Byron Mitchell empezaba a convertirse en una costumbre bastante molesta entre la gente de bien de aquella ciudad.

La señora de Rius le aseguró que no cedió a las peticiones de Calafell sobre la propiedad en Sitges, pero, según Bettina Krauss, intentó que su marido la entregase a los Sanmartí.

La señora de Sanmartí declaró que no tenía intención ninguna de casar a su hija con Calafell, pero, según Rosa, le hablaba continuamente de las bondades y buenas disposiciones del caballero.

Parecía bien claro que las oscuras maniobras de Ramón Calafell habían hecho mella en las dos hermanas que, para colmo, habían sido dos grandes tiradoras a pistola en sus tiempos.

La nómina de sospechosos en la lista de Byron no hacía más que aumentar.

Byron, mascullando entre dientes, cruzó la puerta de su piso y reclamó a su inquilino no deseado.

—¿Redmond?

No hubo respuesta. Dio un rápido repaso a todas las habitaciones para verificar que, en efecto, Irving Redmond se había largado en busca de otro escondrijo. Regresó a su habitación. Dejó la chaqueta sobre una silla y se refrescó el rostro y las manos en la jofaina. Cayó en la cuenta de que no había avisado al servicio de su ausencia durante toda aquella mañana. Llegó hasta el montaplatos y abrió la portezuela. En efecto, sobre la plancha esperaba una bandeja con una sopa, fría, y un emparedado, también frío, pero aún apetecible. Desechó el caldo, pero devoró el bocadillo mientras pensaba por dónde seguir.

Era domingo. A la mañana siguiente cobraría la letra de cambio y sería libre de marcharse. No había vuelto a tener noticias de su hermana ni tampoco del anónimo que le instara a investigar el asesinato de Calafell. De fondo le seguía reconcomiendo la preocupación por la posible desaparición de Joseph Leary.

Estaba recogiendo las migas y el plato sobre la bandeja para colocarlo todo de retorno al montacargas cuando volvió a su cabeza el pintor Aurelio Beltrán. Sin ponerse la chaqueta salió al rellano y subió hasta la buhardilla. Picó en la puerta dos veces. Esperó, sin obtener respuesta. Pegó la oreja a la madera. Nada. Al igual que en el piso de Leary, allí dentro no se movía ni el aire.

Bajó hasta la portería. Llamó en la entrada de la cabina del portero y Mauricio salió. Como siempre, su mirada insensible a todo y a todos.

—Perdone, Mauricio. ¿Podría decirme si ha visto hoy al señor Beltrán? Me gustaría hablar con él.

Mauricio se quedó mudo y parado como una estatua. Su rostro, pura piedra. ¿Le había oído o…?

—El señor Beltrán no ha aparecido por el edificio hoy, ni tampoco durante todo el día de ayer.

¿Dos días? ¿Dónde se había metido?

—Si le ve, ¿podría informarle de que querría hablarle? —El portero asintió y se dio la vuelta, zanjando el tema. Byron reclamó su atención—. ¿No sabrá usted por dónde suele moverse?

Mauricio alzó una ceja. Una vez más, se transformó en estatua. Cinco o seis segundos después, cuando Byron ya iba a darle golpecitos con un dedo, respondió:

—En un par de ocasiones ha venido a verle un primo suyo. Juan.. no, José Beltrán. Tengo entendido que trabaja en el Café de Novedades. Quizá él le pueda dar más indicaciones.

Byron rebuscó en su bolsillo para coger una o dos monedas.

—Gracias, Mauricio…

Pero el otro, de espaldas a Byron, desaparecía ya en su refugio, con la cabeza en sus cosas.

Byron subió a su piso y a su habitación y allí se estiró en la cama. ¿Qué podía hacer? Dos personas implicadas directamente en su investigación llevaban un par de días desaparecidas. Con Joseph Leary tenía poco a rascar. Molestar de nuevo a la portera de su edificio no le iba a servir de mucho. ¿Y Beltrán? Consultó su reloj: eran las cinco pasadas. Le asaltó la tentación de quedarse allí quieto, dejando pasar las horas. ¿Quién demonios se iba a enterar? Una sola tarde y una noche más, antes de que llegara el lunes por la mañana cuando, por fin, estaría en condiciones económicas de desaparecer. Podía dedicar el resto del día a preparar su equipaje. Era lo más sensato, ¿no? Aun así, la duda le arañaba el cerebro. El Gran Detective no lo podría dejar estar, su obsesión con la verdad no se lo permitiría.

Él no era el Gran Detective, de acuerdo, aunque ¿qué mal habría en jugar a serlo solo unas horas más? Se dio cuenta de que estaba sonriendo. Se puso en marcha de un salto y sacudió la cabeza. Claro que sí. Mientras se arreglaba para salir, contempló su imagen en el espejo sobre la jofaina, con aquella sonrisa estúpida en el rostro. Solo unas horas más, Byron. Al fin y al cabo no se trataba más que de acercarse a un conocido café para preguntar por su vecino pintor. ¿Qué mal podría salir de ello?

VI

Byron bajó caminando hasta el Café de Novedades, en la esquina del paseo de Gracia con la calle Caspe. Era un gran local que ocupaba el chaflán de una manzana más todo el edificio contiguo. Byron había pasado en alguna ocasión por delante, sin llegar a entrar. Por las noches destacaba como un nido de luciérnagas debido a la enorme cantidad de lámparas de gas que iluminaban el café. En cambio, en aquellas horas, aunque la tarde ya decaía, el local lucía discreto con toda la instalación lumínica apagada.

Abrió las puertas de vidrio y fue directo al primer camarero que se le cruzó en el camino, un joven en chaleco y pajarita con un mandil atado a la cintura.

—Buenos, días —dijo Byron—. Busco a un compañero suyo, José Beltrán.

El joven dio un bote.

—¿Qué quiere usted de mí, caballero?

—¿Es usted José Beltrán? —Pues mira tú que suerte—. Me llamo Byron Mitchell y resido en el mismo edificio que su primo...

—¿Qué le ha sucedido a Aurelio?

Byron frunció el ceño.

—¿Por qué me pregunta eso?

El camarero miró con desconfianza en derredor y le hizo un

gesto para que le acompañara hasta un rincón en la esquina de la barra.

—Es usted ese detective inglés, ¿verdad? Aurelio me dijo que es usted un hombre de fiar...

—¿Por qué cree que le ha sucedido algo a su primo?

—Hace más de una semana que no sé nada de él. Los dos venimos de fuera de la ciudad. No tenemos más familia, por lo que procuramos vernos a menudo. ¿Sabe dónde...?

—Hace dos días que no aparece por su piso.

José Beltrán se secó el sudor de la frente con la mano.

—Tenía que haber ido a verle antes de ayer, cuando no vino a buscarme para ir a comer, como cada semana, pero tenía mucho trabajo.

—¿Y no tiene idea de dónde podría haberse metido?

—Los domingos por la noche suele acudir a una tertulia de artistas en la taberna de Els Quatre Gats. Yo pensaba ir esta noche, para ver si lo encontraba allí.

—Perfecto. Permítame pues acudir con usted.

José Beltrán lo miraba nervioso. Sea lo que fuera que le rondaba la cabeza, no lo dejaba ir. Byron le apretó:

—¿Qué no me está diciendo?

—Verá, señor Mitchell... ¿De verdad puedo confiar en usted?

—¿Su primo le habló de mí?

—Sí.

—¿Y él confiaba en mí?

—No lo sé. Creo que sí.

—Señor Beltrán. Le aseguro que no quiero ningún mal a su familiar.

—Está bien... La semana pasada, cuando quedamos a comer, me preguntó por unos conocidos nuestros.

—¿Qué conocidos?

—Son dos hermanos... De filiación anarquista; algo radicales.

—¿Cree que ha podido contactar con ellos? ¿Sabe usted por qué motivo?

—No. No me lo quiso explicar. Dijo que no quería ponerme en problemas. Señor Mitchell, por mucho que esos dos hombres se escondan tras unos ideales políticos, en realidad no son más que delincuentes. No sé qué es lo que pretendía mi primo al tratar con ellos, pero me preocupa mucho.

—¿Puede darme sus nombres?

—Los desconozco, se lo juro. Solo los conozco de vista, por su presencia en algunos bares que frecuentamos.

El chico estaba asustado de verdad. Un hombre uniformado con americana y pantalones negros, y con el pelo repeinado, pasó junto a ellos y le dedicó una mirada severa al camarero. Le azuzó con una mano al aire, como para meterle prisa. El camarero asintió y el otro se retiró por una puerta lateral.

—Es el gerente del local —dijo el joven—. Yo…

—Está bien —interrumpió Byron—. Esa taberna, Els Quatre Gats, ¿dónde se encuentra?

—En el número 3 bis de Montesión, una pequeña calle que da a la Puerta del Ángel.

—¿A qué hora termina su turno aquí?

—Acabo de empezar. —La puerta lateral se abrió y el gerente asomó su rostro enfadado.—. Discúlpeme, debo atender a las mesas.

Byron salió del café. No tenía sentido esperar al primo de Beltrán que, a buen seguro, tardaría unas cuantas horas en quedar libre. Descendió a pie el paseo de Gracia y ladeó la plaza de Cataluña. Ya en la Puerta del Ángel avanzó hasta dar con la calle de Montesión, que se abría a la izquierda. A los pocos metros, se plantó ante la entrada a Els Quatre Gats.

La taberna ocupaba los bajos de un edificio coronado por almenas y cornisa. Los recargados balcones y ventanas de los pisos superiores, ornamentados con marcos de piedra y bajorrelieves alegóricos, contrastaban con la limpia fachada de ladrillo visto en el tramo inferior. Byron accedió al local cruzando bajo un arco ojival con las rejas protectoras de hierro forjado abiertas. El interior estaba casi a oscuras y apenas se percibían las mesas a ambos lados del espacio alargado, señalizadas por los sonidos de jarras y vasos en choque contra la madera y por las risas y conversaciones de los parroquianos. De repente, una iluminación cegadora estalló desde el fondo del local. Byron alzó la mano para cubrirse los ojos. La luz al fondo formaba un recuadro. La silueta de un hombre en gabán y sombrero de ala ancha apareció en medio y la eclipsó.

—¡Eran los oscuros tiempos medievales —declamó, con los brazos elevados hacia el techo—, cuando la magia campaba a sus anchas por todo el mundo conocido!

El hombre se quitó el sombrero en un amplio gesto teatral y se hizo a un lado. La luz alcanzó con fuerza a Byron que en su intento por apartarse golpeó la mesa contigua. Una jarra cayó al suelo y rodó sin romperse.

Desde su izquierda, atacó un alboroto de risas e improperios. Un grupo de cinco tipos barbudos, que bebían y fumaban en pipa desde sus asientos en taburetes, le dejaron claro que estaba molestando. Byron colocó el trasero en la silla más cercana a su lado del pasillo.

En el recuadro de luz del fondo aparecieron imágenes negras en movimiento: un espectáculo de sombras chinescas. Hasta que no terminara la obra le iba a resultar complicado averiguar si Beltrán andaba en algún lugar entre las tinieblas de la taberna.

—¿Señor Mitchell? —Volvió el rostro a la semioscuridad que le había hablado. Vidal Jordana fumaba un caliqueño en pipa y había sustituido su corbata por un pañuelo al cuello—. ¡Qué sorpresa encontrarle aquí!

Sobre la mesa había una jarra de cerveza vacía y, por la manera dubitativa en que Jordana le hacía señas, no era la primera.

Le ofreció asiento en una banqueta a su lado y Byron se movió agachado hasta allí. Jordana llevó su jarra a los labios y comprobó, contrariado, que estaba seca. Alzó la mano y el dedo índice. En respuesta, un discreto camarero asomó de entre las sombras.

—Una cerveza —pidió Jordana— y otra para mi amigo. ¿Le parece bien, Mitchell?

Byron asintió. El camarero se retiró por el pasillo ante otra andanada de protestas y burlas de los barbudos, quejicosos porque les interrumpieran el espectáculo.

—Estos bohemios… —murmuró Jordana con disgusto.

Una carcajada común atronó desde la mesa escandalosa. Los barbudos palmeaban la espalda a uno de ellos y le sacudían los hombros con efusividad. En la pared, en un cuadro colgado por encima del grupo, dos tipos pedaleaban subidos a un tándem. Los cinco tertulianos volvieron a carcajear en grupo. Jordana se acercó al oído de Byron:

—Son amigos del dueño. En las representaciones de sombras chinescas utiliza figuras paródicas de sus conocidos para los personajes. Por lo visto a todos ellos les hace mucha gracia reconocerse. Menudos inútiles.

Jordana no parecía muy a gusto en aquel ambiente.

—¿Suele visitar usted este local? —preguntó Byron.

—A veces… No soporto a los artistas, pero se rodean de buena compañía.

Indicó con una mirada pícara a una mesa más cercana al escenario del teatro de sombras. Una joven muy maquillada y con un liguero a la vista se dio por aludida y les guiñó un ojo.

El camarero cruzó de regreso ante los protestones con una bandeja y depositó sendas jarras en la mesa. Jordana se apresuró a sacar unas monedas para pagar.

—Yo le invito, Mitchell.

Byron lo agradeció y ambos chocaron las jarras y bebieron de ellas. Cuando Byron bajó su bebida, el otro seguía tragando.

En el escenario, para jolgorio de los presentes, seguían desfilando las sombras de las figuras de cartón al contraluz, en una historia de un mago que transformaba a las personas en bestias y seres extraños.

—No le había visto antes por aquí —dijo Jordana.

—He venido en busca de Aurelio Beltrán. Me han dicho que podría encontrarse en esta taberna.

—¿El pintor realquilado en la finca Rius?

Byron asintió:

—Tengo entendido que frecuenta una tertulia de artistas en este local.

Jordana señaló a los barbudos hacinados bajo el cuadro.

—Alguna vez le he visto hablando con esos tipos de allí, aunque no conozco a ninguno de ellos. Estoy bastante seguro de que hoy no ha venido. Al menos no lo he visto antes de que apagaran las luces.

En aquel momento cruzó bajo el arco de la entrada un tipo bajito. Evitó la torpeza en que había incurrido Byron y se quedó apoyado en la pared junto a la entrada, iluminado por la luz que salía del escenario. Vestía chaquetón azul y gorra de lona estilo marinero. Un bigotito partido en dos decoraba su rostro aniñado.

Su mirada y la de Byron se cruzaron, y el tipo le saludó llevándose la mano a la gorra, como si le reconociera.

—¿Por qué le interesa el señor Beltrán? —Jordana reclamó su atención. Uno de los barbudos les chistó.

Byron bajó bastante la voz:

—He averiguado que podría estar relacionado con Aurora Coll. —Hizo una pausa y observó a su interlocutor. Jordana ni pestañeó—. Como Aurora Coll también podría estar relacionada con Calafell, querría hacerle unas preguntas a Beltrán al respecto. Hace un par de días que no se sabe de él por la finca Rius, así que he venido a probar suerte.

Jordana bebió de nuevo.

—Sobre ese Beltrán —dijo, con el labio superior cubierto de espuma—, ándese con ojo. Sé de buena tinta que no se relaciona solo con pánfilos como esos bohemios. También ha estado metido en grupos de artistas cercanos al anarquismo.

—Qué curioso que diga usted eso. También me han explicado que Aurora Coll estuvo relacionada con gente de esa índole en sus tiempos turbios en París.

—¡Ja!, eso lo sabe todo el mundo. Por ese motivo su marido, Genís Sanmartí, vive tan amargado. Creyó que se casaba con una bella joven de buena familia y le colocaron mercancía dañada. —Rio y bebió otro trago—. Evidentemente, nadie dirá nada al respecto en voz alta.

Nadie lo dirá, a menos que esté ebrio, claro. Sonaron aplausos desde el fondo de la sala; el espectáculo de sombras chinescas había terminado. Dos camareros encendieron sendas lámparas de gas y abrieron dos contraventanas. Con la nueva claridad Byron buscó a Beltrán entre los asistentes al local, pero no hubo suerte. Además, el tipo de la gorra acodado a la entrada había desaparecido.

Jordana jugueteaba dibujando en la mesa sobre la condensación dejada por su jarra de cerveza. Estaba bastante aturdido. Podía ser un buen momento.

—Señor Jordana, ¿es cierto que usted cabalgó para avisar a Aiguaviva sobre el posible ataque a su ingenio de una partida de bandoleros? —Jordana alzó una mirada turbia y parpadeó varias veces, para aclararse—. ¿Llegó a la hacienda? —insistió Byron.

—No —balbuceó Jordana—. Sufrí un accidente por el camino. Lo intenté. Intenté ayudarle. —Su buen humor se había tornado melancólico en cuestión de segundos.

—¿Lo intentó por Aiguaviva o por su esposa?

Jordana soltó la jarra.

—No se confunda, Mitchell. David era mi amigo. Sí, es cierto que estuve enamorado de Constance de joven, y siempre la aprecié después, pero yo no traicionaría a un amigo. Todo eso se lo ha dicho Rius, ¿verdad?

—Su otro amigo.

—Sí, bueno. Rius siempre me ha considerado más un socio inferior que un amigo. Nunca llevó bien que David y yo estuviéramos más unidos entre nosotros que a él. Las bromas que le hicimos al principio de su regreso a la Isla Grande… En fin, creo que nunca nos las perdonó.

—Si me lo permite, sí que es cierto que parece comportarse a veces como si él fuera el jefe.

—En cierta manera lo es. Él es el socio mayoritario de nuestra empresa.

—¿Era así en tiempos de sus padres?

—No. —Jordana apartó la mirada—. Realicé algunas malas inversiones que me hicieron perder dinero. —Volvió a mirarle de frente—. No me avergüenza reconocerlo, pero he aportado mi experiencia a nuestra sociedad y creo que si nuestros negocios en el extranjero prosperan, quizá pueda iniciar alguna otra cosa por mi cuenta.

—Lejos de Rius.

Jordana sonrió.

—Digamos que en paralelo. Hay hombres a los que no conviene defraudar.

—Esos misteriosos negocios que tienen ustedes con el hijo de Aiguaviva…

—Sí… En realidad, no es nada misterioso. Se trata de la compra de maquinaria para nuestras empresas textiles. Aunque, por mi parte, me he estado informando sobre sus inversiones en vías ferroviarias. Rius lo ha descartado, pero yo considero invertir parte de mi dinero.

—¿Es esa su vía paralela?

Jordana rio socarrón y le señaló con un dedo:

—Muy ocurrente, señor Mitchell. También es una especie de homenaje a David.

—¿Y eso?

—Él fue pionero entre nosotros, en ese campo, gracias a su suegro inglés. Ambos invirtieron en una compañía que pretendía construir una vía férrea desde el norte de la Baja California, en México, hasta California y Arizona, en los Estados Unidos. Aiguaviva realizó frecuentes viajes por Norteamérica en busca de socios financieros y para investigar la idoneidad de los terrenos. Al final, el proyecto fracasó.

—¿Y aun así a usted le interesa el negocio ferroviario?

—Todo lo que le he explicado sucedió hace más de quince años y en otro continente. Entonces los yanquis no veían con buenos ojos que una compañía inglesa metiera mano en una infraestructura de esa importancia entre ellos y su vecino del sur. —Jordana se encogió de hombros—. En Europa, y en España en concreto, con el inicio de este nuevo siglo, estoy convencido de que el desarrollo del ferrocarril va a convertirse en un próspero negocio que dará buenos réditos.

La chica maquillada y con el liguero a la vista se acercó a la mesa. Los tanteó a ambos con la mirada y enseguida detectó al mejor cliente. Insinuante, se dejó caer sobre las rodillas del ebrio Jordana, que la acogió entre sus brazos sin dudar.

Por el fondo del local apareció de nuevo el tipo de la gorra. Buscó la mirada de Byron y le hizo un gesto en dirección a la puerta. Byron se puso en pie. El rostro de Jordana buscaba algún tesoro oculto entre los pechos de la muchacha.

—Le agradezco sus cordiales respuestas, señor Jordana. Ahora debo marcharme.

Vidal Jordana, ocupado en besuquear a su nueva amiga, apenas agitó una mano en despedida. Byron se dirigió a la salida, donde esperaba el de la gorra.

—¿Es usted Byron Mitchell? —dijo, sin esperar presentaciones.

—¿Y usted es?

—Un amigo de Beltrán.

—Perfecto. ¿Podría usted indicarme…?

—Aquí no.

Señaló con la cabeza en dirección a la puerta y Byron le siguió más allá del arco ojival de la entrada, hasta la calle. El de la gorra giró en la esquina del local, bajo la estatua de un san Antonio con el Niño Jesús en brazos, y abrió una adornada verja de hierro forjado similar a la de la entrada a la taberna.

Byron dudó. El pasaje que se abría tras la reja estaba a oscuras.

—¿No se fía usted?

—Por pasadas experiencias, me he dado cuenta de que los callejones en esta ciudad no son nada fiables.

—Es usted listo. —El otro sonrió—. Aunque no tanto como se cree.

El golpetazo en la coronilla le hizo perder el control de sus piernas y Byron dio de rodillas en el suelo. El mareo repentino volteó el mundo a su alrededor y se encontró con las palmas de las manos entre la gravilla húmeda del suelo.

Lo agarraron por los brazos para arrastrarlo al callejón. Oyó cómo se cerraba la reja a sus espaldas. Intentaba incorporarse cuando un brazo rodeó su cuello desde atrás. Byron codeó a su espalda y alcanzó un abdomen blando. Su dueño gimió ahogado y cayó hacia atrás, liberándolo.

—¡Cabrón! —gritó.

Byron empujó las manos contra el suelo para ponerse en pie, pero un puñetazo en la mejilla lo mandó al piso. La puntera de una bota se clavó en sus costillas y otro puño golpeó su cara. Byron se dobló sobre sí mismo y se quedó quieto, en posición fetal. No iba a ganar nada recibiendo más golpes. Fingió inconsciencia, pero lo cierto era que estaba a punto de desmayarse. Un pensamiento lúcido sugirió que era mejor dejarse robar a que lo mataran de una paliza.

Dos pares de manos echaron guante a su cuerpo, aunque en lugar de registrarlo lo alzaron en volandas y lo pusieron en pie. Lo llevaban colgado entre sus dos asaltantes, cada uno de sus brazos sobre los hombros de uno de ellos. Byron mantenía la cabeza caída sobre el pecho. ¿Se había equivocado al no defenderse más? Entreabrió los ojos y vio deslizarse el suelo bajo sus pies. El trio alcanzó la trasera de un carromato. Los dos desconocidos alzaron a Byron y lo arrojaron adentro de muy mala manera. El golpe le dolió, pero se esforzó por mantener su mentira y continuar con los ojos cerrados.

El suelo del carro se venció cuando uno de los tipos subió tras él y atravesó la caja hasta alcanzar el pescante. Le oyó chasquear la boca para calmar al animal que piafaba y se agitaba moviendo el vehículo con sus contoneos nerviosos.

Hubo un instante de pausa y Byron abrió los ojos. Se encontró con la mirada de un matón, desde fuera del carro. Le reconoció al instante. Era el grandullón pelirrojo que él y Leary habían descubierto intentando entrar en la casa de Calafell.

—¡El cabrón está despierto! —gritó el tipo.

—¡Ocúpate de él! —ordenó el otro hombre desde la parte delantera del vehículo.

El matón subió de un salto. Byron alzó las manos sin alcanzar a repeler el puñetazo. Al momento, le cayó otro mamporro. Se desplomó contra un lateral de la lona que cubría la trasera del carro. Sentía el rostro inflamado y le estallaba la cabeza. Se encontraba muy mal y ya era tarde para cambiar de táctica de defensa. Esperó que no llovieran muchos más puñetazos, pero lo único que sintió fue cómo le cogían de las solapas y lo sacudían. Olió muy cerca un aliento a alcohol y tabaco, pero no abrió los ojos.

—No te creas que me engañas, cabrón —susurró su rival, el calor fétido muy cerca de su nariz.

Casi pudo oír los músculos flexionándose. Apretó los dientes y recibió el último impacto que lo dejó inconsciente.

VII

Le despertaron las sacudidas, el vaivén del carro de un lado a otro. Quiso moverse, pero le habían atado las manos a la espalda y las piernas entre sí. Estaba tirado a un lateral de la carreta, la espalda hundida contra la lona. A través del hueco enmarcado por la abertura posterior del vehículo apenas se veía la noche y algunas casas bajas que iban quedando en el camino. Allí tumbado boca arriba, giró el cuello hacia atrás, forzando las vértebras al máximo. En una imagen invertida distinguió los cogotes, moreno y pelirrojo, de los dos hombres sentados en el pescante.

Oyó gaviotas y olió a salitre: estaban cerca del mar. Flotaban otros olores en el aire. En alguna de aquellas casas apiñadas, sus habitantes freían pescado. Tenían que estar en algún barrio cercano al mar. Eso si no lo habían sacado de la ciudad, claro. Desconocía cuánto tiempo llevaba inconsciente.

Con un relincho del animal, el carro paró. Byron cerró los ojos y simuló inconsciencia de nuevo. El suelo se zarandeó a izquierda y derecha cuando los dos tipos descendieron. Escuchó sus pasos mientras rodeaban el vehículo y otras dos agitaciones alternas cuando volvieron a subir por detrás. Le echaron las cuatro manos encima y se dejó arrastrar afuera. No daría guerra, en espera de saber qué pensaban hacer con él. ¿Lo iban a tirar al mar? Con las manos y los pies atados se iría al fondo como un peso muerto.

Cálmate, Byron. Si quisiesen liquidarlo le habrían apuñalado junto a la entrada a Els Quatre Gats para dejarlo tirado en cualquier esquina. No, el esfuerzo de llevarlo hasta allí indicaba que tenían otros planes. Sus secuestradores perseguían algún objetivo y quería averiguar cuál era. Solo debía esperar con paciencia.

Lo transportaban en volandas entre los dos, sus pies flácidos araban la tierra en el suelo. Pararon. Uno de ellos cargó con su peso y el otro trasteó con una cerradura rebelde que rechinaba protestona. Una puerta de madera arañó el suelo al abrirse. El peso de Byron volvió a repartirse entre los hombros de los dos tipos y el camino se reanudó. Ahora sus pies se arrastraban sobre un suelo de madera. Cuatro o cinco metros después, pararon. Byron, sin alzar la cabeza, entreabrió los ojos. Justo debajo había una trampilla cerrada. De nuevo, uno de los dos se hizo cargo de él y Byron se apresuró a cerrar los ojos. Escuchó cómo se abría la trampilla. Luego, con cuidado, lo bajaron peldaño a peldaño por una escalera de tablones. Olía a humedad, a cerrado y a sudor humano. ¿La había cagado de verdad dejándose arrastrar a aquel agujero? Todavía estaba a tiempo de revolverse y pelear, aunque atado como estaba de pies y manos resultaría…

—Que nadie intente nada —dijo uno de ellos.

¿Sabían que no estaba inconsciente? No hubo más palabras y Byron optó por continuar fingiendo.

Lo depositaron sobre un montón de algo que parecía ropa blanda. Oyó los gemidos de los dos hombres al librarse del peso y los crujidos de sus músculos al estirarse. Luego una pausa y, después, pasos alejándose escalones arriba. Al final, la trampilla se cerró y Byron abrió un ojo. Escuchó el sonido metálico que se produjo cuando aseguraron el cierre con lo que debía ser un pesado candado. Después, los dos tipos hablaron o, más bien, discutieron. Las palabras llegaban indescifrables a través de la madera, pero el tono alterado no dejaba duda.

Una leve luz se filtraba por las rendijas de la trampilla al final de la escalera. El resto era oscuridad.

El sonido de una respiración profunda sonó desde la oscuridad.

—¿Hola? —murmuró Byron, más tembloroso de lo que pretendía—. ¿Hay alguien ahí?

Le tocaron el brazo. Byron se apartó de un brinco, todo lo que le permitían sus ataduras. Se arrastró, reculando hacia las escaleras.

—¿Hay alguien ahí? —repitió, intentando no gritar. A pesar del miedo, no quería alertar a los de arriba de que estaba despierto.

—¿Byron? —dijeron las sombras—. ¿Mitchell, es usted?

A Byron le sonó aquel tono y, al momento, reconoció la voz.

—¿Leary?

Un fósforo se encendió en la oscuridad más alejada de la escalera. La llamita iluminó el rostro, amoratado a golpes, de Joseph Leary. Estaba sentado en el suelo. Junto a él había otro hombre, desmayado o algo peor.

—Venga aquí, Byron —susurró—. Que no vean la luz.

Arriba, al otro lado de la trampilla, la discusión continuaba. Byron se arrastró con dificultad hasta los dos hombres.

—Leary, ¿qué hace aquí? ¿Quién es ese?

Leary sacudió al otro, que levantó la barbilla con pesadez. El pintor Aurelio Beltrán también había recibido una buena paliza; más que Leary, incluso.

—¿Qué les ha pasado a ustedes dos? ¿Cómo han llegado aquí?

—Ahora le explico —Leary le apremió a que bajara el tono—, pero estese quieto.

Arriba había cesado la discusión. Se oyeron pasos sobre la trampilla. Leary apagó el fósforo.

—Mierda —susurró, aún más bajo—. Solo me quedan dos cerillas más.

Los pasos se alejaron de la trampilla y abandonaron el cuarto sobre sus cabezas, con el sonido de una puerta al cerrarse.

—¿Puede soltarme? —pidió Byron—. Me han ligado de pies y manos.

—Acérquese, aquí hay un reborde afilado. Yo me acabo de liberar. Gírese.

Byron se puso en posición. Leary tanteó hasta coger sus manos amarradas y las movió de arriba abajo, sobre la improvisada sierra de madera. Byron había quedado encarado a Beltrán, que se esforzaba por mantener los amoratados párpados abiertos.

—Beltrán… —susurró Byron. Los ojos del otro se cerraron—. ¡Beltrán!

El pintor reaccionó:

—¿Mitchell? ¿Es usted, señor?

—¿Qué hace aquí, Beltrán? ¿Qué demonios está pasando?

—Yo lo siento, señor… Lo siento mucho. Yo solo quería ayudar a Aurora…

—¿Ayudarla? ¿Cómo? ¿Por qué? —Beltrán cerró los ojos—. ¡Beltrán!, despierte por Dios.

Byron se inclinó hacia él. Leary seguía con el movimiento de sierra y el gesto abrupto hizo que la madera cortara algo más que la cuerda.

—¡Joder! —soltó Byron—. Tenga cuidado, no me vaya a cortar una arteria.

—No sea pusilánime, Byron. Y baje la puñetera voz.

Leary siguió aserrando. La presa en las manos de Byron se aflojó y unos pocos movimientos arriba y abajo después, las cuerdas cedieron. Byron libró a toda prisa las muñecas e intentó desatar la soga que amarraba sus pies.

—Uno de esos tipos debe de haber trabajado de marinero. No consigo deshacer estos nudos…

—Traiga los pies aquí —ordenó Leary. Encendió otra cerilla y se la pasó.

Byron se volteó y estiró las piernas para dejar sus pies atados al alcance del periodista y de su improvisada sierra. Mientras el otro trabajaba, iluminó con la llama trémula a Beltrán, que parecía inconsciente de nuevo.

—¡Beltrán!, ¡eh!, ¡Beltrán!

—Le han dado una buena paliza —dijo Leary, sin cesar de cortar.

—Quiero saber cómo pretendía ayudar a...

—Déjelo descansar. Va a necesitar todas las energías que tenga cuando salgamos de aquí. Yo se lo explico; llevo unas cuantas horas aquí encerrado con él y me lo ha contado todo. La señora Coll de Sanmartí acudió a pedirle ayuda para recuperar el cuadro que le había pintado cuando fueron amantes en París, hace años.

—El que se llevó usted de la habitación secreta de Calafell.

—Calafell se había hecho con la pintura y la utilizaba para extorsionarla, para conseguir la mano de Rosa. Beltrán aún mantenía algunos contactos en círculos de anarquistas, de sus tiempos más jóvenes.

Byron se frotó las muñecas liberadas. La soga le había causado pequeñas heridas de roce. Señaló con la cabeza hacia arriba.

—Esos dos animales de ahí fuera.

—Sí. Les convenció para que le ayudaran a entrar en la casa de Calafell, con la excusa de que allí encontrarían objetos de valor, pero no fueron tan hábiles como usted y yo... Je, ya está.

Las sogas de los pies de Byron cayeron. Estiró las piernas y las flexionó para recuperar la sensibilidad. Iba a necesitarlas en plena forma para escapar cuando tuvieran oportunidad.

—Al conocer la noticia del fallecimiento de Calafell —continuó Leary—, Beltrán dedujo que habrían sido esos dos y vino a plantarles cara, pero ellos le sacudieron de lo lindo y le encerraron aquí. Después, uno de los genios regresó a la casa de Calafell.

—Y se encontró con nosotros.

—Exacto.

—¿Y usted, Leary?

—Aquella noche, cuando nos separamos, al perseguirle caí en una trampa. Su compañero me emboscó y...

—Tengo entendido que son hermanos.

—¿En serio? Pues se parecen como un huevo a una castaña… En fin, el tipo me sacudió un buen golpe en la cabeza. Me registraron y encontraron el cuadro. Me dieron una tunda para que les explicara de dónde había salido. Lo cierto es que llegué a temer por mi vida, así que les conté lo del cuarto secreto, aunque no les dije cómo accedí a él.

—Muy bien hecho.

—Les expliqué que había que ejecutar una clave muy complicada, una que solo el gran detective Byron Mitchell sabía realizar. Supongo que por eso le han traído a usted aquí.

—Vaya. Pues muchas gracias.

Leary se disculpó con una mueca.

—Fue la única manera que se me ocurrió para ganar tiempo. Además, ahora que somos tres, tendremos más posibilidades de escapar.

La llamita del fósforo quemó los dedos de Byron. Maldijo y la agitó para apagarla.

—Mierda —dijo Leary—. Si no le parece mal, reservaré el último por el momento.

Byron asintió a nadie en la oscuridad. Esperaron quietos unos segundos, para que sus ojos se habituaran a la escasa claridad que provenía del cuadrado de luz que enmarcaba la trampilla superior. Cuando pudo adivinar, más o menos, los contornos, Byron alcanzó una pared lateral de madera y empujó con fuerza. El tablón ni se inmutó.

—¿Hay alguna manera de atravesar estas paredes?

—No, son sólidas. Ya las he revisado todas.

—¿Entonces…?

—Ahora que cuento con su ayuda, intentaremos sorprenderlos.

—¿Y Beltrán?

—En su estado no nos va a ser de mucha ayuda. Debemos sacarlo de aquí y llevarlo a un médico cuanto antes.

La puerta de la habitación sobre sus cabezas se abrió y los pasos caminaron allá arriba. Alcanzaron la trampilla y empezaron a trastear en el candado.

—Y sea lo que sea, tenemos que hacerlo ahora. ¡Rápido! —En las sombras, Leary recogió algo del suelo—. ¡Ayúdeme!

Por el tacto, era algún tipo de tela gruesa. ¿El fragmento de una vela de barca? Formaba un pesado rollo de más de un metro de largo. Venía envuelto en otra tela más fina.

—Leary, ¿le ha puesto una chaqueta a este trozo de lona?

—Sí, ayúdeme —ordenó en un susurro.

La arrastraron junto a Beltrán y apoyaron al pintor contra ella. Byron se colocó al otro lado del bulto y le pasó el brazo por encima, por el falso hombro de su compañero simulado. Sacudió al pintor para hacerlo reaccionar. Este abrió los ojos y Byron le habló bajo:

—Ánimo, Beltrán. Vamos a salir de aquí. —La trampilla se abrió y la luz iluminó los peldaños superiores. Byron terminó en un susurro—. Pero tiene que estar preparado ya.

El pintor asintió con pesadez. Leary se arrastró por las sombras, en silencio y con sorprendente agilidad, para colocarse junto a los pies de la escalera. Byron, Beltrán y el bulto inanimado quedaron apoyados contra la pared del fondo, a la vista de cualquiera que llegara desde arriba.

Los dos tipos todavía discutían al pie de la trampilla. Uno mandó callar al otro y descendió en primer lugar. La culata desnuda de una pistola reflejó la luz de arriba en su cinto. ¿El hermano también iría armado?

Llegaban al antepenúltimo peldaño cuando Leary, desde la parte posterior de la escalera, agarró la pierna del segundo. Al trabarlo, aquel cayó sobre el primero y los dos rodaron por los escalones de madera hasta hincar los morros en el suelo de tierra.

Byron agarró a Beltrán por las axilas y lo alzó a la fuerza:

—¡Suba las escaleras! —gritó—. ¡Rápido!

Le empujó en aquella dirección. Byron atacó al primero de los tipos que se puso en pie, antes de que echara el guante a Beltrán. Leary cayó encima del segundo. El pintor trastabilló hasta llegar a la escalera y, a cuatro patas, inició un penoso ascenso.

Byron aterrizó sobre las espaldas de su objetivo y, con todo su peso, lo aplastó contra el suelo. Allí subido, reconoció el cogote pelirrojo. En la penumbra había ido a escoger al más grande de los dos. Menuda mier…

El tipo hizo fuerza con sus brazos y los levantó a los dos del suelo. Byron quedó encabalgado a las espaldas de aquel mastodonte, se agarró a su cuello con una mano y le tapó con la otra los ojos y la nariz. El tipo se volteó en un intento de librarse del jinete, pero Byron le atrapó la cintura con las piernas y los dos cayeron hacia atrás. Por su lado pasaron Leary y el otro energúmeno; cada uno atenazaba con las manos el cuello del enemigo.

La espalda de Byron golpeó el suelo y el peso de su rival le dejó sin respiración. Un codazo repentino en las costillas aumentó su ahogo. El matón se libró de él y volvió el cuerpo para encararlo. Byron quiso incorporarse, pero una manaza le agarró por el cuello y le retuvo contra el suelo. Por detrás de las espaldas del animal, Leary pasó volando y al momento el segundo matón se lanzó en pos del periodista.

El rival de Byron levantó el puño y lo bajó como un pistón. Byron esquivó el golpe por muy poco. La mano se incrustó en la tierra del suelo y el pelirrojo gimió de dolor. Byron le metió dos dedos en los ojos y se escabulló de debajo mientras su rival gimoteaba. Se puso en pie a tiempo de ver caer al rival de Leary, de espaldas, en la dirección contraria a la que llevaba unos segundos antes.

La mano de Leary le agarró la manga y Byron alzó el puño en su dirección por pura reacción de su sangre alterada.

—¡Corra! —ordenó Leary.

Salió en dirección a la escalera y Byron trepó tras él. Un disparo alcanzó al escalón bajo sus pies. Byron redobló la velocidad.

VIII

Byron arribó al final de la escalerilla y cerró la trampilla de un golpetazo. Antes de que atinara a colocar el candado, un balazo astilló la madera y no le acertó por bien poco. Byron reculó en el suelo. Las fuertes manos de Leary engancharon sus axilas y lo alzaron a pulso.

Habían salido a una habitación sencilla, mal iluminada por una lámpara de petróleo sobre una mesa de madera. Beltrán trastabillaba sus pasos en dirección a la puerta de huida. Byron pasó el brazo del pintor sobre sus hombros. En la mesa junto a la lámpara había un revólver con cuatro balas en pie sobre el tablero.

—¡Leary! —gritó, y señaló el arma.

El ruido de los escalones de madera pisoteados atronó desde el subterráneo. Leary cogió la pistola. La trampilla se abrió de golpe y la cabeza pelirroja asomó. Leary apuntó. El tipo desapareció al instante. La pistola solo disparó un clic descargado. Por el estruendo y la maldición gritada, el matón había saltado escaleras abajo.

—¡Vámonos! —ordenó Byron.

Leary recogió las balas sueltas y se las guardó en el bolsillo.

Con Beltrán a lomos de sus dos porteadores, salieron a una callejuela, en alguna zona pobre de la ciudad. De nuevo olía a salitre. Leary decidió qué camino tomar. Al girar por la siguiente calle, aparecieron ante una estructura enorme, con paredes circulares de más de diez metros de altura; lo que venía a ser una versión reducida del coliseo de Roma.

—Vaya… —murmuró Byron.

—¿Qué demonios…? —exclamó Leary.

—La reconozco —musitó Beltrán, asomando sin energía desde su desmayo—. Es El Torín, la plaza de toros de la Barceloneta.

Una gaviota nocturna los sobrevoló lanzando un graznido. Byron giró sobre sí mismo para otear la zona: almacenes y fábricas cerradas en aquellas horas nocturnas. Más allá, en la dirección desde la que se oían las olas del mar, estrechos bloques de viviendas.

—Por allí —sugirió—. Llamaremos a las puertas hasta que alguien nos abra.

—Dudo mucho que nadie abra su puerta a tres desconocidos a estas horas de la noche —dijo Leary.

Colgado entre ellos dos, Beltrán negó despacio con la cabeza.

—En la otra dirección… Más allá de la plaza llegaremos a un puente sobre la playa de vías de la estación de Francia. Al otro lado, si conseguimos cruzarlo, está el parque de la Ciudadela.

—Bien pensado. —Leary tiró de sus compañeros y el trío se puso en marcha—. Seguro que encontraremos algún municipal.

—Aunque no sea así —dijo Byron—, al menos estaremos más cerca del edificio de jefatura.

Rodearon la plaza en dirección a una inmensa fábrica cerrada construida en ladrillo gris. El letrero en su parte superior rezaba «A. Pfeiffer. Motores a gas».

Sonó un disparo y los tres agacharon la cabeza, sin detener su avance. Los pasos de sus perseguidores resonaron a la carrera desde los alrededores de la plaza de toros. Buscaron refugio tras la siguiente esquina, en la primera de la media docena de arcadas que jalonaban la planta baja del edificio de la factoría. Byron asomó el rostro para escudriñar la oscuridad nocturna. Otra bala golpeó la esquina ante sus narices. Leary tiró del faldón de su chaqueta para que se escondiera.

—¡Tenga cuidado!; están muy cerca.

La luz de una farola proyectó la sombra aumentada de uno de sus perseguidores contra el lateral de la plaza. La figura se desplazaba con su pistola perpendicular a la cintura. Hizo un gesto, como de empujar su arma, y el balazo se perdió sin alcanzarlos.

Leary sacó del bolsillo el revólver hurtado a sus secuestradores. Abrió el tambor, cogió las cuatro balas y cargó el arma.

—¿Sabe disparar eso? —preguntó Byron.

Leary colocó el tambor en su sitio de una sacudida.

—En mi país todos sabemos disparar.

Una sombra cruzó veloz al otro lado de la calle y Leary abrió fuego. El eco se apagó, sin resultado. Leary alzó el revólver de nuevo. Byron le bajó la mano:

—No malgaste las pocas balas que tenemos —susurró—. Su disparo le hará pensárselo un poco antes de perseguirnos. Beltrán, ¿estamos muy lejos de ese puente sobre las vías? ¡Beltrán!

Byron tuvo que cogerle la mandíbula y darle una sacudida para que abriera los ojos.

—¡El puente! —insistió.

—Sí… —musitó el pintor—. Debemos rodear la fábrica.

El edificio dibujaba una ele. El camino más rápido cruzaba en diagonal por la explanada anterior a la línea de arcos, que finalizaba en una fila de árboles. Justo detrás de ellos, tras una alta valla metálica, se veían las vías del ferrocarril.

Leary le leyó la idea en la mirada:

—No podemos cruzar ese descampado. —Revólver en mano, alternaba rápidos vistazos hacia las sombras a su espalda y al despejado camino por delante—. Nos cazarían como a patos de feria.

—Beltrán, ¿puede seguir? —Byron volvió a agitarle el rostro. El pintor parpadeó un par de veces y centró la mirada. Asintió, aunque se le veía mareado—. Seguiremos por debajo de las arcadas,

¿de acuerdo? —Byron dibujó el recorrido en ele con el dedo en el aire.

Leary asintió. Byron cargó con Beltrán y avanzaron a la segunda arcada; luego a la tercera. Fueron pasando de una a otra mientras Leary se mantenía en la anterior, apuntando con el revólver a la retaguardia. Recorrieron el extremo largo de la ele sin que nadie les volviera a disparar. ¿Habían abandonado la presa sus perseguidores?

Byron paró a coger aire, y él y Beltrán clavaron rodilla al suelo. Leary les alcanzó al instante. Con los ojos achinados escudriñaba el camino que habían recorrido y lo que quedaba para dar la vuelta al edificio.

—Creo que hemos escapado —dijo—. Solo unos metros más y…

El disparo golpeó una columna del arco, a su derecha. Byron tiró al piso a Beltrán y lo cubrió con su cuerpo. Otro disparo dio en el suelo ante sus ojos, levantando tierra y polvo.

El pelirrojo corría enloquecido desde la arboleda, con su pistola en ristre. Tiró de nuevo. Byron cerró los ojos, encima de Beltrán. Escuchó dos disparos más, ahora iniciados desde algún lugar más arriba de su cabeza. Un tercero sonó lejano y, tras el cuarto, solo hubo silencio.

Abrió los ojos. Tanteó su cuerpo y luego el de Beltrán. Respiró hondo, aliviado. Miró a lo alto. Leary, en pie, mantenía el revólver erguido. Su rostro…

—¿Leary? ¿Está usted…? —Byron se alzó de un salto. Puso una mano sobre el hombro del periodista, que tenía la expresión alucinada fija al frente—. ¿Leary? —insistió—. ¿Le han dado?

El americano atinó a devolverle la mirada. Byron palpaba el torso de su compañero, con preocupación. El otro le apartó la mano.

—No —dijo—… Le he matado—. Señaló al centro de la explanada e hizo a Byron volverse.

El pelirrojo yacía desmadejado en el suelo. La pistola, a poca distancia de su mano derecha. La sangre brotaba del agujero que le había destrozado la cabeza.

—Dios —dijo Byron.

Leary seguía con el arma alzada y el gesto ausente. Byron le bajó el brazo y le dio una sacudida en los hombros. Leary reaccionó.

—Debemos irnos —dijo Byron.

—Quizá tendríamos que coger su arma. —Leary mostró el revólver—. No me quedan balas.

Byron se rascó el mentón. El cuerpo caído estaría a unos ocho o nueve metros. ¿Y si su compañero los vigilaba desde los árboles?

—No podemos arriesgarnos —decidió—. Vamos, Beltrán… ¡Un último esfuerzo!

Al torcer la esquina salieron a otra avenida arbolada, con el puente sobre las vías a la vista, a unos cien metros de distancia. La imperial escalinata de acceso, perpendicular al viaducto, les daba la espalda y aceleraron esperanzados para llegar a ella. A medio camino, se oyó el silbido mantenido de una locomotora que se estaría preparando para salir de la cercana estación de Francia.

Un grito desgarrador los sorprendió, superpuesto al sonido del tren. Provenía de la explanada donde habían abandonado el cadáver y al instante los pasos de una carrera desesperada sonaron hacia ellos.

—El hermano —dijo Leary, sin detenerse.

Byron no respondió. Alcanzaron el primer tramo de escalones de mármol y sillería. Un aguijonazo pinchó la pierna de Byron; confundido entre los ruidos del tren cercano percibió el eco del disparo.

Cayó y quedó de rodillas sobre el peldaño de piedra labrada. Agarró su pierna con ambas manos y notó la humedad de la sangre. Leary, aún en pie, con Beltrán apoyado en él, le miró alarmado:

—¿Está bien?

—Solo me ha rozado. ¡Saque a Beltrán de aquí!

—No le voy a dejar…

—¡Leary! Aléjelo, y vuelva luego a ayudarme. —Los pasos se acercaban a la carrera—. ¡Deprisa! —susurró Byron.

Leary obedeció. Tiró de Beltrán y lo llevó por los tres tramos cortos de escalones hasta la pasarela. Byron les siguió renqueando de su pierna herida. Leary y Beltrán continuaron puente adelante, por la amplia plataforma. El tren pasó en aquel momento por debajo de ellos, cubriéndolos con una nube grisácea de vapor y de humo. Eso le daba una oportunidad. Buscó refugio en el estribo del puente, entre el final de la escalera y el inicio de la plataforma, y se acuclilló al pie de la barandilla metálica. Aferró su pierna herida y aguantó la respiración. En condiciones normales, estaría vendido, a la vista de su perseguidor cuando él llegase allí, pero con aquel vapor…

Escuchó pasos, ahora precavidos, pisando los primeros escalones. Una sombra fantasmal se acercaba entre el humo, directo a él. Por la plataforma, Leary y Beltrán apenas habían puesto veinte o treinta metros de distancia y les faltaba un mundo para refugiarse al otro extremo.

El perseguidor moreno llegó a la plataforma con la pistola en la mano. Byron se encogió todo lo que pudo. Si le veía, estaba…

El tipo se giró en pos del ruido de las pisadas de Leary y Beltrán. Dio dos pasos hacia ellos y extendió el arma en su dirección. Byron gritó como una fiera salvaje y le saltó encima.

Derrumbó al matón y la pistola rodó por el suelo de la pasarela. Byron rodeó al caído y pateó el arma para alejarla. Leary arrastraba a Beltrán en busca de la salida opuesta del viaducto.

El matón tiró de la pierna de Byron y le hizo caer de bruces. Clavó sus dedos sobre la herida y un relámpago de dolor le debilitó. El tipo se arrastró sobre su espalda como un reptil, hasta alcanzar con sus manazas el cuello de Byron y apretar para estrangularlo. Byron le codeó en las costillas y la presión se alivió. El otro golpeó con la maza de sus puños en su espalda y le dejó sin aliento.

Byron se quedó paralizado. Boqueaba como pez fuera del agua, pero el moreno no le dio tiempo. Le giró con violencia en el suelo y lanzó un puñetazo contra sus costillas. Byron se dobló y sonó como un fuelle atascado. Tras el golpe, el matón se apartó lo suficiente como para que Byron pudiera levantar la pierna aprisionada. Su rodilla impactó en los testículos del enemigo, que gimió y se llevó allí las manos. Rodó hacia un lado y Byron, libre, se arrastró en busca de la pistola. No alcanzó a ver a Leary y Beltrán en el puente.

Byron cogió la culata de la pistola. La manaza del enemigo agarró su pie y estiró de él. Byron se dio de morros contra el suelo de celosía. El matón, de nuevo, reptó sobre su espalda e inmovilizó el brazo armado de Byron. Su peso lo chafaba contra el suelo y le dejaba sin respiración. Cedió y soltó el arma. La presión del otro se retiró y Byron pudo separar el rostro de la madera, respirar al fin. Reculó hasta sentarse, absorbiendo el aire con urgencia. Oyó un clic. Abrió los ojos. En pie, delante de él, el matón apuntaba la pistola. No había un ápice de piedad en su rostro.

—Esto por mi hermano, cabrón.

Byron cerró los ojos.

Padre nuestro que… ¿Cómo seguía? ¿Le esperaría al otro lado, el Gran Detective? Menuda bronca le iba a…

Estalló el disparo. Oyó un cuerpo caer. Abrió los ojos. El matón se había derrumbado a sus pies. La sangre de su cabeza se desparramaba sobre el suelo del puente. Byron se puso en pie de un salto. Dos hombres llegaban corriendo por la pasarela.

—¡No se mueva! ¡No se mueva! —gritaron al unísono.

Uno, el civil, amenazaba a Byron con su pistola. El otro, en uniforme de guardia municipal, aferraba su sable desenvainado.

—¡No se mueva! —repitió el civil, policía de paisano con toda probabilidad.

Byron se dejó caer, sentado, sobre el suelo de la pasarela. Alzó las manos. Le dolían mucho más los golpes en el cuerpo y en el cuello que la herida en la pierna. Un súbito mareo le obligó a apoyar la cabeza entre las rodillas.

—No se preocupen —dijo—. No podría moverme aunque quisiera.

Lunes, 28 de octubre de 1901

I

Las doce campanadas de la medianoche sonaron desde alguna iglesia en el interior del cercano parque de la Ciudadela. Byron, con las manos pegadas una a la otra, suplicaba al agente municipal.

—Por favor, se lo ruego, ¿puede usted contactar con el inspector Alfredo Martín?

Era la tercera vez que lo solicitaba a un tercer oficial distinto y la tercera vez que ignoraban su petición. No solo eso, además el policía cogió sus muñecas, separó las manos suplicantes y las esposó.

El oficial, de mala manera, se lo llevó más allá del extremo de la pasarela. Leary, escoltado por otro hombre de uniforme, le saludó en la distancia, aliviado. Un tercer agente atendía a Beltrán, cuya expresión continuaba en otro mundo, aunque al menos se mantenía por su propio pie.

Byron pidió hablar con sus compañeros de peripecia. El policía que tenía delante se le rio en la cara y a empellones lo subió a un carretón policial cerrado. El que vestía de civil, y que le había salvado la vida al disparar contra el matón moreno, se sentó a su lado y el uniformado subió al pescante. El coche se puso en marcha. Byron insistió al agente:

—Por favor, resulta imperioso que hable con el inspector Alfredo Martín. Él se encarga del caso relacionado con este incidente.

El policía, con cara de malas pulgas, mantuvo mirada al frente y le ignoró como si no entendiera en qué lengua le hablaba. Byron no iba a sacar nada de aquel y optó por quedar en silencio. Su acompañante tampoco dijo nada más. Cuando el vehículo se detuvo, tras el corto trayecto, abrió la portezuela, bajó y le conminó, autoritario, a seguirle sin chistar.

Habían parado en la puerta de la jefatura de policía. Al menos allí sí podría hablar con Martín, siempre y cuando el comisario Galván no se inmiscuyera en el asunto. Un escalofrío heló el cogote de Byron.

Los dos policías lo escoltaron hasta la entrada, ante la mirada curiosa del oficial que vigilaba la puerta. Pararon frente al sargento en el mostrador de registro de detenidos.

—Byron Mitchell —anunció el policía que lo traía detenido. El tipo sabía bien a quién llevaba entre manos.

El sargento abrió su pesado libro de registro y anotó varias líneas. A continuación, con una sonrisita de superioridad, le indicó el número del calabozo que le había tocado en suerte. Byron protestó, pero un seco empellón del civil le dejó claro que lo mejor era obedecer. Registraron pantalones y chaqueta para tomar posesión de sus pertenencias: un reloj de bolsillo, algo de dinero y un par de papeles. Byron, que había olvidado los dos telegramas de Cuba, maldijo en silencio.

Le quitaron la chaqueta y los zapatos y le encerraron en una celdita de barrotes oxidados y suelo cubierto de paja que olía a orines y excrementos. Al menos no disfrutaba de compañeros de estancia. Lo intentó, una vez más, con el policía tras los barrotes:

—Por favor, ¿podría localizar al inspector Alfredo Martín? Es muy...

El oficial se rio en su cara y se largó. Byron quedó a su suerte en aquel sótano maloliente apenas alumbrado por una lámpara de aceite sobre el escritorio vacío del vigilante de las celdas.

Buscó la parte que parecía estar menos sucia del suelo y formó una montaña de la paja más fresca. Se sentó allí. Por desgracia, no podía hacer más que esperar.

Sin reloj, sin referencias al exterior y al amanecer que debía estar desplegándose más allá de los muros de jefatura, perdió la noción del tiempo. ¿Cuántas horas llevaba allí metido? ¿Siete? ¿Ocho? Podría ser que incluso más.

Los pasos le alertaron, una comitiva se aproximaba. El primero en aparecer a su vista fue el policía de uniforme que había cerrado los barrotes. El segundo, el inspector Alfredo Martín.

Byron se puso en pie, aliviado.

—Inspector…

El tercero era el comisario Honorio Galván. A Byron le congeló el jarro de agua fría.

Galván, en cambio, infló su pecho de pavo y rio por lo bajo mientras se acariciaba el mentón con dos dedos. Lo miró, triunfador, de arriba abajo:

—Llévenlo a mi despacho —ordenó.

Se marchó por donde había venido. El inspector Martín mantenía los ojos fijos en el suelo.

—Inspector… —dijo Byron.

Martín alzó la mirada y no hizo falta decir más. El disgusto en su rostro resultaba evidente. Byron calló y Martín se marchó en pos de su jefe.

El uniformado se lo tomó con calma. En lugar de abrir la celda, desapareció escaleras arriba y tardó sus buenos minutos en regresar. Para cuando lo hizo, Byron se había aposentado de nuevo en su trono de paja.

—Arriba —dijo el policía mientras metía la llave en la cerradura.

Sin ponerle las esposas, lo escoltó a la primera planta, donde volvió a ser objeto de escrutinio por parte de todos los miembros de jefatura, y luego más arriba, hasta el pasillo que daba al despacho de Galván.

El policía picó a la puerta y, a la orden de «adelante», la abrió y le conminó a entrar.

Galván esperaba sentado en su butacón, delante de la ventana que daba al paseo de Isabel II. Martín estaba sentado en la silla, ante la mesa, el cuerpo girado para recibir a Byron. Seguía serio y con aire enfadado. Al contrario que en su primera visita a aquel despacho, tres días antes, ahora fue Byron el que se tuvo que quedar en pie.

Exageró un poco la cojera al avanzar al interior, para ver si suscitaba algo de lástima. El uniformado cerró la puerta tras él.

La sonrisa de Galván se amplió. El enfado en el rostro de Martín se suavizó al ver la manchita de sangre en su pernera.

—¿Se encuentra bien, Mitchell? —preguntó. Giró hacia la mesa—. Señor, ¿no deberíamos llamar a un médico?

El comisario aleteó una mano:

—Es solo un rasguño; ya se lo han revisado los agentes que lo han detenido.

—La bala apenas me rozó —dijo Byron—. No se preocupe, inspector.

Martín forzó un endurecimiento en su gesto. Pretendía dejar claro que seguía molesto.

—Bien, señores —dijo Byron—... Supongo que querrán que les explique lo sucedido esta noche.

Galván alzó un dedo para detener su explicación. La sonrisa petulante no le cabía en el rostro. Abrió un cajón de su escritorio y sacó dos papeles que extendió sobre la mesa. Eran los telegramas de Cuba.

Pues vaya mierda.

Byron mantuvo la falsa apariencia de calma.

—¿Por casualidad no habrán encontrado también mi cartera?

Martín rebuscó en un bolsillo de su chaqueta y se la entregó, muy serio. Byron la ojeó: su documentación, sí; el dinero, no.

—Había aquí unos billetes…

—Uno de los dos muertos —Galván le interrumpió— tenía un fajo de billetes de banco en su chaqueta, pero antes de decidir qué hacer con ellos deberemos aclarar su procedencia.

—Por supuesto —dijo Byron; luego se quedó en silencio.

Martín no abrió la boca, aunque se le olía a distancia la necesidad de recibir explicaciones. Galván lo miró unos instantes, con aquel repelente aire suyo de victoria. Después dio dos toques sobre los papeles desplegados encima de su escritorio.

—¿Y bien? —dijo—, ¿no va a comentarme nada de esto? ¿Ninguna curiosa explicación divertida del gran detective Byron Mitchell?

Byron mantuvo la mirada al frente, en los ojos de Galván, bien alejada de los telegramas.

—Que sepa usted —siguió el comisario— que el inspector Martín se siente muy decepcionado con su proceder, y eso que yo ya le avisé.

Martín se removió incómodo. Byron no se atrevió a mirarle. El comisario Galván, en cambio, estaba disfrutando de lo lindo:

—Como yo sospechaba, usted es más fiel a su jefe, el señor Rius, que a todas esas tonterías sobre —agitó las manos con aspavientos exagerados— «la verdad y la justicia».

—¿De verdad cree usted —dijo Byron— que esos papeles tienen algo que ver con la muerte de Calafell? Los usara para lo que los usara, sospecho que perdieron su poder hace años.

Galván acercó su pesado corpachón por encima del escritorio:

—Los usó para chantajear a Rius. Eso es evidente para cualquiera, no hace falta ser un «gran detective» para verlo. Así consiguió que Rius le avalase ante el colegio de abogados de Barcelona. ¿Continuó haciéndole chantaje todos estos años y al final Rius se hartó y le dio pasaporte? También es posible. —Galván se recostó de regreso a su butacón—. Aunque, dados los acontecimientos de las últimas horas, ese tiroteo con los dos muertos anarquistas, más cierta pintura robada que hemos hallado en su choza y lo que nos han explicado el tal Beltrán y ese periodista americano… Yo me inclino a pensar que ya tenemos bien muertos a los dos únicos culpables de esta desgracia.

—Dos delincuentes anarquistas… ¿Esa será su resolución para este caso?

—Al gobernador le convence. Es más, lleva tiempo presionando a Madrid para que el gobierno instale en Barcelona algunas unidades del Cuerpo General de Policía, y hechos como estos le ayudarán sin duda. ¿Sabe que me ha felicitado él mismo en persona?

—No sabe usted cuánto me alegro. ¿Quiere todo esto decir que no va a aprovechar —Byron señaló a los telegramas sobre la mesa— las pruebas de que Rius traicionó a su antiguo socio en Cuba, para así poder desacreditarle? Me cuesta creerlo.

—Pues créaselo. El señor Rius, el gobernador y yo mismo hemos mantenido una conversación muy interesante. Tras ella, estamos convencidos de que lo mejor que podemos hacer todos por esta querida ciudad nuestra es dejar a un lado las diferencias que nos mantienen enfrentados. Ha quedado muy claro que el principal problema para el desarrollo son esos delincuentes anarquistas que meten ideas revolucionarias en las cabezas simples de las buenas gentes obreras. Vamos a potenciar las investigaciones y estiraremos del hilo de esos dos —consultó un papel sobre su mesa—, Jaime y Manuel Montornés, para echar el guante a sus asociados conocidos que, a buen seguro, estaban implicados de una manera u otra en todo este asunto. No podemos consentir que unos vulgares delincuentes asesinen a tan ilustre ciudadano y se salgan con la suya.

Estaba bien claro. Entre unos y otros lo iban a dejar todo atado y bien atado. Además, aprovecharían para hacer una de sus ocasionales limpiezas de «elementos conflictivos», que se llevaría por delante tanto a los directamente relacionados con los hermanos

Montornés como a cualquier sujeto molesto al que pudieran aprovechar para meter en el mismo saco. Galván, Rius y el gobernador habrían firmado un pacto a tres bandas que les dejara a todos satisfechos. Seguro que Rius, atrapado por los telegramas, se habría visto obligado a agachar un poco la cabeza, pero, al final, las diferencias políticas y de bandera entre los ricos y poderosos terminaban desapareciendo en cuanto les tocaban el bolsillo o veían peligrar sus posiciones privilegiadas. Qué asco de gentuza.

—¿Tiene usted algo que decir, señor Mitchell? —preguntó Galván—. Leo en su rostro que no está muy conforme.

—Si no quieren nada más de mí, ¿puedo irme a casa?

—No lo sé, señor Mitchell. Ha llevado su investigación de una manera muy poco acorde con la fama que tiene en todo el continente. Me pregunto si no debería ordenar que investigaran sus procedimientos durante los meses que ha permanecido en nuestra ciudad. No es nada personal, pero como le digo, queremos bien limpia Barcelona.

Galván calló y mantuvo aquella sonrisita suya de ganador. Byron sabía que debía bajar la cabeza, pero le aguantó la mirada. Le ardían las venas y estaba dispuesto a inmolarse allí mismo si el jodido comisario volvía a…

—Puede usted marcharse —dijo Galván, agitando una mano displicente—. Aunque debería pensarse bien si le conviene quedarse en este país.

Le hizo un gesto indescifrable a Martín y se volvió hacia la ventana como quien ignora a algún criado molesto.

Byron abandonó el despacho y caminó pasillo adelante. Oía los pasos de Martín a su espalda.

—¿Qué le parece que su jefe y sus amigos políticos manejen esta situación a su antojo? ¿Está usted de acuerdo con la resolución que han planteado?

—Me mintió usted, señor Mitchell. Se guardó información que comprometía claramente a su empleador. No creo que usted esté en condiciones de protestar sobre el comportamiento de nadie.

Al final del pasillo esperaba un guardia uniformado. Antes de alcanzarlo, Byron se dio la vuelta:

—Mire, inspector Martín...

—Adiós, señor Mitchell —cortó Martín, tajante. Habló al uniformado—: Por favor, haga que le entreguen al señor Mitchell sus pertenencias requisadas. Después acompáñelo fuera del edificio.

Dedicó una última mirada enfadada a Byron, se volvió y se marchó por donde había venido.

II

En el mostrador de comisaría, Byron recuperó su chaqueta, su reloj y sus zapatos. El uniformado lo escoltó hasta la calle. Al otro lado del paseo de Isabel II, un jovenzuelo vendedor de periódicos cantaba a gritos los titulares de la edición de la mañana del *Diario de Barcelona*.

—¡Hallados los culpables de la muerte del abogado Ramón Calafell! ¡Dos anarquistas siembran el terror a tiros por las calles de Barcelona!

Sí que se habían apresurado los periodistas. Byron pagó los céntimos requeridos para adquirir un ejemplar. Comprobó su equivocación al suponer que se trataba de la edición matinal. En realidad era una tirada especial de apenas cuatro páginas dedicada al escándalo desatado la madrugada anterior. Mostraba una foto de uno de los anarquistas muertos, tirado en el suelo, de espaldas. Su cabeza sujeta de los pelos por un policía de uniforme, tal cual como el cazador orgulloso de una fiera salvaje.

El artículo dejaba bien claro el éxito en la investigación llevada a cabo por el comisario Honorio Galván bajo las órdenes directas del gobernador. No se mencionaba para nada la participación en el asunto de Byron Mitchell, lo cual era toda una suerte.

Otra columna explicaba, con todo lujo de detalles luctuosos, cómo los dos hermanos anarquistas Jaime y Manuel Montornés, en su intento de robar en la casa del conocido y apreciado abogado Ramón Calafell, habían ejecutado el horrendo crimen de su asesinato. En la tercera página, halló la mención a otro de los participantes conocidos en el drama: el pintor Aurelio Beltrán. Aquella colorida ficción explicaba cómo las dos bestias asesinas anarquistas habían secuestrado a un inocente artista relacionado con Calafell para sacarle información a golpes. Leyó la columna en diagonal hasta llegar a la firma: Joseph Leary. ¿Por ese motivo Leary había logrado salir tan rápido de jefatura? Debía de haber alcanzado algún tipo de acuerdo para difundir la versión oficial a cambio de que a él y a Beltrán los dejaran ir. Además, en ninguna hoja del diario se mencionaba el comprometido cuadro protagonizado por Aurora Coll de Sanmartí.

Consultó su reloj: las doce del mediodía ya pasadas. Era lunes y, tras las palabras del comisario y de todo lo sucedido la noche anterior, la cosa se estaba poniendo muy fea. Paró un coche de punto allí mismo y le ordenó que le llevara a la rambla de Santa Mónica.

—A la sede del Crédit Lyonnais, cochero.

Barcelona estaba ya en marcha a aquellas horas y tardaron sus buenos treinta y tantos minutos en llegar al destino. Byron se apresuró para entrar y ponerse a la cola de clientes. El mismo cajero que le había atendido cuatro días antes le reconoció y sonrió abiertamente.

—Buenos días, señor Mitchell. ¿En qué puedo ayudarle?

—Buenos días. —Byron mostró sus papeles—. Quisiera acceder a mi caja de seguridad.

Byron y el empleado repitieron la misma ceremonia del jueves anterior: bajaron en el estrecho ascensor a la cámara, el trabajador le guio hasta su caja, acercó una escalerilla de mano y se retiró con prudencia. Byron trepó, abrió, recogió la carpeta que le interesaba y la llevó a la sala privada. Una vez allí, se guardó en un bolsillo los documentos que buscaba.

Regresó a la planta superior en compañía del cajero y le indicó que quería realizar una operación con una letra de cambio cuya fecha de cobro ya había llegado. El empleado revisó la carta y asintió.

—Por supuesto, señor Mitchell. ¿Quiere ingresar el dinero en su cuenta?

—No, quiero retirarlo.

Una sombra de duda cruzó el rostro del cajero.

—Es una cantidad importante. Este asunto tiene que gestionarlo el director de la oficina. Debo hablar con él.

—Por supuesto.

El cajero se retiró con una leve reverencia. Byron tomó asiento en un banco, con paciencia. A los pocos minutos el empleado regresó en compañía del director. No hay como sacar una cantidad importante para que el señor director se digne a bajar a la planta con el resto de los mortales. Tras los preceptivos «Buenos días» y «¿Cómo está usted?», el director atacó directo al grano.

—Señor Mitchell, ¿va a trasladar usted su cuenta? ¿Está descontento con nosotros? —preguntó, con rostro preocupado.

Byron escenificó su mejor sonrisa amistosa:

—Estoy muy contento con el servicio de este banco, y de su oficina en concreto, pero debo emprender un viaje urgente para realizar ciertas gestiones económicas y, por ello, preciso el dinero en efectivo.

El director no parecía nada convencido. Byron puso todo su esfuerzo en confirmarle que no iba a cancelar su cuenta y en asegurarle que muy pronto realizaría un nuevo e importante ingreso.

Logró escapar de la oficina y del director con los billetes embutidos en los bolsillos laterales y también en los del interior de su chaqueta. Conocía un establecimiento cercano de venta de bolsos y maletas de viaje al que se acercó para adquirir un elegante y discreto maletín Gladstone. Antes de abandonar el comercio, buscó refugio en un escondido rincón del mismo para guardar el dinero en el maletín. Recuperó de su cartera el papel en el que un par de días antes había apuntado los horarios de los trenes a Francia. El de la mañana había partido unas horas antes, si bien aún podría tomar el de la tarde. Todavía tenía que preparar el equipaje y no se perdonaría marchar sin despedirse de Elisa, aunque suponía que debería mentirle y asegurarle que pensaba regresar.

Quizá no era una mentira, al fin y a al cabo, ¿no? Si podía mantener su tapadera de Byron Mitchell... Sacudió la cabeza. Ahora la mentira se la estaba contando a sí mismo.

Decidió que marcharía en el primer servicio de la mañana siguiente y, pasados unos días, ya vería si era seguro retornar o cambiar de nuevo de vida.

Regresó a casa en otro carruaje de alquiler. Ya en su piso, puso a buen recaudo el maletín Gladstone. Se hallaba recogiendo y plegando su ropa para guardarla en el baúl de viaje cuando llamaron a la puerta. Echó un vistazo a todas sus pertenencias, extendidas sin ton ni son sobre la cama y la butaca. Picaron de nuevo. Byron suspiró y acudió a abrir: era Enrique, el mayordomo.

—Señor Mitchell —saludó—, el señor Rius gustaría de hablar con usted.

Al normalmente hierático Enrique se le veía disgustado. Byron asintió, recogió su chaqueta y le acompañó. Bajaron al piso y Enrique le guio directo a la sala de recepción. Como Byron se estaba temiendo, esta vez no hubo pompa ni ceremonias previas. Rius estaba que echaba fuego y, aun así, fue capaz de contenerse hasta que Enrique, tras anunciar la presencia de Byron, se retiró.

—Maldita sea, Mitchell —bramó en cuanto el mayordomo salió del cuarto—. Le entregó usted los documentos al comisario, ¡los mismos que yo le había encargado que le ocultara!

—En realidad, usted nunca me aclaró de qué documentos se trataba.

—¡No se haga el tonto conmigo! Si el comisario o el gobernador los utilizan, si los hacen públicos, mis negocios con Aiguaviva estarán finiquitados.

—¡Usted traicionó a su amigo! —gritó Byron; lo había intentado, pero no podía morderse más la lengua.

—No sabe usted nada de nada. Eran tiempos muy difíciles. Sobrevivir en aquella isla rodeado de negros y de bandoleros que querían cortarte el cuello solo por llevar la civilización a unos salvajes que…

—Oh, ¡pobrecito señor Rius! Pero ¿de qué demonios se queja? El comisario Galván me ha dejado muy claro que usted y el gobernador han llegado a algún tipo de acuerdo.

—No sabe a lo que he tenido que renunciar.

—¿A qué? ¿A su dinero? ¿A sus propiedades? Permítame que lo dude. La gente de su calaña nunca renuncia a nada que le importe de verdad. Cambian de patrón, de líder al que seguir, de Iglesia o de causa que adorar, pero continúan en la cima, pisoteando a los demás, a los que sí pierden un poco más cada día por intentar sobrevivir bajo su asquerosa bota cubierta de mierda.

Rius estaba rojo, a punto de echar humo por las orejas.

—Señor Mitchell. Hoy es veintiocho de octubre. Tiene usted hasta el día treinta y uno del presente para buscarse otro alojamiento. No le quiero ver en mi casa ni un minuto más de lo necesario.

—No se preocupe, señor Rius. Mañana a primera hora abandonaré su querida casa. Yo tampoco quiero permanecer cerca de usted ni un segundo más.

Byron salió del despacho y casi se da de bruces con la señora Rius. La mujer bajó el rostro, incapaz de aguantarle la mirada.

—Supongo que ha escuchado mi conversación con su marido.

Anna Coll de Rius alzó el mentón, orgullosa.

—Señor, mi marido le ha pedido que salga usted de nuestra casa.

—Buenos días, señora —Byron pronunció las palabras con todo el desprecio posible.

No había vuelta atrás. Tenía que terminar la maleta y marcharse. Definitivamente, se había puesto a mal con los Rius y no había nada allí que le retuviera. Cruzó el vestíbulo donde esperaba Enrique. En silencio, Byron abrió la puerta de servicio que daba a la escalera de alquilados. Salió y frenó en seco, a punto de chocar contra Rosa Sanmartí y Joseph Leary, que descendían sofocados del piso superior. Los tres se miraron pasmados. Enrique se movió a espaldas de Byron. Rosa le vio y entró en tromba en el vestíbulo.

—¡Quiero ver a mi tío ahora mismo!

—Por favor, señorita Sanmartí… —Enrique gesticuló para pedir que bajara la voz.

Rosa avanzó y el mayordomo se vio obligado a ceder. Tras ella entró Leary, que hacía evidentes esfuerzos por calmarla.

—Mitchell —dijo Leary—. ¿Por fin le han dejado salir de jefatura? ¿Se encuentra bien?

—¿Qué sucede?

Rosa le miró, colorada, pero no acertó a explicarse. Enrique intentaba bloquear su paso sin llegar a tocarla. Ella lo esquivó en dirección al vestíbulo.

—Por favor, señorita Sanmartí… —repitió.

—Debo ver a mi tío —insistió Rosa—. Ahora mismo, por favor, Enrique.

—¡Qué son esas voces! —Rius llegó en tropel a la estancia, con su cojeante esposa detrás—. Mitchell, ¡le he dicho que se marche de mi casa!

—Eso intentaba —murmuró Byron. Leary le interrogó con la mirada. Byron negó con la cabeza.

Rosa se dirigió directa a Rius.

—Por favor, tío. Tengo que hablar con uno de tus realquilados, Aurelio Beltrán. Hemos subido a su buhardilla, pero no responde.

—No sé qué puedo tener que ver yo con ese caballero…

—¿Qué te sucede, Rosa? —Anna Coll de Rius acarició el rostro enrojecido de su sobrina. No debía estar tan cerca de ella desde hacía bastante tiempo—. ¿Has estado llorando?

—Tengo que hablar con el señor Beltrán, tía. —La voz se le quebró en un gemido y empezó a llorar desconsolada. La señora Rius la abrazó.

—¿Qué te sucede, mi niña?

—Es por su padre —intervino Leary. Habló a Byron—. Alguien de jefatura le ha informado del cuadro. Sabe lo de la antigua relación de la madre de Rosa con Beltrán.

La señora Rius apartó el rostro de su sobrina, sin dejar de acariciarla:

—¿Qué cuadro? ¿Qué relación? ¿De qué están hablando, querida?

—Hace años —dijo ella—, cuando mi madre se fugó a París, vivió allí con el señor Beltrán y él le pinto un cuadro. Un retrato…

—¿Un cuadro? —La señora Rius rio—. ¿Todo este alboroto por un cuadro? ¿Y qué puede tener ese cuadro…? —Se dio cuenta de la mirada de los hombres de la sala y calló—. Oh. Comprendo.

—Un policía le ha mostrado el cuadro a mi padre y él se ha enfadado mucho. Ha… ha abofeteado a mi madre y se ha marchado como un loco de casa.

—Ha dicho —intervino Leary— que se encargaría de ajustar cuentas con Beltrán.

—Pero, hija —dijo la señora Rius—, si el señor Beltrán no se encuentra en su piso, no sé muy bien qué podemos hacer nosotros… —Miró a su marido, que apartó el rostro—. ¿Bartomeu?

Bartomeu Rius no parecía dispuesto a confesar, pero las miradas inquisitivas de todos los presentes, Enrique incluido, le obligaron a hacerlo.

—Sí, sí. Han estado aquí.

Rosa se apartó de su tía.

—¿El señor Beltrán? ¿Ha hablado con usted, tío? ¿Sabe dónde…?

—Le he hecho llamar, a Beltrán. Esta mañana no se habla en toda la ciudad de otra cosa que de ese escándalo. El crimen de Calafell y la relación entre tu madre y ese hombre.

—¡Mi madre y él no mantienen ninguna relación desde hace años! ¡Ella me lo ha jurado!

Leary le puso una mano en el hombro. Rosa gesticuló para apartarse de él.

—Sea como sea —siguió Rius—, no puedo permitir que un escándalo así se asocie con mi casa. Le he pedido al señor Beltrán que abandone su piso inmediatamente. Estaba dejándole clara la situación cuando ha llegado tu padre.

—¿El señor Sanmartí ha venido aquí? —preguntó Byron. Rius le miró con desprecio y habló a Rosa.

—Ha entrado en la portería gritando como un loco. Con muy buen criterio, Enrique le ha hecho pasar para que no diera un espectáculo. Entonces ha visto a Beltrán y ha querido atacarlo. Entre Enrique y yo hemos logrado separarlos. Como es normal, tu padre quería resarcir su honor, pero he conseguido hacerle ver que una pelea en mi casa no era la mejor manera de hacerlo.

—¿Y cuál es la mejor manera, señor Rius? —preguntó Byron.

—Señor Mitchell, creo que le he dejado bien claro que ya no es usted bienvenido en esta casa.

—Por favor, tío. Si sabe usted algo más…

Rius evitó mirarla a los ojos.

—Yo no puedo hablar más, no es asunto mío. No me corresponde…

—¡Por favor! —suplicó Rosa, con lágrimas en los ojos.

La señora Rius tomó del brazo a su marido.

—Bartomeu, si sabes algo.

—Mujer, no te metas.

—Sí me meto. Mira a Rosa —alzó la voz—, mira a mi sobrina. Está preocupada por su padre. Si tú sabes algo, por favor te lo pido, díselo.

Rius meneó la cabeza y se apartó de su mujer.

—¡Está bien! —habló a Rosa—. Cuando tu padre le ha reclamado una explicación, ese pintorzuelo se ha puesto todo orgulloso y ha asegurado que sigue enamorado de tu madre. Tu padre le ha exigido una compensación. —Hizo una pausa, apartó el rostro—. Han acordado que sería en el gimnasio Solé y los dos se han marchado juntos hacia allí.

—¿Una compensación? —Rosa miró a uno y a otros.

Leary cogió del brazo a Byron:

—¿Eso podría pasar? —le preguntó—. Creía que en este país...

—¿Qué podría pasar? —dijo Rosa—. ¿De qué estáis hablando?

Se acercó a Byron, con expresión suplicante. Ella le cogió la mano y la soltó al momento, consciente de lo inapropiado del gesto.

Byron tuvo que decírselo:

—De un duelo. Creo que tu padre ha retado a Beltrán a un duelo.

III

Byron, Leary y Rosa abandonaron a toda prisa la casa de los Rius. En la misma acera del paseo de Gracia, una elegante pareja de edad avanzada hacía señas a un coche de punto. En cuanto este se detuvo, Byron los adelantó por la derecha.

—Disculpen, se trata de una emergencia.

Hizo señas urgentes para que Rosa y Leary subieran al carruaje. Saludó con el sombrero a los dos ancianos, incapaces de reaccionar al vendaval que los había arrollado, subió y cerró de un portazo.

Leary y Rosa se habían sentado uno junto al otro, de espaldas al cochero. Byron aterrizó enfrente. Leary giró la cabeza para gritar la orden:

—Al Gimnasio Solé, en la calle Montjuic del Carmen. ¡Aprisa!

Le pasó una propina por debajo de la capota. El hombre la recogió y azuzó a sus animales. El vehículo se puso en marcha. Rosa estaba pálida. Murmuraba algún rezo ininteligible y Leary le cogió la mano. Ella cruzó la mirada con Byron y él intentó mandarle un silencioso gesto tranquilizador.

Por la hora, en los alrededores de la plaza de Cataluña circulaba un tráfico intenso de carros y carromatos, y el vehículo frenaba, aceleraba, paraba y volvía a arrancar, entre «sooos» y «aarrees» del conductor. Tras un requiebro vertiginoso, adelantaron un carro cargado de verduras, cuyo propietario se acordó de las madres, abuelas y antepasados de todos los presentes. Tomaron Ramblas abajo y al poco, sobrepasada la de los Estudios, torcieron a la derecha.

El Gimnasio Solé se hallaba en los bajos de un edificio de piedra blanca y planta cuadrada. Con el vehículo aún en marcha, Rosa abrió la puerta. A una orden del cochero, los caballos se pararon, dando aún tirones tensos. Rosa saltó afuera. Leary la siguió con la vista, indeciso. Miró hacia el conductor y luego al tercer pasajero. Byron le apremió a que descendiera.

—Yo me ocupo aquí.

El periodista corrió en pos de su prometida. Byron pagó y bajó. La pareja había desaparecido tras la entrada, bajo el rótulo que rezaba «Gimnasio Solé. Tiro. Esgrima. Baños. Duchas».

Byron accedió al vestíbulo y se encontró con Rosa y Leary, que discutían con un estirado gerente uniformado.

—Lo siento mucho, caballero —el tipo hablaba con Leary, como si ella no estuviera presente—, pero una dama no puede acceder al interior del gimnasio.

—Quiero ver a mi padre, el señor Sanmartí, ¡es muy urgente!

—Escúcheme, señor —dijo Leary—, si no nos permite la entrada...

Byron llegó hasta ellos y, de un empujón, mandó al gerente con el culo al suelo.

—Vamos —ordenó.

Rosa, con los ojos muy abiertos, y Leary, con expresión burlona, lo siguieron pasillo adelante. Cruzaron una doble puerta para alcanzar una sala poblada de sudorosos caballeros bigotudos que se ejercitaban con pesas, mancuernas y peras de boxeo, ataviados con ridículos trajes de deporte ajustados.

Un rumor escandalizado los rodeó mientras avanzaban en pos de la siguiente sala, que resultó ser gemela de la anterior. Un moreno forzudo se plantó en su camino.

—¡Caballeros! Esa señorita no puede entrar aquí.

—¿Dónde está la sala de armas? —preguntó Byron.

—Señor, no me gustan sus formas. Voy a tener que pedirle.

—Váyase a la mierda.

Byron lo superó y el otro le agarró por la solapa e intentó apresarle. Byron no estaba para tonterías y le arreó un rodillazo en la entrepierna. Rosa abrió la boca en una O y Leary se encogió de dolor empático. El tipo cayó al suelo resoplando, con las manos sobre sus genitales.

—¿Dónde —repitió, despacito, Byron— está la sala de armas?

El hombrón caído estiró un brazo y señaló una puerta, al fondo a la izquierda.

Byron, Leary y Rosa aceleraron hasta la puerta. Al abrirla, estalló un disparo. Rosa gritó. Byron y Leary entraron en tromba.

El rostro sudado del señor Sanmartí se volvió hacia ellos. En su mano humeaba una anticuada pistola de chispa. A siete metros, caído en el suelo en un charco de sangre, el pintor Aurelio Beltrán gemía herido de gravedad. Dos hombres, los padrinos del duelo, permanecían en pie sin saber qué hacer.

—Hemos llegado tarde —anunció Leary.

Rosa corrió hacia su padre, pero se frenó sin llegar a abrazarle. Él parecía fuera de sí. Contempló el arma en su mano como si la viera por primera vez y la dejó caer al suelo. Rosa empezó a llorar y se derrumbó sentada al parqué, con el rostro escondido entre las manos. Leary se arrodilló a su lado para consolarla.

Byron llegó hasta Beltrán. El hombre no respondía.

Un silbato sonó proveniente de la sala anterior. Alguien había llamado a la policía. Dos agentes uniformados entraron con la mano en el sable.

—¿Qué ha pasado aquí?

—Llamen a un médico —pidió Byron—. ¡Rápido!

El agente al mando ordenó a su compañero y este desapareció a la carrera.

—¿Qué ha pasado aquí? —repitió el policía.

—Un duelo entre caballeros —informó uno de los padrinos.

—Señor, los duelos son ilegales. ¿Quién ha disparado al herido?

Ahora sí, Sanmartí reaccionó.

—He sido yo.

El otro policía regresó en compañía de uno de los bigotudos musculosos de la sala contigua, que resultó ser médico de profesión. El hombre revisó el estado de Beltrán mientras negaba con la cabeza.

—Debemos llevarlo inmediatamente a una casa de salud.

Entre el médico y uno de los padrinos cargaron a Beltrán por brazos y piernas para sacarlo hasta la puerta del gimnasio. Ya en la calle, lo subieron a un coche y se lo llevaron.

Uno de los policías anunció a Sanmartí que debían detenerlo. Rosa se abrazó a su padre, llorando desconsolada, y él la besó en la frente.

Byron, parado junto a Leary bajo el letrero del gimnasio, murmuró:

—Todo esto es por mi culpa.

—¿Qué dice, Mitchell?

—Si no me hubiera empeñado en remover toda esa basura...

¿De qué había servido, al final? ¿A quién le importaba lo que le pasara a un chantajista como Calafell?

Leary solo se encogió de hombros y se mantuvo en silencio. Los policías esposaron a Sanmartí y lo apartaron de Rosa, que se resistía a soltar el brazo de su padre.

—Tengo que irme —dijo Leary—. Debo acompañar a Rosa y enterarme de adónde conducen a su padre.

—Por supuesto. —Byron le ofreció la mano—. Cuídela, señor Leary.

El periodista encajó el saludo. El coche con el detenido ya se alejaba y Leary llegó hasta Rosa y, del brazo, se la llevó para conseguir otro transporte. La pareja se marchó y en ningún momento ella buscó con la mirada a Byron.

El barullo se fue disipando. Los deportistas regresaron al interior del gimnasio. Los cotillas que se habían concentrado a la puerta del edificio volvieron a sus cosas. Byron se quedó solo, quieto en la acera. Pasaron algunos minutos hasta que reaccionó. Caminó de regreso a las Ramblas y paró un coche para que lo llevara al paseo de Gracia.

Se acomodó en el asiento de cuero y miró al exterior. Maldita sea, ¿qué creía que iba a conseguir mezclándose en todo aquello? Él no era el Gran Detective. Él no era Byron Mitchell. ¿Qué había logrado, al fin y al cabo? Solo destapar las miserias de mucha gente en el intento de averiguar quién era el culpable de la muerte de un canalla.

Bajó ante el edificio Rius y subió las escaleras cabizbajo. Por un momento, recordó al anónimo amenazador que había dado comienzo a todo. ¿El autor habría quedado satisfecho por el resultado? Le podían dar bien por…

Llegó a su piso y al entrar en su habitación, dio un respingo. Plantada allí en medio, como un fantasma, encontró a Elisa. La niña portaba algo en las manos, una especie de caja, oculta bajo un pañuelo filipino. Tenía la mirada fija en la ropa plegada y amontonada sobre la cama, y en el baúl abierto y a medio llenar.

Se volvió hacia él:

—¿A dónde te vas, Byron?

—Ahora no puedo atenderte, Elisa. Estoy ocupado.

La niña le miró, preocupada.

—¿Sabes qué ha pasado con mi tío Genís? ¿Se encuentra bien? ¿Y Rosa? Madre parecía muy preocupada…

—Tu tío está bien. El señor Beltrán, en cambio, está en el hospital.

—¿Pero se pondrá bien, no? Allí le curarán.

—No lo sé, Elisa. Mira, de verdad que ahora no puedo hablar contigo.

—¿Estás enfadado, Byron? ¿He hecho algo?

—No, Elisa. —Byron cogió una camisa mal plegada y la metió en el baúl.

—¿Qué haces? ¿Te vas de viaje?

Byron siguió guardando la ropa, en silencio.

—Sí —dijo al fin—. Vuelvo a casa.

—Pero Byron, si esta es tu casa… —La frase de Elisa quebró, cercana al gimoteo—. Tú vives aquí.

—No, Elisa. —Byron se volvió hacia ella, con un chaleco doblado en las manos—. Esta ciudad nunca ha sido mi hogar. Solo estaba de paso y ahora he de seguir mi camino.

Elisa se acercó a él rápida y agarró el chaleco que Byron no dejó ir.

—¡No! ¡No puedes irte! Eres mi amigo…

Byron tiró del chaleco con violencia y la tela se rompió.

—¡No seas cría! —Elisa dio un paso atrás, asustada—. Apenas hace unos meses que me conoces. Ni siquiera eso, no sabes nada de mí. Yo me marcharé, tú seguirás con tu vida y en unas semanas ni te acordarás de quién era.

Elisa empezó a llorar.

—¿Por qué haces esto, Byron? Tú no tienes la culpa de que el señor Beltrán y mi tío hayan discutido. Tú solo querías ayudar.

No, eso no era verdad. Por supuesto que era su culpa. Había fingido ser algo que no era. No es posible falsificar una vida.

Le dio la espalda y siguió doblando y guardando su ropa en silencio. Elisa gritó y le tiró el chaleco roto al cogote. Salió de la habitación corriendo y Byron escuchó el portazo que dio al abandonar el piso y el descenso apresurado por las escaleras, hasta el segundo portazo en la planta principal.

—Adiós, hermanita —susurró.

Tragó saliva, se frotó los ojos y continuó preparando su equipaje.

Martes, 29 de octubre de 1901

I

Tras mal dormir cuatro o cinco horas, Byron despertó por última vez en Barcelona. Aquel pensamiento le deprimió al instante, pero también le impulsó a ponerse en pie para organizar cuanto antes sus escasas pertenencias. Después de cambiarse a sus ropas de viaje, empaquetó el resto en el baúl y lo cerró a conciencia. Amontonó encima la sombrerera con su chistera para las ocasiones elegantes y la bolsa de viaje Gladstone con el dinero del banco. Lo dejó todo sobre la cama en su habitación y salió del piso.

No eran ni las ocho de la mañana y en el cruce del paseo de Gracia con la calle Provenza ya merodeaban un buen grupo de trabajadores en busca de algún negocio que les proporcionara el sustento del día. Byron habló con dos hombretones, un padre y su hijo adulto, que poseían una carreta tirada por una mula joven de pelaje marrón. Tras una breve negociación, acordaron la cantidad por la que le ayudarían a transportar su equipaje hasta la estación. Le acompañaron a su piso y cargaron el baúl y la sombrerera. Byron, con el maletín en la mano, los siguió mientras maniobraban en cada uno de los giros de la escalera.

Llegaban ya al portón abierto del edificio cuando Mauricio salió por la puerta de su garita, con la gorra puesta.

—¿Marcha usted de viaje?

—Algo así, Mauricio. Regreso a mi país.

—Vaya. —Mauricio se descubrió la cabeza—. Se le echará de menos.

A Byron se le dibujó una sonrisa:

—Gracias, Mauricio.

Byron sacó de su bolsillo las llaves del piso y de la puerta exterior y se las entregó al portero. Este las recogió, le dio la espalda y regresó a su escondrijo, no sin antes dejar ir en clara voz alta:

—Aunque sea usted de los que nunca sueltan propina.

Cerró la puerta de la garita. Byron se quedó pasmado. Sacudió la cabeza, con la sonrisa aún en los labios.

El hijo del dueño de la carreta asomó la cabeza y anunció que ya habían cargado el equipaje. Byron se volvió hacia la puerta de los Rius. No arreglaría nada molestando a Elisa; era mejor quitárselo de la cabeza. La puerta se abrió y Byron contuvo el aliento. Enrique asomó el rostro, discreto, e inclinó el mentón en un amigable gesto de despedida.

—Cuide de la niña, Enrique.

—Así lo haré, señor Mitchell. Buen viaje.

Cerró la puerta y Byron salió a la calle. El dueño de la carreta se había colocado a las riendas, con su hijo sentado en la parte trasera, junto al equipaje. Byron ocupó un lugar al lado del conductor y asintió. El hombre dio una orden firme y la mula arrancó la marcha.

Descendieron por el paseo de Gracia al compás lento del animal, en dirección al mar. La ciudad funcionaba ya a pleno rendimiento. Todos sus habitantes, burgueses, obreros, artesanos y comerciantes, caminaban arriba y abajo con los pensamientos en sus ocupaciones.

Bordearon la plaza de Cataluña, otro escenario que ya no volvería a visitar, y descendieron las Ramblas. Un grupo de criadas de algunas casas cercanas, todas con sus blusas y faldas protegidas por delantales, llenaban cubos en la fuente de Canaletas. Varios hombres con sombreros de fieltro, sentados en una mesa a la puerta de un café, discutían con pasión en una tertulia improvisada. Una mujer vendía fruta en un puesto y un hombre transportaba una carretilla llena de pescado y hielo. El bullicio continuo, vivo, ensordecedor de aquellas calles había insuflado nueva vida en las venas de Byron durante los últimos meses. Cómo iba a echar de menos su ciudad…

Sentado en el pescante, Byron rio, una risa amarga, oculta bajo la mano con la que se cubría la boca. El conductor de la mula le miró de reojo. No era posible que el hombre pudiera entenderle, pero la cosa tenía su gracia. Después de deambular por toda Europa durante tantos años, le sorprendió pensar en Barcelona como «su» ciudad.

Se recompuso en el asiento. Nunca más regresaría, esa era su decisión definitiva. Cobraría su dinero en alguna otra oficina del Crédit Lyonnais, en cualquier ciudad europea que contase con una sede. Después desaparecería rumbo a otro continente.

Tardaron cuarenta minutos largos en llegar a la estación. Los dos hombres transportaron su equipaje hasta el interior, donde un mozo con una vagoneta se hizo cargo. Byron despidió a los trabajadores con una buena propina extra que ambos agradecieron quitándose la gorra. El mozo le guio hasta la taquilla, donde adquirió su billete de primera para el tren expreso a Portbou, en la frontera con Francia, y después hasta el departamento donde consignó su equipaje. Otro mozo se hizo cargo del baúl y la sombrerera, y el primero le pidió si quería que se ocupara también de su bolsa de viaje.

—No, muchas gracias. La llevaré conmigo.

Tras acabar los sucesivos trámites, lo dirigió por un pasillo lateral hasta la puerta de una sala de espera donde se despidió con toda amabilidad. Byron se asomó al interior: una elegante familia con un niño y una niña, sentaditos firmes uno junto al otro en un banco. La madre, tocada con un enorme sombrero con plumas, hacía punto para pasar el rato. El padre, fumando un cigarro, ojeaba un diario. En otro banco, un anciano daba una cabezadita con la barbilla caída sobre el pecho y las manos cruzadas a la altura de la tripa.

Al fondo de la sala reconoció a otro de los viajeros: Víctor Aiguaviva contemplaba las vías a través de una vidriera ennegrecida por el humo. A Byron no le apetecía hablar con nadie; no estaba del humor adecuado. Con su Gladstone en la mano regresó por el pasillo hasta dar a la gigantesca nave central. Bajo la enorme cubierta de hierro a dos aguas que cubría andenes y vías, un tren de cercanías repleto de pasajeros esperaba su turno. En el extremo del rail, la señal roja en el puesto de guardagujas frenaba su salida.

Dos operarios, cada uno desde un extremo, recorrieron el andén ordenando a los últimos pasajeros que subieran para cerrar las portezuelas tras ellos. Una vez reunidos en el centro, el que venía desde la cola tocó un silbato. En respuesta, la locomotora también silbó y en el puesto de guardagujas se alzó el filtro rojo sobre la luz, que se tornó blanca. Los purgadores de vapor de la locomotora se abrieron y el condensado invadió el andén con dos disparos y un ruido ensordecedor.

Las grandes ruedas iniciaron su marcha. Poco a poco, la descomunal serpiente se deslizó en busca de la salida al exterior, disparando volutas de humo blanco por la chimenea de la máquina.

El espacio liberado tras la partida del convoy mostró, al otro lado de las vías, el conjunto de vagones que conformaban el expreso a Portbou. El tren, al que estaban acercando una locomotora de acero y cobre resplandecientes, ya recibía el abordaje de los pasajeros. Byron dirigió sus pasos a aquel andén y, tras mostrar su billete a un empleado, se dispuso a localizar un departamento de primera vacío. A la altura del tercer vagón desde la cola, una cabeza asomada reclamó su atención:

—Señor Byron Mitchell... —Víctor Aiguaviva, sonriente, le hizo un gesto desde la ventanilla—. Por favor, ¿sería usted tan amable de acompañarme?

Atrapado por la circunstancia, Byron accedió con una inclinación del rostro. Subió los dos peldaños e ingresó en un lujoso vagón con ornamentos de madera en el techo, una trabajada mesa central de pino y sillones tapizados en verde en los laterales. Tres caballeros desconocidos y Víctor Aiguaviva fumaban como chimeneas, agrupados en los cuatro primeros asientos al inicio del vagón. El joven Aiguaviva se puso en pie nada más verlo entrar.

—¡Menuda sorpresa! —dijo—. ¿Viaja usted a Francia?

Los dos hombres estrecharon manos. Los compañeros sentados le analizaron con desconfianza.

—No querría molestar, señor Aiguaviva.

—Permítame que les presente: los señores Bonano, Schmitt y De Vincenzo. El señor Byron Mitchell.

Dos de ellos saludaron en italiano y el tercero en alemán. Byron los despachó con sendos *bongiorno* y *guten morgen*. Ellos apenas sonrieron por compromiso. Aiguaviva les hizo una seña cauta y, con amabilidad, guio a Byron hacia el extremo opuesto del vagón.

—Disculpe a mis camaradas. Hemos alquilado este coche para tratar ciertos asuntos durante el trayecto hasta la frontera y, por el momento, las circunstancias de nuestra negociación no les están complaciendo.

En pie en las sombras de aquella esquina, un camarero uniformado pasaba tan desapercibido que sobresaltó a Byron cuando respondió al gesto de Aiguaviva:

—Un coñac… —le dijo este. Se dirigió a Byron—. ¿Le apetece? Que sean dos —decidió, sin darle tiempo para contestar.

Tomaron asiento en sendos sillones y Byron dejó el Gladstone a sus pies.

Por motivo de la escasa luz en el interior de la estación, aquella parte del vagón quedaba en penumbra. Aiguaviva señaló hacia arriba mirando al empleado y este encendió la lámpara de petróleo en aquel lado del techo. Al momento, sirvió las dos bebidas. A

Byron no le apetecía, pero mojó los labios por cortesía. Aiguaviva dio un sorbo a la suya y la mantuvo en la mano.

—Entonces, ¿viaja usted a Francia? —insistió—. ¿A París, quizá?

—Sí; en un principio. Todavía no tengo del todo claro mi destino final. Aún debo decidir dónde voy a instalarme.

—¿Cómo? ¿Abandona usted Barcelona definitivamente? Pensaba que se había hecho a la ciudad. Al menos esa es la idea que me hice conversando anteayer con su amiga, la pequeña señorita Rius.

—¿Visitó usted el domingo la casa de los Rius?

—Sí, me había comprometido a una última merienda antes de partir. Me sentía en deuda por la amabilidad que Elisa y su madre me han demostrado durante toda mi estancia en Barcelona. Una familia agradable, ¿no le parece?

Detectó cierto tono de sospecha en la pregunta, aunque quizá se lo estuviera imaginando. ¿Debía explicarle el asunto de los telegramas de Cuba, la traición de Rius a su padre? Mejor sería no volver a complicarse con asuntos que ni le iban ni le venían. Se desvió al otro tema que, en su cabeza, relacionaba a los Rius y Aiguaviva.

—¿Han cerrado ustedes el acuerdo que tenían en marcha?

Aiguaviva ladeó la cabeza, con una mueca en el rostro:

—Es ese un asunto que no está del todo decidido aún. El señor Rius me insistió al respecto, pero le expliqué que tenía que discutirlo en persona con mi madre; algo que él no acaba de comprender. Por suerte, la pequeña Elisa siempre es una alegría en cada visita.

—Y esa otra parte de la negociación… ¿cómo anda?

—No le entiendo…

—Usted y Elisa Rius.

—¡Ah! —Aiguaviva se rio—. No, señor Mitchell. Aprecio mucho a esa niña, pero no tengo intención alguna de establecer relaciones con ella. En confianza, aunque es un asunto que todavía no he hecho público, estoy a punto de comprometerme con una maravillosa joven del barrio de Chelsea. Es una hermosa mujer con la que comparto gustos y aficiones.

—Le felicito. Me alegro sinceramente por usted, aunque lo lamento por Elisa.

—No lo lamente, todavía es una niña. Cuando crezca tendrá pretendientes mucho mejores que yo donde elegir.

—Siempre que su padre le permita escoger.

El comentario de Byron creó una pausa incómoda. Aiguaviva apuró su coñac y desvió la mirada hacia la estación. Un golpe seco sacudió el tren. Acababan de enganchar la locomotora al vagón de cabeza.

—Me parece notar, señor Mitchell, que a usted tampoco le cae demasiado bien el señor Rius.

—¿Tampoco?

—Ahí me he delatado. —Aiguaviva rio entre dientes—. Espero me guarde el secreto. —Se quedó pensativo; la mirada fija en el andén—. No sé decirle qué es, pero hay algo en Rius y en su socio que no me acaba de convencer. Se trata de dos empresarios con mucho poder en esta ciudad y podría resultar muy beneficioso para mis intereses en el país asociarme con ellos, y sin embargo…

Un alboroto de voces y órdenes en el exterior interrumpió las divagaciones de Aiguaviva. Se oyó un silbato y luego el silbido de la locomotora. En cuestión de segundos, el tren inició su lento avance y al poco la luz del exterior iluminó el compartimento. El mozo apagó la lámpara del techo.

Aiguaviva miró a Byron:

—Verá, Mitchell. Yo era muy pequeño cuando mi padre falleció. Para conocerlo mejor, para recordarlo, he leído repetidas veces su correspondencia, tanto personal como de negocios. Pienso a menudo en una de sus cartas en concreto, una en la que insistía a un familiar que un hombre debe reconocer sus buenos instintos y aprender a fiarse de ellos.

—Y esos instintos le dicen que no debería confiar en Rius y Jordana.

Aiguaviva sonrió y agitó su mano libre.

—Lo sé, pensará usted que deben ser las dudas de un joven que todavía no domina el mundo de los negocios como debería.

—Tendría que fiarse de sus instintos, señor Aiguaviva.

Su interlocutor se puso serio.

—Lo dice usted con mucha seguridad.

—Durante mi investigación di con unos documentos… Ya no están en mi poder y ni siquiera puedo asegurarle que fueran totalmente auténticos, pero, por algunas conversaciones posteriores, creo que sí lo son.

—¿Qué clase de documentos?

—Dos telegramas, de Cuba, entre la caserna de la Guardia Civil en la localidad del Paso Real de San Diego y la línea privada de Rius en su ingenio. En el primero, los agentes informaban a Rius de la posibilidad de que se produjera un asalto de una partida de bandoleros a su hacienda y a la del padre de usted. Le hacían saber que enviarían los contingentes disponibles a la finca de su padre, debido a que no podían avisarle por carecer de telégrafo privado. El segundo era la respuesta de Rius, donde utilizaba su influencia sobre el gobernador de la isla para ordenar que enviaran todos los efectivos disponibles a su hacienda.

—¿Me está usted diciendo que Rius le falló a mi padre, que lo abandonó a su suerte? —Aiguaviva lo había pronunciado a medias entre una pregunta y una afirmación.

—Los papeles pertenecían a un hombre muerto, por lo que no he podido validar…

—No hace falta, señor Mitchell. Lo creo. Es más, creo que mi madre siempre sospechó que había habido algún tipo de juego sucio. Por eso se ha mostrado renuente a mantener el contacto con los antiguos socios de mi padre durante todos estos años.

—Lo siento mucho, señor Aiguaviva.

—No lo sienta. Le agradezco que me haya informado. —Inspiró hondo y estiró la espalda en su asiento—. Está decidido. En cuanto llegue a casa, escribiré a Rius para informarle de que he resuelto no asociarme con su firma.

—¿Le pedirá explicaciones por lo sucedido en Cuba?

Aiguaviva negó vehemente:

—No, de ninguna manera. No me apetece escuchar excusas ni mentiras. Simplemente intentaré no volver a cruzarme en su camino. Solo lo siento por Elisa. Esa niña es una buena persona. Lo cierto es que me marchaba más tranquilo de la ciudad pensando que al menos usted se encargaría de mirar por ella.

—Me temo que yo tampoco puedo quedarme.

—Es una verdadera lástima. Ella le adora, ¿sabe? Me dijo que quería ser detective, como usted. —Rio, ante la absurdidad de la idea. Byron alzó las cejas simulando complicidad—. El domingo por la tarde, mientras esperábamos tomando un refresco a que el señor Rius llegase, su madre se quedó algo traspuesta. Elisa aprovechó entonces para sacar una caja que mantenía oculta bajo un pañuelo filipino para enseñarme unas fotos que contenía.

A Byron el corazón le dio un vuelco.

—¿Unas fotos? ¿Qué mostraban?

—Se trataba de una colección de fotografías realizadas por mi padre. La mayoría formaban parte de las que tomó en Cuba, aunque también había alguna de las que hizo en sus viajes por Europa y América. Como ya sabe usted, me duele ver imágenes de aquella época, pero no quise desencantarla. Luego su madre se removió y antes de que espabilara, Elisa me susurró que había una foto que yo no podía ver aún, que me la enseñaría en otro momento, cuando averiguase —puso burlona voz misteriosa— «toda la verdad».

Un mal presentimiento empezaba a darle dolor de cabeza.

—¿Le dijo algo más sobre esa misteriosa foto? —La pregunta sonó temblorosa.

—Murmuró algo como que mostraba a quien no debería estar allí, o una frase parecida sacada de algún folletín de misterio —rio de nuevo—. Su madre abrió los ojos y se reincorporó a la conversación. Elisa recogió su caja de nácar, guardó las fotografías y la cerró con una pequeña llave. La escondió de nuevo bajo el pañuelo antes de que la señora Rius…

—Espere, ¿cómo ha dicho? —Byron se acercó en el asiento a Aiguaviva. Este hizo cara de no entender—. ¿Cómo era esa caja?

—Pues no sé decirle… Era una bonita cajita de nácar y marfil, adornada con dibujos de estilo japonés. Tenía un pequeño cerrojo con llave.

El fotógrafo Agustí Albalá se lo había dicho en su estudio: Calafell guardaba sus fotos en una curiosa caja de nácar y marfil, decorada con motivos japoneses, y con un pequeño cerrojo de llave. Acudía al estudio a revelarlas. Byron y Leary habían encontrado en la habitación secreta de Calafell restos de un negativo de placa de vidrio destrozado. En la misma sala donde ocultaba los telegramas de Cuba.

Las piezas del puzle bailaban en su cabeza buscando la manera de encajar.

Uno de los italianos llamó la atención de Aiguaviva. Este asintió y le dijo a Byron:

—Me temo que mis colegas comienzan a impacientarse.

—Claro, claro…

La mente de Byron estaba en otra parte. Se puso en pie maquinalmente y Aiguaviva le copió.

—No hace falta que se levante, señor Mitchell. Puede quedarse en este compartimento tanto como guste.

Ahora sí, Byron aterrizó de nuevo en su cuerpo.

—Se lo agradezco, señor Aiguaviva, pero creo que saldré un momento a la plataforma, para que me dé el aire.

—¿Con el tren en marcha? Vaya con mucho cuidado allá afuera.

Byron asintió, con el nebuloso baile de imágenes danzando ante sus ojos. La cajita de nácar… ¿Podría ser la misma que tenía Calafell? Y si era así, ¿cómo había llegado a manos de Elisa?

En el último momento, recordó su maletín de viaje, con todo su dinero dentro, y lo recogió del suelo.

Aiguaviva se reunió con sus colegas al otro costado del vagón. Los tres hombres, a los que el camarero estaba sirviendo licor, andaban inmersos en una conversación convulsa. Aiguaviva se sentó con ellos moviendo sus manos con gestos tranquilizadores.

Byron abrió la puertecita en el extremo del coche y salió a la plataforma. Empezaba a sospechar algo. Comenzaba a enlazar una serie de hechos terribles que podían poner en peligro a una de las muy pocas personas que le habían importado algo durante los últimos años de su vida.

Y lo peor de todo era que cada vez tenía más claro que solo iba a poder hacer una cosa al respecto. Tenía que bajarse de aquel maldito tren como fuera y regresar a la ciudad que apenas una hora antes había decidido dejar atrás para siempre.

El fantasma del Gran Detective, vestido de blanco de la cabeza a los pies y peligrosamente apoyado contra la barandilla en el extremo de la plataforma, se rio de él sin ningún disimulo.

II

Byron cerró la puerta tras de sí y pegó el cuerpo contra ella para refugiarse del viento que provocaba la aceleración del tren. El vehículo circulaba aún por Barcelona, por alguno de los pueblos del llano recién anexionados a la ciudad. Un continuo de fábricas enormes dominaba la zona, con alguna que otra masía de fachada encalada por en medio. Los finos y elevados tubos de las chimeneas expulsaban vapores que nublaban el escaso sol de finales de octubre.

¿Cuál podría ser esa foto misteriosa, registrada en Cuba, que mostraba a quien no debía estar allí? Elisa era una niña muy imaginativa, pero no tanto como para inventarse algo así. A Byron solo se le ocurría un nombre y una posibilidad: Vidal Jordana.

Vidal Jordana, el hombre que aseguraba no haber llegado nunca a la finca Aiguaviva, donde David Aiguaviva siempre fotografiaba a sus visitas. Si existía un negativo en placa de vidrio de esa foto, ¿cómo podía haber llegado a manos de Calafell, en primer lugar? El coche traqueteó y Byron dio un paso adelante para agarrarse con fuerza a la barandilla.

¡La colección de enseres que el gobierno había transportado desde Cuba! Con objetos de las empresas de Rius, Jordana y Aiguaviva mezclados con propiedades personales de este último. Los objetos a los que Calafell tenía acceso, pero que se guardaban en casa de los Rius, en la sala de trastos en la que Elisa solía fisgonear a la búsqueda de tesoros.

¿Y qué más daba si Elisa tenía aquella foto? La policía había cerrado el caso Calafell con la acusación a los dos anarquistas muertos. Si el verdadero asesino era otra persona, ya se había salido con la suya.

Pero si el asesino era en realidad alguien como Vidal Jordana… La mínima sospecha de un crimen así podía arruinar la reputación de una persona de importancia en una sociedad tan estricta como la de la conservadora ciudad de Barcelona. Además, aquella niña pesada no lo iba a dejar estar, porque para ella todo era un juego y no tenía idea del peligro en que podía ponerse al provocar a un individuo que ya había asesinado antes. Como le diera por confiar aquella información a los oídos equivocados…

No, no podía quedarse de brazos cruzados. Tenía que hacer algo, maldita fuera su suerte. Debía bajarse de aquel tren como fuera para regresar a Barcelona.

El tren traqueteó al girar la vía en una curva y Byron se sujetó con fuerza a la barandilla para no salir volando de la plataforma del vagón, mientras con su otra mano agarraba el maletín Gladstone que contenía toda su fortuna. En cuanto el convoy se enderezo de nuevo, cogió aire y pasó las piernas sobre la barandilla hasta apoyarlas en el estribo exterior. Asentó el culo en el pasamano, medio rezó un verso enseñado por su madre y que apenas recordaba, y se impulsó para poner un pie encima del enganche entre vagones. Agarró la barandilla de la siguiente plataforma con tanta fuerza que los nudillos se le pusieron blancos. Respiró hondo, pasó la segunda pierna y la alzó sobre la barrera para aterrizar al otro lado. Con las rodillas temblando, resopló, abrió la puerta del vagón y entró.

Acababa de acceder a un coche de los de primera, con tres compartimentos cerrados y un pasillo lateral. Un revisor, con el gabán y la gorra de la compañía MZA, salía en aquel momento del primer compartimento y Byron lo abordó.

—¿Cuánto falta para llegar a la próxima estación?

El hombre, asustado por el ímpetu de Byron, dudó antes de consultar su reloj.

—En algo más de una hora llegaremos a la estación de Gerona. Este es un tren expreso, señor. Solo se detiene en las estaciones más importantes.

—¿A qué distancia está de Barcelona?

—No lo sé, señor. ¿Noventa? ¿Cien kilómetros?

No podía esperar tanto.

—¿Hay alguna manera de parar el tren?

—Señor, a menos que se trate de una emergencia...

—Claro, claro. Disculpe.

Byron siguió adelante ignorando la mirada de desconfianza del revisor, que ni siquiera había atinado a pedirle su billete.

Se detuvo al final del vagón, ante una ventanilla abierta. ¿Qué pretendía hacer? ¿Cuántas veces tenía que equivocarse? Lo mejor sería continuar su viaje y olvidar todo lo acontecido en Barcelona.

Pero ¿y si Elisa corría peligro?

¡Qué peligro habría de correr! La policía había cerrado el caso de Calafell con la acusación a los dos anarquistas muertos. Todo aquello se olvidaría en breve. Si Jordana estaba implicado no se arriesgaría a dañar a la hija de su socio, ¿verdad?

En la distancia, el revisor saludó suspicaz y salió del coche. Realizó la misma maniobra ejecutada por Byron para cambiar de vagón, pero en sentido inverso, y con mucha más soltura.

¿Y si Jordana se enteraba de que Elisa tenía aquella supuesta foto? Si se hacía pública, si aparecía una prueba de que había estado en la finca Aiguaviva en aquel fatídico septiembre de 1886, la gente, sus convecinos burgueses, con Rius a la cabeza, podrían empezar a preguntarse por qué razón había mentido. Incluso podían llegar a cuestionarse si Jordana no habría tenido algo que ver con la muerte en Cuba de Aiguaviva, el hombre que se casó con la mujer a la que él amaba. Una información de ese tipo, aunque tantos años después y con tan pocas pruebas sería difícil que llegase a una imputación penal, sí que podría arruinar la reputación y los negocios de Jordana. Llegado el caso, ¿estaría dispuesto a lo que fuera por acallar a una niña demasiado curiosa?

Todo aquello resultaba ridículo. ¡Solo estaba elucubrando! No tenía ni la más mínima prueba de que…

La puerta del compartimento a espaldas de Byron se abrió y dos poderosas manos lo agarraron de los hombros y tiraron de él hacia dentro. Byron cayó sobre una banqueta, bastante mullida eso sí. Agradeció encontrarse en un coche de primera clase.

—Mira tú a quién tenemos aquí.

El que hablaba era Irving Redmond, que había cambiado su camisa negra por otra roja. La chaqueta, los pantalones y el sombrero Stetson seguían siendo los de siempre, oscuros como la noche.

Byron se puso en pie de un brinco, el maletín Gladstone aferrado en su mano izquierda.

—Ahora no tengo tiempo para usted.

Embistió a Redmond cargando con su hombro derecho. Rebotó contra el muro humano y retornó de culo al asiento.

El pistolero cruzó los brazos con toda la calma del mundo y apoyó sus amplias espaldas contra la puerta del vagón. Bloqueaba por completo la salida y Byron inspiró para armarse de paciencia.

—¿Aprenderá usted algún día a saludar como una persona civilizada? —preguntó Byron.

—Vaya, veo que le he pillado de malas.

Byron se levantó y arremetió de nuevo. Redmond fintó a un lado, atrapó su cabeza y la inmovilizó bajo su sobaco.

—¡Maldita sea! ¡Suélteme!

Redmond se rio con ganas, lo que ya era el colmo. Byron golpeó con el puño en su costado, y al momento se arrepintió. El pistolero dejó de reír. Liberó su cabeza, pero lo agarró por las solapas y lo alzó del suelo.

—¿Se puede saber qué demonios le pasa, Mitchell?

—Tiene la caja… las fotos —La sospecha de que le iban a

partir la cara dificultaba su explicación acelerada. Alzó la mano derecha en señal de rendición. La izquierda no soltó el maletín.

—¿Qué caja? ¿Qué fotos? ¿Está borracho o es que ha perdido la chaveta?

—Elisa… Podría estar en peligro.

Redmond liberó su chaqueta y le dejó ir.

—¿Elisa? ¿La niña de los Rius?

—Se trata del asunto Calafell…

—He leído en la prensa de hoy que han dado muerte a los culpables, dos anarquistas. A usted no se le mencionaba, pero…

—Sí, sí… los anarquistas…, pero no estoy seguro de que hayan sido ellos.

—Entonces, ¿por qué se ha marchado de la ciudad? Creía que el gran detective Byron Mitchell —dijo, en tono teatral— nunca abandonaba un caso a medias.

—Ya, bueno… —Byron se dejó caer en el asiento del vagón—. La cosa es que yo no…

—No siga.

—Redmond, yo no…

—Cierre el pico, Mitchell. —Redmond se sentó junto a él—. Yo ya tengo una edad y en todos esos años he dado muchas vueltas por el mundo. Me he codeado con las peores personas. Con el tiempo, acabas oliendo a los farsantes, por puro instinto. Como un perro de caza.

—Ya. Entiendo.

—También aprendes a distinguir las buenas personas de las que no lo son.

—Claro. —Byron se rio—. ¿Y nunca se equivoca?

—Pues sí, a veces.

—¿Y qué hace en esas ocasiones?

—Pegarle un tiro en el culo al cabrón farsante que me haya decepcionado.

—Qué taxativo.

Redmond se puso en pie.

—De manera que, si no quiere recibir uno, vamos a parar la locomotora para que podamos comprobar en persona que esa amiguita suya se encuentra bien. Y de paso me explicará de qué va todo eso de las fotos, que no he entendido nada.

Salieron al pasillo. Redmond abría camino en dirección al final del vagón. Byron le seguía de cerca y le habló a las enormes espaldas:

—¿Qué pretende hacer?

—Pasaremos hasta la locomotora y haremos que detengan el tren—. Redmond forcejeó con la puerta, cerrada a cal y canto. Le dio una patada, pero el cierre no cedió. Se dio la vuelta—: Por aquí.

Apartó a Byron sin miramientos y abrió la ventanilla más cercana. Se asomó al exterior y luego volvió adentro para mostrarle un enloquecido rostro sonriente.

—Hay un estribo en el lateral del vagón. ¡Sígame!

Sin darle tiempo a protestar, sacó la mitad superior del cuerpo por la ventana del coche. Se agarró a algún lugar por allí encima y sus piernas le siguieron.

Byron, anonadado, asomó el rostro al exterior. Redmond, con el cuerpo pegado de cara al vagón, avanzaba por el estribo hacia el siguiente, en camino por el desfiladero más estrecho del mundo.

—¿Se ha vuelto usted loco? —Byron gritó para hacerse oír en el estruendo del avance del tren contra el viento.

—¡No tenemos todo el día!

Y siguió alejándose. Byron refunfuñó todas las maldiciones que conocía. Asomó medio cuerpo por la ventana y, con la mano libre, enganchó un saliente sobre la misma. Era una locura salir allí afuera y lo era todavía más hacerlo transportando su maletín, pero de ninguna manera pensaba abandonar su dinero.

Afirmó la mano derecha, cogió aire y sacó, una a una, las piernas al exterior, hasta asentar los pies sobre el estribo. El tren dio un acelerón y su zapato derecho perdió pie y se encontró tanteando con urgencia en el aire. El maletín golpeó el lateral y Byron pateó el viento, una, dos, tres veces. Su pie alcanzó la solidez del vagón y lo apoyó con firmeza, asegurando su peso sobre el estrecho peldaño.

—Pero ¿quiere usted espabilar de una maldita vez, Mitchell? —El grito de Redmond llegó impulsado por el viento—. ¡Y suelte ese puñetero maletín!

Byron encaró el rostro hacia la velocidad y maldijo en su croata idioma materno. La boca se le llenó de polvo y tierra, y tuvo que callar. De cualquiera manera, era improbable que Redmond, que esperaba pegado como un insecto al siguiente coche, le hubiera oído.

Byron escupió el polvo, blasfemó y avanzó por el estribo del vagón. Tras una eternidad de viento y temblor, alcanzó a Redmond a la altura de una ventanilla.

—Ya era hora, hombre —dijo el pistolero, con una amplia sonrisa burlona bajo su mostacho. Fijó la vista en el maletín que Byron no había soltado y meneó la cabeza. Volvió el cuello hacia el otro lado y reanudó el camino.

Byron cogió aire, con la mirada fija en el interior del vagón, para recuperar energías. Era un coche mixto, con un compartimento de primera cerrado en la parte inicial y dos filas de asientos de segunda en la otra mitad. Junto a varios hombres y mujeres bien vestidos, una niña, de blanco crema, con lazos en los tirabuzones morenos, abrió mucho la boca y le señaló. Byron siguió adelante antes de que el resto del vagón descubriera su presencia.

El tren alcanzó una leve subida y la velocidad disminuyó. Redmond y Byron aprovecharon para saltar sobre el siguiente enganche y avanzar por el estribo de otro coche de segunda clase. Tras este, se reagruparon a la altura del ventanuco de un vagón de tercera; un espacio único con entrada en el lateral y un banco alargado en el centro. Cuatro mujeres con capazos en las manos y mantas sobre las piernas sufrían las sacudidas del viaje. Tres hombres, en pie, soportaban el zarandeo continuo con las espaldas apoyadas contra los laterales.

En medio de la ventolera del exterior, Redmond acercó el rostro y señaló al interior.

—¿Me lo parece a mí —gritó— o los vagones son cada vez peores?

—Los coches para los viajeros que pagan los billetes más caros —Byron se esforzó para hablar contra el viento— se instalan en la parte trasera del tren. Si hay un accidente, los vagones del inicio amortiguan el golpe.

Redmond abrió mucho los ojos:

—Con cada nuevo dato que descubro, más asco me dan los burguesitos de este país.

Sacudió la cabeza y siguió adelante. Byron no podía negarle la razón.

Tras el vagón de tercera solo uno más los separaba de la carbonera pegada a la locomotora: un coche cerrado, el vagón de equipajes, que carecía de estribo. Por fortuna pudieron engancharse en una escalerilla en la parte de atrás para subir hasta el techo. Una vez allí, Redmond, encorvado, avanzó decidido. La velocidad del tren había aumentado de nuevo y Byron solo fue capaz de seguirle a gatas. El pistolero, que le esperó con paciencia, señaló más allá de la carbonera que les separaba de la locomotora.

—Baje usted por la izquierda, yo lo haré por la derecha. Y vaya con ojo, tengo entendido que a veces los maquinistas o sus fogoneros van armados para evitar robos.

—Espere, ¿armados? ¿No deberíamos…?

Redmond arrancó sin esperar a que terminara. Byron maldijo y se movió por el lugar indicado, gateando de nuevo, ahora sobre las piedras de carbón. Alcanzó el inicio de la locomotora con los zapatos, los pantalones y las manos sucios de carbonilla.

Desde su posición al otro lado, Redmond le dirigió una mirada interrogativa y Byron asintió mientras se encomendaba a cualquier santo que le quisiera escuchar. A un tiempo los dos hombres se descolgaron para abordar la locomotora.

III

Byron cayó de culo sobre la plataforma metálica del suelo. El estruendo alertó al maquinista y a su fogonero. Por fortuna, lo más parecido a un arma en aquel espacio era la pala para alimentar la caldera, apretada con fuerza en manos del segundo.

Byron se puso en pie al momento y recuperó su maletín del suelo. Redmond, que se había descolgado en silencio por el acceso contrario, le observaba, cabeceando con profunda decepción.

El maquinista, vestido con un gabán con la insignia de la MZA sobre el bolsillo en el pecho y tocado con una gorra tiznada, se les encaró.

—Oigan, ¡ustedes no pueden estar aquí! —El hombre recolocó sus pequeñas gafas protectoras sucias, sujetas con goma a la cabeza.

—Se trata de una emergencia —advirtió Byron, con una mano en alto—. Tiene usted que detener la máquina.

—¿Ocurre algo en el tren? —La mirada temerosa del conductor pasó de uno a otro de los intrusos.

—No —dijo Redmond—, pero este caballero y yo debemos apearnos ahora mismo.

—Pues tendrán que esperar a la próxima estación. —El maquinista hizo un gesto con la cabeza al fogonero y este esgrimió la pala entre las manos, amenazador.

Redmond avanzó hacia él:

—Lo siento, pero no tenemos tiempo para tonterías.

El fogonero golpeó con la pala al costado de Redmond. Este paró el ataque y atrapó el mango. El otro estiró para recuperar la herramienta, pero el pistolero se la arrancó de las manos y la arrojó atrás, contra la pared que daba a la carbonera.

El fogonero dudó un instante. Luego, en un absurdo intento de oponer más resistencia, arremetió contra Redmond. Ejecutó un puñetazo indeciso a su rostro, que Redmond esquivó. Agarró el antebrazo del tipo y también su cuello. Lo arrastró, atrapado por brazo y pescuezo, hasta la abierta puerta lateral. Su gorra voló sobre los arbustos más allá de las vías. Al verse con el cuerpo medio descolgado en el exterior de la locomotora, aulló desesperado.

—¡Espere! —pidió el maquinista— ¡No lo tire, por Dios!

—¡Redmond! —gritó Byron—, ¡no se pase, hombre! —Dirigió sus palabras al maquinista—: Creo que lo mejor que puede hacer usted es obedecer a mi compañero.

—Frene el tren —ordenó Redmond. Con ambas manos mantenía al fogonero al pie del abismo. El pobre hombre, con los ojos desviados a la vía que circulaba vertiginosa bajo sus pies, estaba a punto de desmayarse.

El conductor estiró ambos brazos a los lados, su cuerpo formó un endeble muro para defender los mandos de la locomotora.

—¡Nunca! ¡Un maquinista no rinde nunca su máquina!

¿En serio? Byron se frotó el puente de la nariz. Estaba bastante seguro de que aquel hombre no cobraba lo suficiente para justificar toda la resistencia que estaba oponiendo.

—Redmond, ¿me haría usted el favor de abreviar este sufrimiento?

El pistolero recuperó al fogonero del abismo y lo arrojó desmadejado al suelo de la locomotora. Sacó su colt del cinto y cargó el arma con un clic que se oyó con claridad a pesar del estruendoso traqueteo del tren en marcha.

Apuntó a la cabeza del maquinista. Este alzó las manos.

—Tampoco hay que ponerse así. —Se volvió solícito hacia los mandos—. Agárrense.

Estiró del cordón de tracción, dos veces. Sendos silbidos de vapor dieron aviso a los guardafrenos en los vagones. Cerró el regulador de la locomotora y accionó su freno. La velocidad disminuyó a trompicones. Byron enganchó una manilla lateral y Redmond asentó las botas con firmeza, mientras pegaba la espalda a la pared posterior. El fogonero optó por permanecer a salvo en el suelo.

Otra pequeña sacudida obligó a Byron a apretar su asidero con más fuerza. Con una sucesión de vaivenes de intensidad decreciente, el tren se detuvo. La sincronización entre el freno de la máquina y los de los coches que la seguían no había resultado demasiado eficiente.

—Muchas gracias. —Redmond saludó al maquinista con un toque en el ala del sombrero, tras lo cual saltó ágil fuera de la locomotora.

Tanto el maquinista como el fogonero centraron su atención en Byron, que decidió que lo mejor era seguir a su compañero de asalto. Ya sobre los travesaños de la vía, aceleró el paso para ponerse a su altura. Por las ventanillas del tren asomaban las cabezas curiosas de los viajeros, que preguntaban, en voces alarmadas, los motivos por los que el tren se había detenido.

—Tranquilos, damas y caballeros —anunció Redmond, con teatral vozarrón—, en breve retomarán ustedes su camino.

A la altura del lujoso vagón alquilado por Aiguaviva, encontraron a este apelotonado junto a sus tres compañeros sobre la plataforma exterior.

—Señor Mitchell, ¿qué es lo que sucede? —preguntó aquel, más divertido que preocupado.

—No se inquiete, señor Aiguaviva. Solo estoy haciendo caso de sus buenos consejos. —Redmond y Byron pasaron de largo y, un par de metros adelante, Byron se volvió y se quitó el sombrero—. Que tenga usted un feliz viaje hasta París.

Aiguaviva lo agradeció con una sonrisa y una leve inclinación. Alrededor, sus tres compañeros murmuraban entre dientes y no parecían tan complacidos.

Byron aceleró de nuevo para acompasar el paso firme de Redmond. La vía férrea se abría camino entre sendos muros laterales de vegetación y cañas altas.

—¿Y ahora qué hacemos? —le preguntó al pistolero—. Por aquí no creo que encontremos un coche de punto ni un tranvía. Estamos en medio del puñetero campo.

—Mientras bajábamos a la locomotora desde la carbonera, hemos pasado de largo un apeadero. Debe estar a unos quinientos o seiscientos metros. Buscaremos en el pueblo correspondiente a alguien que nos pueda llevar hasta Barcelona.

La idea era tan buena como cualquier otra, dada la situación en la que se encontraban. El cálculo de Redmond resultó bastante acertado y en pocos minutos avistaron el apeadero a la derecha de la vía: un edificio blanco entre cañas y árboles, separado por un caminito de tierra de la vía del tren. Más o menos al mismo tiempo percibieron un rumor de agua; debía haber un río tras los altos tallos a la izquierda del camino de hierro. Eso sí, del pueblo correspondiente, ni rastro.

Abandonaron los raíles para acercarse a la construcción. Un rótulo indicaba que se trataba de la estación de Santa Coloma de Gramanet.

—La tal Santa Coloma de Gramanet estará al otro lado de la vegetación —supuso Byron.

—¿Hola? ¿Hay alguien? —El vozarrón de Redmond atronó en dirección a la entrada al edificio.

Se escucharon pasos y un jovenzuelo canijo y trémulo asomó con su uniforme añil de la MZA. Lo primero que vio fue el pistolón en el cinto de Redmond.

—¡Dios mío! —Levantó ambos brazos—. ¡Aquí no tenemos dinero!

Byron se adelantó mostrando las palmas de las manos al empleado.

—¡Tranquilo! ¡tranquilo! —Luego se volvió hacia su compañero—. Redmond, esconda eso, por Dios.

Redmond extrajo la pistola del cinto, con un suspiro de extrema paciencia, y la guardó a su espalda, oculta bajo la americana.

Byron retornó su atención al encargado, que seguía más blanco que la fachada de su estación.

—Discúlpenos, buen hombre. ¿Podría indicarnos dónde se encuentra la población de —volvió a leer el letrero— Santa Coloma de Gramanet?

Con un movimiento muy muy lento, el empleado utilizó su dedo tembloroso para señalar más allá de las espaldas de los dos intrusos.

Redmond se giró en la dirección indicada.

—Yo diría que por ahí suena un río.

Byron subió los tres peldaños que aupaban hasta la entrada, con mucha calma y sin movimientos bruscos, para no espantar al cervatillo asustado del uniforme azul. Ya a su lado, se alzó sobre las puntas de los pies.

—Sí —dijo—. Ya lo veo. Hay un par de fábricas junto al río, y algunas casas y huertas alrededor —habló al joven—. ¿Cómo cruzan los lugareños hasta aquí?

El joven señaló en la dirección de la que venían ellos dos.

—Por allí, señor. Por un vado en el que el río se estrecha.

No parecía muy práctico.

Redmond había perdido interés en la conversación y se alejaba paralelo a la vía, en dirección contraria al supuesto cruce del río. Byron se tocó el sombrero para despedirse del empleado y este recuperó un poco su color natural.

—¡Redmond! —gritó Byron mientras apretaba el paso para

darle alcance—. ¿El plan no era buscar un transporte en ese pueblo?

Redmond señaló a la derecha. La vegetación dejaba ver por aquel lado un muro alto de ladrillo oscuro. Por encima asomaban las cubiertas de varios edificios rematados por cuatro enormes chimeneas.

—Una fábrica —murmuró Byron.

Parecía un buen lugar para buscar un vehículo y así no se verían obligados a atravesar ningún río. Abandonaron el camino paralelo a las vías y franquearon con esfuerzo la barrera de cañas altas para ir a dar a una explanada desierta. Tras ella se alzaban los elevados muros de ladrillo de la fábrica y, en su interior, los extremos superiores de las chimeneas y las bocanadas de humo grisáceo que estas expulsaban al cielo.

Por allí afuera no había ni un alma a la vista. Byron consultó su reloj de bolsillo.

—A esta hora los trabajadores deben encontrarse en medio de un turno. Tendremos que esperar un buen rato. Supongo que después aparecerá algún ómnibus barato que nos acerque a la civilización.

—¿Oye eso? —dijo Redmond. Byron se esforzó, pero no, no oía nada.

Redmond arrancó a caminar. Bordeó el muro de la fábrica por la derecha y Byron lo siguió. Tras la esquina apareció una de las típicas construcciones campestres de la zona: una masía de paredes blancas y techo de tejas. Redmond pasó de largo la puerta de la entrada y giró por la siguiente esquina.

Entonces Byron sí que lo oyó.

—¿Caballos?

Irving Redmond, con los brazos en jarras, sonreía mostrando los dientes bajo su abundante mostacho.

—¿Cree que por aquí ahorcarán a los ladrones de animales? —preguntó.

—No lo sé, pero es posible que si nos pillan nos peguen un buen trabucazo.

—¿Trabucazo? —La palabra sonó rara en sus labios—. No le comprendo, Mitchell.

—Un trabuco es un arma de fuego antigua, con cañón acampanado y de gran calibre. Se la he visto llevar a algunos campesinos de por aquí.

—No debe ser nada agradable que te disparen con eso. Mejor buscamos al dueño y negociamos con el dinero que guarda usted en ese maletín.

—Sí. Eso sería mucho más civilizado… Oiga, ¿cómo sabe usted…?

—No hace falta ser un detective para apreciar cómo aferra su equipaje, Mitchell.

Los dos hombres se dirigieron a la puerta de la casa y Redmond golpeó la madera con los nudillos.

A unos metros, apoyado contra una valla, había un velocípedo. Byron lo señaló:

—¿Qué le parece, Redmond? Si consiguiéramos otro, podríamos plantarnos rápido en la ciudad.

—Ni lo sueñe, Mitchell. Ya tuve bastante de payasadas durante mis tiempos en el circo de Buffalo Bill. —Impaciente, picó de nuevo con los nudillos.

Byron ya se movía hacia el lateral de la casa, en busca de alguna ventana, cuando se abrió la puerta. Un campesino anciano asomó el rostro curtido. Demudó de color al darse de bruces con Irving Redmond. Este se descubrió la cabeza y retrocedió un paso.

—Disculpe, señor. Hemos sufrido un percance y precisaríamos de un medio de transporte para regresar a la ciudad.

Byron se puso a la vista del anciano y saludó, afable. El hombre carraspeó para recuperar la voz:

—A dos kilómetros hay una parada del tranvía. Les acercará a Barcelona.

—¿Conoce cuál es su recorrido?

—Desciende en dirección hacia la ciudad. La línea termina en el Arco de Triunfo.

Byron meneó la cabeza.

—¿Qué le pasa, Mitchell? ¿No le convence?

—No es adonde debemos dirigirnos. —Habló de nuevo al anciano—. ¿Sabe dónde podríamos alquilar un vehículo?

—Hace un tiempo había un hombre aquí cerca que alquilaba su tartana, pero falleció el año pasado. Creo que ahora nadie se encarga de su negocio.

—¿Tiene usted un carro? —preguntó Redmond—. Mi amigo —señaló a Byron— es un hombre adinerado.

Byron abrazó su maletín como si fuera un bebé.

—Tengo un carro y una mula de carga, pero es un animal mayor. Llegarían antes corriendo.

De nuevo, se oyó un relincho.

—¿Y sus caballos? —preguntó Redmond.

El hombre negó con la cabeza repetidas veces.

—No se alquilan.

Con un encogimiento de hombros, Redmond interrogó a Byron en la distancia, pero él tampoco sabía qué hacer.

El viejo alzó un dedo para reclamar su atención:

—Pero están a la venta, si les interesan.

Quince minutos después, Byron Mitchell e Irving Redmond cabalgaban a trote medio sobre dos animales cansados, por un camino de tierra, entre casas de campesinos.

—¿Entiende usted de caballos? —La voz de Byron se entrecortaba por los brincos en el caminar de su montura.

—Por supuesto. ¿Tengo que recordarle a qué me dedicaba, Mitchell?

—No se me ofenda, hombre. Yo solo… —El caballo pilló un

socavón que casi da con Byron en el suelo. Quedó ladeado sobre la montura y no lograba ponerse recto. Redmond se colocó a su lado y le echó el brazo al hombro para enderezarlo. El culo de Byron rozó su maletín Gladstone, amarrado cual alforja a la silla.

—¡Tenga cuidado, Mitchell! Concéntrese en lo que hace. Pensaba que sabía usted montar.

—Más o menos… Volviendo a sus conocimientos sobre los caballos… Estos animales no son muy jóvenes, ¿verdad?

—No, en efecto. No lo son. Su mejor momento pasó hace tiempo.

—Pero, en cambio, el dinero que hemos pagado por ellos…

—Sí. Ha sido una cantidad exagerada. Su dueño me ha asegurado que, si se los devolvemos, nos retornará una buena parte. Solo nos cobrará lo justo por el alquiler.

—Permítame que dude de que resulte tan sencillo.

—No sea quejica. Usted quería ayudar a su amiga, ¿no?

—Sí, eso es lo que quiero.

—Pues menos charla y démonos prisa.

Redmond espoleó a su caballo y Byron lo imitó, adelantando la cabeza de su montura para guiar en la ruta. Siguiendo el camino de tierra, al poco tenían a la vista una pequeña población, dominada en el centro por un esbelto campanario. Alrededor de la iglesia había crecido una agrupación de casas bajas con huertas. Un pequeño puente sobre una acequia los llevó hasta la calle que cruzaba el pueblo. Entre las miradas sorprendidas de los lugareños y con un séquito de chavalillos a la carrera tras sus caballos, atravesaron la plaza del mercado, ocupada en aquella mañana por vendedores de frutas, de verduras y de pan.

—¿Adónde nos dirigimos? —preguntó Redmond tras un rato de silencio compartido—. ¿Por qué no le servía el recorrido del tranvía? Nos habría dejado bastante cerca de la casa de los Rius.

—La familia Rius tenía previsto acudir hoy a una inauguración en el Tibidabo, un monte a las afueras de la ciudad. Conozco, más o menos, el camino hasta allí.

—¿Tenían previsto? ¿Y si han cambiado de idea?

—Si se han quedado en casa, no me preocupan, por el momento. Pero si están en la inauguración, con toda la gente que allí habrá… Creo que prefiero asegurarme de que Elisa se encuentra bien.

Redmond asintió. A la salida del pueblo pasaron junto a un cementerio protegido por un muro bajo. Redmond se santiguó y, para sorpresa de Byron, susurró una oración. La cercanía del camposanto le produjo un escalofrío, acompañado por la súbita imagen de Elisa, sonriente, mostrándole un libro. Si por culpa de sus estúpidos juegos de detective la niña sufría algún daño, nunca podría perdonárselo.

Golpeó con los tacones en el costado del caballo para acelerar la marcha. A su lado, todavía recitando su oración, Redmond le siguió.

IV

El camino se complicaba por momentos. Con el cielo encapotado, el aire soplaba frío y, a pesar de ello, Byron se quitó el sombrero para abanicarse el sofoco causado por el ejercicio. Llevaban casi una hora a caballo; los últimos minutos por la falda boscosa de una ladera. A su izquierda, una vía amplia de tierra aplanada dirigía hacia Barcelona y al mar, en un suave descenso entre viñas, trigales, árboles frutales y campos sembrados de cebada. Por delante, en cambio, el sendero se cerraba cada vez más entre pinos, higueras y algarrobos. Byron no tenía la menor idea de cuánto les faltaba para llegar a su destino.

Hacía tiempo que había perdido la costumbre de cabalgar y se le empezaban a dormir las partes bajas. Recolocó el culo en la silla, para ver si así circulaba la sangre y no se quedaba inútil para siempre en aquella zona íntima de su anatomía.

—Mitchell, deje de hacer el mono —le reprendió el siempre comprensivo Redmond.

Byron no estaba de humor ni para una réplica ingeniosa. Le vino a la mente la carta de Mary Anne Mitchell, que en breve llegaría a la ciudad y podría identificarlo. También el anónimo amenazador. ¿Se habría enterado su autor de la partida de Byron de Barcelona? ¿Habría hecho circular la verdad sobre Darko Kovacs?

Que se fueran todos ellos al infierno. Solo quería cerciorarse de que Elisa estuviera bien y de poner las cosas en claro respecto a Vidal Jordana para evitarle a la niña cualquier preocupación futura. Si eso le acarreaba unos problemas que, al fin y al cabo, se había buscado con ganas, pues bienvenidos fueran. Estaba hasta las narices de tantas mentiras.

Se estiró sobre la silla de montar, muy orgulloso de repente por la decisión tomada.

—¿Por qué demonios sonríe, Mitchell? —remugó Redmond. Byron no respondió y el otro no se calló—. Oiga, ¿está usted seguro de que seguimos el camino correcto?

Byron permaneció mudo y Redmond no insistió. Continuaron en silencio otros diez o quince minutos. Poco a poco, el camino boscoso se fue despejando. Pasaron junto a una señorial torre aislada, la típica construcción erigida por los barceloneses de pro en las afueras para disfrutar de sus días de ocio. Byron echó cuentas, ¿era la tercera o la cuarta que encontraban en el camino? Barcelona lanzaba su avanzadilla y, a buen seguro, con los años acabaría absorbiendo todos aquellos pueblos, huertas, bosques y viñas.

Tras dejar atrás las últimas agrupaciones arbóreas, alcanzaron un camino aplanado de forma artificial, con un inicio de aceras abocetado a los lados. Al poco, dos hileras de árboles recién plantados dibujaban una avenida acabada de nacer. Redmond señaló con el brazo estirado al frente.

—Fíjese, Mitchell. Creo que estamos llegando.

Byron se inclinó hacia delante y achinó los ojos. Su caballo siguió adelante, unos cuantos metros a su anciano trote tranquilo. Solo entonces distinguió la multitud que ocupaba una amplia explanada abierta ante un edificio de paredes blancas de dos plantas. La parte posterior de la construcción se alargaba en forma de túnel del que salían las vías que trepaban la inclinada pendiente de la montaña.

A las puertas de la estación del funicular del Tibidabo, el

gentío se alineaba formando una ordenada cola junto a la línea de palmeras que conducían a la entrada principal.

Los dos jinetes alcanzaron la plaza adornada con festivas guirnaldas tendidas. El jolgorio se extendió a su alrededor cuando los presentes los tomaron por parte del espectáculo de inauguración. Por algún lado, incluso, se oyó un «¡Que salude el negro!». Byron temió que Redmond se liara a tiros allí mismo.

Descendió del caballo, con cara de malas pulgas y gestos graves para abrirse camino entre la concurrencia. Aun así, un par de tipos le palmearon la espalda, alegres. Unos niños se acercaron peligrosamente a sus monturas. A aquella gente Byron no les impresionaba ni lo más mínimo.

Redmond desmontó de un salto, se quitó el sombrero y rugió a la multitud. El círculo libre que se despejó al instante resultó sorprendente.

Con las riendas de los caballos en las manos, avanzaron hacia la cola de entrada a la estación. Redmond espantaba con gruñidos a cualquiera que se atreviera a mirarle, lo que les franqueó el avance por la explanada. Por la derecha del edificio, grupos de ciudadanos que no disponían del tiempo o las ganas para esperar turno en el funicular ascendían a pie por el sendero pedregoso que llevaba a la cima del Tibidabo.

Bajo el toldo de un café-restaurante pegado a la estación, el matrimonio Rius giraba cabezas a uno y otro lado, como indecisos entre subir a pie o en el funicular. Dos metros aparte, la institutriz Bettina Krauss, rostro germano de hastío supremo, aguardaba la decisión.

No había rastro a la vista de Elisa.

—Maldita sea —murmuró Byron—. Redmond, por favor, encárguese de los caballos.

Sin esperar respuesta, le entregó las riendas y corrió hacia los Rius y compañía, alarmando por el camino a algunos ciudadanos respetables, que se hicieron a un lado espantados. El señor Rius tampoco parecía feliz de verle.

—¿Qué hace usted aquí? —bramó con rostro avinagrado.

—¿Dónde está su hija? ¿Dónde está Elisa?

—¿Se puede saber qué quiere usted de ella? —La señora de Rius se inmiscuyó en la conversación.

—Por favor, es muy importante que compruebe que se encuentra bien.

La mujer miró a su marido, que boqueaba alterado. Ella se llevó una mano al pecho.

—¿Por qué motivo no debería estar bien mi hija? Señor Mitchell, me está usted asustando…

Bettina dio un paso adelante:

—La niña ha subido en un vagón anterior, junto con sus compañeras alumnas de la escuela de música de la señora Mistral.

Allí faltaba alguien más. Byron apremió a Rius:

—¿Dónde está su socio? ¿Saben si ha venido también?

—¿Jordana? —preguntó Rius con pocas ganas. Seguía molesto con Byron y no mostraba ganas de colaborar.

—Sí, Vidal Jordana. Escúcheme, Rius. Su hija podría estar en peligro. —La señora Rius palideció horrorizada y buscó apoyo en Bettina—. Si Jordana la encuentra antes que nosotros…

—¿Y para qué iba yo a querer encontrarla?

Jordana apareció a espaldas de Byron. Traía en las manos un cucurucho de castañas. Masticaba una con relajada tranquilidad.

—¿De qué está usted hablando, Mitchell? —gritó Rius—. ¿Se ha vuelto loco por completo?

Byron apuntó a Jordana con un dedo:

—Usted sale en la foto —acusó—. Esa es la única explicación posible.

—¿Qué foto? ¿De qué narices me habla? Rius, ¿qué está sucediendo aquí?

—Elisa encontró una caja con fotos —Byron no iba a dejarse interrumpir—, una caja que perteneció a David Aiguaviva, con instantáneas que hizo en Cuba. Fotos que sacaba a los invitados que visitaban su hacienda.

—Pero ¿qué dice? Yo solo visité su finca cuando éramos críos, y entonces él ni siquiera tenía esa cámara suya.

—Eso no es verdad. Volvió usted, cuando se enteró de que un grupo de bandoleros se disponía a atacar la finca Aiguaviva. Rius y usted lo sabían. —La señora de Rius miró a su marido, quien esquivó su mirada—. Usted amaba a la esposa de Aiguaviva y temió por su vida.

Redmond llegó en silencio, atravesando el corrillo de cotillas que se estaba formando a su alrededor. Byron continuó:

—Entonces vio su oportunidad. Ella no estaba en la finca. Se había quedado en casa de su padre, en Bahía Honda, con su bebé. Usted asesinó a Aiguaviva, porque sabía que podría ocultar su crimen en medio del ataque de aquellos bandidos.

—¡Eso es ridículo! —Jordana se volvió hacia los Rius—. ¡Se lo está inventando todo! Sí, es verdad que cabalgué hacia el norte, por el camino a Bahía Honda, pero nunca llegué a la finca. Sufrí un accidente, ya se lo expliqué. No tiene usted ninguna prueba de todas esas sandeces que está explicando.

—Yo no, pero Elisa sí que la tiene. Encontró una caja con fotos de Cuba entre las pertenencias de Aiguaviva. Estoy convencido de que usted aparece en una de ellas. ¿Dónde está la niña? ¿Qué ha hecho con ella?

—¡Yo no he hecho nada!

El matrimonio Rius había girado sus miradas hacia Jordana. Anna Coll de Rius, pálida, agarraba con fuerza suplicante el brazo de su marido. Este habló a Jordana:

—Vidal, ¿de qué habla?

—No lo sé, Bartomeu. Este hombre ha enloquecido.

La señora Rius se dirigió a Byron, suplicante:

—¿Dónde está mi hija, señor Mitchell?

—Debemos encontrarla —dijo su marido.

—Sí, por supuesto —afirmó Jordana—. ¡Quiero que todo esto se aclare cuanto antes!

—Yo vi las fotos.

La frase, enunciada en un tono bajo, casi tímido, se abrió paso entre el griterío exaltado de la discusión. Era Bettina Krauss la que había hablado.

—¿Perdone usted? —Byron pasó entre los Rius sin miramientos—. ¿Qué ha dicho, Bettina?

—Esas fotos que dice usted, las de Cuba. Yo las vi, pero en ellas no aparecía el señor Jordana.

—¿Lo ve? —dijo el principal afectado.

Byron no iba a rendirse.

—Yo sé que Elisa escondió otra foto. Una que no pensaba dejar ver a nadie mientras no terminase su investigación.

—Pero ¿qué dice, Mitchell? ¿Investigar? ¡Pero qué majaderías le ha metido usted en la cabeza a mi hija!

—También vi esa otra foto —intervino Bettina. Todos los demás callaron, atentos a la institutriz—. La niña intentó esconderla, pero la vi por encima de su hombro. No era una foto de Cuba, eso se lo puedo asegurar. En la foto aparecían unos vaqueros, americanos. Del Oeste.

¿Unos vaqueros? Byron ahora ya no entendía nada. Menudo detective de…

Los demás, en cambio, giraron las cabezas en busca de la solución más evidente al enigma: el pistolero negro Irving Redmond. Este se llevó la mano a la espalda, donde Byron sabía que guardaba su pistola.

—¿Redmond? —La voz de Byron brotó tartamuda.

Una estruendosa carcajada rompió la tensión del momento. Bettina Krauss acompañó su jolgorio con un choque de palmas.

—¡No, hombre! —La institutriz había perdido todo decoro y se partía de la risa. Dio una sonora palmada sobre la rodilla de su vestido—. ¡Vaqueros de los de verdad! ¡Como los que salen en las novelas de Karl May!

Byron seguía sin comprender y su ignorancia debió aflorar clara en su rostro, porque Bettina Krauss dejó de reír. Aclaró la garganta y acercó el rostro en su dirección. Bajó un poco la voz, como si Redmond no fuera a oírla a tan escasa distancia:

—Eran hombres blancos.

Joder.

Oh, mierda, Byron. ¡Maldita sea! ¡Cómo la has cagado!

Se volvió alarmado, giró la cabeza a uno y otro lado, buscando en todas direcciones. Casi en un grito, preguntó, a nadie en concreto:

—¿Alguien sabe dónde puedo encontrar al periodista Joseph Leary?

V

Ahora, por fin, Byron lo tenía claro.

No debió haberse quedado en la ciudad cuando recibió el mensaje del anónimo que conocía su verdadera identidad. De eso ya no le quedaba duda.

No debió haberse implicado en una investigación cuando era evidente que no sabía lo que se hacía. No debió marcharse de la ciudad dejando sin finalizar lo que había iniciado.

Y, sobre todo, no debió dejar que las pistas le engañasen de la manera en que lo habían hecho.

En medio del enjambre de gente alterada alrededor de Byron, Redmond se abrió paso. Señaló con el pulgar hacia atrás, al grupo de periodistas en corrillo que acababa de abordar.

—Dicen que Leary estaba presente en el discurso de inauguración, el acto principal del evento, pero nadie sabe decirme dónde se ha metido desde entonces.

A unos metros de ellos, la señora de Rius discutía con su marido sin dar importancia a las damas cotillas agolpadas a su alrededor. Él la cogió del brazo y le habló de cerca, pero ella se apartó de mala manera. Vidal Jordana cruzaba los brazos, serio, a un lado. Las furtivas miradas entre él y su socio no eran para nada amigables.

Byron la había liado bien, una vez más. ¿Detective? Más bien un metomentodo con ínfulas.

El coche del funicular descendía la pendiente a punto de llegar a la estación.

—Tengo que subir allí arriba —dijo Byron— ¡Y rápido!

Dejó atrás a Redmond y adelantó la fila de gente que esperaba a las puertas de la estación. Un caballero con sombrero hongo y barba canosa le gritó que no se colara. Una dama sofocada, vestida toda de rosa, soltó un «¡Qué desfachatez!» muy indignada. Ya en el interior, pasó de largo las taquillas y, a empujones, llegó al andén. El vehículo recién estacionado desalojaba a los pasajeros que habían descendido de la cumbre.

Un vigilante se plantó entre él y su objetivo, con el brazo en alto y expresión de *bulldog* enfadado.

—Tengo que subir en el siguiente turno —apremió Byron.

El guardia le echó mano al brazo y con una fuerza inusitada lo apartó a un lado de la cola.

—¡Muy bien hecho! —afirmó el caballero bigotudo que encabezaba la fila. Él y su esposa se dirigieron a los andenes escalonados, seguidos por el resto de los pasajeros. Todos y cada uno de ellos dedicaron una mirada de indignación estirada a aquel estrafalario que había pretendido colarse.

Byron quiso avanzar de nuevo, pero el vigilante se interpuso.

—Señor, vuelva usted al final de la fila o me veré obligado a llamar a un municipal. Ahí arriba está lleno de autoridades y le aseguro que la policía no se andará con tonterías para con un alborotador.

El vehículo se estaba llenando. En breve partiría hacia la cima. Byron suspiró.

—Está bien —dijo, casi para sí—. Si no hay otro modo... ¡Redmond! —gritó, señalando al pistolero, inmóvil entre la multitud, a la entrada de la estación—. Saque el arma y líese a tiros.

Todos se volvieron en la dirección marcada por el dedo de Byron. Una mujer gritó. Un círculo se abrió alrededor del pistolero negro. El vigilante que retenía a Byron se apartó de él y dio un paso indeciso en dirección al otro.

Irving Redmond, alzó las manos vacías.

—¿Que haga qué…? ¿Está usted loco?

El funicular arrancó. Byron aprovechó la confusión para esquivar al vigilante. Corrió por el andén y saltó para engancharse a la barandilla de la plataforma trasera del vagón. Los dos viajeros que la ocupaban se hicieron a un lado. El guardia corrió hasta la vía y sopló su silbato.

Byron se agarró con fuerza. En cualquier momento, el conductor activaría el freno de emergencia. El funicular abandonó la nave y continuó su lento ascenso a cielo abierto. O el operario no había oído el silbato o había decidido no arriesgarse a frenar de golpe para evitar daños a los pasajeros despistados. Lo más probable era que, al final del recorrido, el mismo conductor intentara interceptarlo, pero de eso se preocuparía llegado el momento.

Pasó las piernas sobre la barandilla y se asentó en el balcón.

—Habrase visto… —murmuró uno de sus forzados compañeros de viaje, bien apartado del intruso.

Con el fluido deslizamiento del vagón, la estación fue quedando atrás. En menos de un minuto, gracias a lo pronunciado de la pendiente, la distancia con la explanada convirtió a la multitud en una maraña de pequeñas figuras. Una de aquellas, en traje y sombrero negros, destacó abriéndose paso a toda prisa. Irving Redmond se subió a lomos de uno de los caballos y encaminó el sendero que subía la montaña.

Byron ignoró los murmullos indignados de los dos viajeros de su lado y del resto del pasaje, que cuchicheaban en el interior del vagón dedicándole las peores de las miradas. Tras superar la agrupación de árboles recién plantados a la salida de la estación, ahora trepaban por una extensión pelada, en paralelo al sendero desde el que los caminantes saludaban al tren.

Leary… ¿Cómo podía estar el periodista implicado en todo aquello? Era el único norteamericano que se le ocurría, y si de verdad la misteriosa fotografía mostraba a un vaquero del Oeste, como había asegurado la señorita Krauss... Debía encontrar a Elisa cuanto antes, para asegurarse de que estaba a salvo y para que la niña le explicase de una vez por todas qué era lo que sabía sobre la misteriosa instantánea.

Los minutos del viaje se le hicieron eternos. Al tocar de la cumbre, el vehículo accedió a la nave de andenes de la estación superior, una construcción con techo a dos aguas que cubría el final de la vía. Sin esperar a que parara por completo, Byron pasó los pies sobre la barandilla y saltó de la plataforma al andén. Mientras el funicular se detenía, atravesó a toda prisa la estación, junto a la sala de máquinas, y salió al exterior a la carrera, ante la sorpresa alarmada de los que aguardaban turno en la cola.

Allí arriba no esperaba encontrar más que monte pelado y, en cambio, fue a dar a una extensa plaza, delante de un palacete de madera de estilo árabe, al lado de una pequeña capilla y junto a un edificio cerrado, recién construido, con mesas y sillas para comensales en su interior. La explanada estaba hasta arriba de damas, niños y caballeros vestidos de domingo. Una banda de música uniformada desplegaba una fanfarria de aires militares. Al otro extremo de la extensión de tierra, el público admiraba las vistas a Barcelona desde los bancos de piedra encarados hacia la pendiente.

A la altura del banco de más a la izquierda, cuatro niñas vestiditas de azul, con cuello y mangas blancas y sombreros con lazos, ejecutaban una música de flauta que apenas llegaba a sus oídos. Cinco compañeras, con el mismo uniforme, y la vigilante adulta al cargo del grupo conformaban toda su audiencia. Byron corrió hasta ellas e interrumpió el concierto.

—¿Alguna de vosotras conoce a Elisa Rius?

La mujer adulta dio un paso al frente:

—Perdone, caballero, pero...

—Por favor, señora, se trata de una emergencia.

Superó a la mujer, mientras ella miraba a un lado y otro, en busca de alguien que pudiera auxiliarla con aquel loco.

—¿Elisa Rius? ¡Es muy importante! Si alguna…

Una niñita, al fondo del grupo, levantó la mano. Sus compañeras se volvieron a mirarla y ella se puso colorada.

—¿Sí? —apremió Byron.

La niña tragó saliva y habló:

—Elisa se ha marchado con un caballero…

—¿Cómo…? —La mujer al cargo se puso blanca—. ¡Julia! ¿Cómo es que nadie me ha avisado? Sabéis muy bien que tenéis prohibido…

Byron la hizo callar con un gesto brusco; no estaba para tonterías. Se agachó junto a la niña:

—¿Sabes dónde ha ido? ¿Ha regresado a la estación?

La niña negó con la cabeza. Se volvió y los lazos de su sombrero ondearon al viento. Señaló hacia detrás de la ermita.

—Se fueron por allí.

Byron corrió en la dirección indicada. Tras la ermita se abría una explanada hasta la que llegaba el sendero que conducía a los excursionistas a la cima. Grupos de agotados caminantes se distribuían por el sinuoso camino ladera abajo. A la derecha de este, un terreno pelado lo separaba de la vía del funicular. Por la izquierda, entre un bosquezuelo de pinos, unos arbustos se removieron. Durante menos de un segundo, la figura de un hombre arrastró del brazo a una niña vestida de azul y blanco, con un sombrero con lazo en la cabeza. Byron volvió el rostro a uno y otro lado. Los sofocados excursionistas que llegaban a la cima le miraban con desconfianza; no iba a encontrar en ellos la ayuda urgente que precisaba. Un rumor infantil sonó a su espalda. Byron se volvió.

La profesora de música y su grupo de niñas frenaron en seco. Desde la distancia, la mujer preguntó:

—¿Elisa? ¿La ha encontrado?

—¡Busque a un guardia! —ordenó Byron—. ¡Pronto!

Giró sus pasos y corrió terraplén abajo, en dirección a la acumulación de árboles. Tras los dos primeros pinos, el terreno pedregoso se empinaba hacia su izquierda en una peligrosa caída. Tres zancadas más adelante Byron hubo de echarse al suelo y deslizarse raspando la culera de su pantalón contra la tierra. Con un ojo puesto en el abismo que se abría a su costado, alcanzó los arbustos por donde se habían escabullido las figuras que perseguía. Una vez allí, se alzó y corrió por un andurrial de tierra y piedras, al borde del precipicio. Al poco, oyó los lloros de protesta de Elisa.

—¡No quiero ir! —gritó la niña.

Alguien respondió, pero las palabras no se distinguieron. Un denso muro de vegetación y ramaje entre los troncos de dos árboles obstruía el sonido y también le cerraba el paso.

Al otro lado, Elisa chilló desesperada. La voz de un hombre ordenó:

—¡Dámela! ¡Te he dicho que me la des!

Byron atravesó los arbustos, entre ramas que le arañaron los brazos. Cerró los ojos para protegerlos de los roces y los abrió ante un saliente libre de vegetación. El camino acababa allí, al borde del abismo. A menos de cinco metros, un hombre le daba la espalda. Agarraba con violencia a Elisa del cuello y la empujaba hacia el precipicio.

—¡Suéltala!

Leary se volvió, rojo y sudoroso. Sus ojos se abrieron mucho al verle. Volteó a la niña para interponerla entre él y Byron, y apretó su cuello con el brazo izquierdo. Elisa lloraba e intentaba aflojar la presión con sus manitas, pero era impotente contra la fuerza del otro. Su rostro, cubierto de lágrimas, estaba amoratado.

Byron alzó una mano pidiendo calma.

—Leary, por favor, déjala ir.

Leary aflojó la presión y la niña pudo respirar, pero la presa en su cuello se mantuvo firme.

—Byron... —gimió Elisa.

—Tranquila, cariño. No va a pasarte nada.

Byron avanzó un paso y Leary retrocedió otro. Con la niña atrapada entre sus manos, se acercó un poco más a la caída.

Byron frenó en seco:

—Leary, ¿qué está haciendo?

—Maldición, Mitchell, ¡váyase de aquí! —La orden sonó como un desesperado gemido lastimero.

Una repentina ventolera sacudió la estrecha planicie de tierra y Byron masticó arenilla. Se esforzó para abrir los ojos. Leary los cerró en aquel instante para protegerlos del fuerte aire. También aflojó la presa sobre Elisa. Ella deslizó una mano en un bolsillo y sacó una especie de papel. Con él en la mano, estiró el brazo en dirección a Byron. Leary abrió los ojos.

—¡No! —gritó.

Intentó alcanzar la mano de Elisa, pero ella soltó el papel antes. El cuadrado voló dibujando un lazo que rozó el suelo y remontó en dirección al rostro de Byron.

Con un movimiento instintivo, lo cazó al vuelo. El tacto rugoso le dijo que era papel de fotografía.

—¡No! —gritó Leary—. ¡No la mire!

Byron alzó la foto ante sus ojos. Mostraba a dos hombres vestidos con pantalones de lona gruesa, camisa blanca, sombrero y rifle. El mayor, de unos cuarenta años, posaba sentado en una mecedora. En pie, a su lado, con una mano sobre el respaldo, un joven de unos veinte. Los dos se parecían mucho a Leary. En la parte superior de la foto, un texto inscrito: Richard y James Towsend, Yuma, Arizona. 1885.

Muy tarde y muy despacio, el lento cerebro de Byron hizo conexión por fin. Se maldijo por ser un puñetero inútil. Alzó la mirada hacia el hombre que retenía a su querida hermanita pequeña, que lloraba terriblemente asustada. Comparó las imágenes de la foto con él.

—Tú eres James Towsend.

—Maldita sea, Byron. ¿No lo podías dejar correr?

El falso Joseph Leary afirmó su presa sobre el cuello de Elisa con la mano izquierda y con la derecha sacó una pistola corta de su cinto. Apuntó a Byron con ella, mientras retrocedía un paso más y su talón tanteaba el borde del precipicio.

—James Towsend, el pistolero de Yuma, Arizona. Supongo que para ti disparar en el corazón de un hombre a siete metros fue coser y cantar.

—El cabrón de Calafell tuvo lo que se merecía.

—Sí, puede ser. Era un desgraciado que se aprovechaba de los secretos de los demás, pero… ¿Elisa? ¿Ella qué te ha hecho?

—Lo siento mucho… —El lamento sonó sincero—. Yo no quería hacerle daño, pero ella encontró la foto. El cabrón de Calafell la utilizaba para chantajearme, para que me apartara de Rosa y le dejara el camino libre. Ese hijo de mala madre no sabía con quién se la jugaba. Me colé aquella noche en su casa, cuando el muy cerdo se estaba metiendo desnudo en esa asquerosa habitación suya. Le obligué a que me entregara la foto y la placa del negativo.

—Destrozaste la placa allí mismo, pero no sabías que había revelado otra copia y la había ocultado en la casa de los Rius.

—¡No te acerques!

—Vale, vale, tranquilo. ¿Por qué le mataste? Sin la foto no tenía ningún poder sobre ti y tú no sabías que había hecho otra copia en el estudio de un fotógrafo.

—Me iba a marchar de su casa sin más, te lo juro, Byron. Yo solo quería empezar una nueva vida, con Rosa, aquí, en Barcelona. ¿Tú me entiendes, verdad, Byron? Tú sabes lo que es querer comenzar de nuevo.

—Entonces, ¿por qué…?

—Vi el cuadro. Vi a mi Rosa, allí desnuda, en la habitación donde aquel cerdo… Él se dio cuenta, me empujó y salió corriendo. Te prometo que no pretendía matarlo, pero lo seguí. Tropecé con aquella maldita estantería al salir y la puerta se cerró. Le perseguí hasta la biblioteca. Él se había encerrado dentro y cuando llegué a la entrada estaba cargando un arma. La alzó hacia mí… No tuve más opción.

—El pistolero que una vez fuiste resurgió. Le disparaste un tiro al corazón.

—Fue por puro instinto, ¡te lo juro! No tuve tiempo de pensar, solo reaccioné. —Leary bajó el rostro—. Tenía ya la foto y quise recuperar los restos de la placa, pero la puerta se había cerrado y no supe cómo volverla a abrir. —Le miró otra vez de frente—. Yo no quería volver a ser así. Ahora todo se ha estropeado. Aquella noche, cuando entramos, pude haberte matado. Pero quería que fuéramos amigos.

Leary retenía a Elisa con su brazo izquierdo. Acercó la culata del arma a aquella mano y la cargó con un clic metálico. Apuntó a Byron. El dedo fijo en el gatillo.

—¡Espera! No hagas ninguna locura, ¡podemos arreglarlo!

—No, Byron. En este país tienen un método peor que la horca para ajusticiar a los asesinos. No permitiré que me den garrote vil… Lo siento.

—¡Espera!

El grito desesperado de Byron pereció bajo el estallido de un disparo. Byron se encogió, con las manos pegadas al pecho. Se quedó sin aliento, pero eso fue todo. Su corazón seguía latiendo. El eco del disparo se despejó en sus oídos. Leary gritaba. Elisa lloraba histérica.

Alzó la vista.

La mano derecha de Leary, que segundos antes sostenía el arma, era ahora un muñón sangriento. Salpicaduras rojas manchaban el vestido azul de Elisa. A Byron se le paró el corazón. La niña seguía gritando.

El clic-clac de un revólver recargando sonó entre los arbustos a la derecha. Irving Redmond asomó desde allí con su pistola apuntada a Leary y a su rehén. Del cañón salía una hebra de humo. Una ráfaga de viento extendió el olor a pólvora. Redmond intercambió una mirada rápida con Byron. El pistolero sudaba y resoplaba por el esfuerzo para llegar hasta allí.

Elisa, pálida, lloraba sin poderlo remediar. El disparo de Redmond, que había volado el arma y algún dedo de la mano de Leary, no la había alcanzado. Intentó escapar, pero Leary la atrapó con más fuerza y tiró de ella hacia atrás. El pie del falso periodista resbaló al borde del precipicio. Redmond apuntó, pero el otro se escudó tras la niña.

—No tengo un disparo claro, Mitchell.

El pistolero dio un paso adelante. Leary apretó a la niña contra su propio cuerpo, ambos a punto de caer.

—¡Quédese quieto Redmond! —ordenó Byron. Irving Redmond obedeció.

El mundo se paralizó. La respiración agitada de Leary podía oírse a pesar de los cuatro metros que los separaban.

—¡Elisa, hija mía! —Un grito de mujer rompió el silencio. A través de los arbustos que habían llevado a Byron hasta allí, llegaban los Rius, escoltados por un guardia del funicular y la profesora de música. Los cuatro se quedaron blancos al ver la escena—. ¡Mi niña! —La señora de Rius estaba a punto de desmayarse en brazos de su marido.

—Mamá... —Elisa suplicó apenas sin fuerza en la voz.

—¡Maldita sea! —gimoteó Leary—. Yo solo quería tener otra vida. ¡Me arrebataron la mía! ¿Entendéis? Aquel maldito periodista entrometido y la gentuza del pueblo mataron a mi padre. ¡Quemaron mi casa! Me merecía volver a ser feliz... —Volvió la mirada a su espalda—. Ahora todo eso ya no es posible.

—¡Leary! ¡No! —Byron corrió hacia él, pero no llegó a tiempo. Joseph Leary se precipitó caída abajo. La profesora gritó.

Byron alcanzó el filo del abismo a tiempo de recoger a Elisa, que se derrumbaba al suelo medio desmayada. Leary la había soltado antes de suicidarse. La niña temblaba y lloraba en sus brazos. Sus padres corrieron hacia ellos y Byron se la entregó.

—Mi niña, mi niña… —murmuraba la señora Rius mientras la acunaba en sus brazos. Elisa recuperó fuerzas para rodear con su brazo a su madre. El señor Rius las abrazó a ambas y besó en la frente a su hija. Por encima de su cabello rubio, alzó la mirada llorosa hacia Byron, con un silencioso gesto de agradecimiento.

Byron asintió. Dejó a la familia y retrocedió para asomarse al precipicio, donde Redmond oteaba la caída, con el sombrero respetuosamente en la mano.

—Por favor, Redmond, sígame.

Los dos hombres descendieron con cuidado la pendiente, en un zigzag arriesgado entre arbustos secos por encima del terreno arenoso. Cada pocos pasos tenían que apoyar una mano contra la ladera para no precipitarse abajo. Tardaron más de un minuto en alcanzar el cuerpo.

Redmond llegó primero y se agachó.

—Todavía respira —anunció.

Byron se arrodilló junto a Leary. Este extendió la mano y Byron la cogió.

—Tengo… que decirte… algo —susurró el moribundo—. La noche en que entramos en la casa de Calafell… pensaba matarte en su habitación secreta… para que no me descubrieras. —Le costaba respirar—. No pude hacerlo. Quería que fuésemos amigos. Tú y yo nos parecemos. Podríamos…

Leary se detuvo. Byron se acercó a su rostro.

—¿Qué? ¿Qué podríamos, Leary?

—Ha muerto —dijo Redmond.

Y era cierto. Leary ya no respiraba.

Redmond, con dos dedos, le cerró los ojos.

VI

—¿Arizona? ¿Qué tiene que ver Arizona en este maldito embrollo?

El comisario Galván estaba bastante alterado. A Byron lo habían traído a rastras desde el Tibidabo hasta depositarlo en la silla de invitados del despacho del comisario. Se armó de paciencia para responder.

—Allí es donde Aiguaviva conoció a James Towsend.

—Quien dice usted que es el hombre que conocíamos como Joseph Leary. —A Alfredo Martín se le seguía viendo molesto con Byron.

—Exacto. Aiguaviva se encontraba allí por causa de las inversiones de su suegro en la construcción de una línea ferroviaria México-EE. UU. que nunca llegó a completarse.

—¿Y dice que allí tomó esa foto? —El comisario parecía de verdad interesado por aclararse con aquel asunto.

—Sí, Aiguaviva gustaba de fotografiar a la gente que conocía. Dos de sus modelos fueron el dueño de un rancho en Yuma y su hijo. Una reputada familia de terratenientes que no dudaba en saltarse la ley cuando creía que su causa estaba justificada. Ya les he explicado el fatal desenlace del padre y que la gente creía que su hijo había compartido su destino.

—Y no fue así. —Galván se rascó la cabeza.

—No. Su hijo escapó del linchamiento o quizá no estaba en la casa cuando sucedió. Eso no lo sé. El caso es que, dado por muerto, se vengó del periodista.

—Leary —afirmó o preguntó el comisario.

—Y tomó su nombre —dijo Martín.

—A Towsend lo buscaban por la muerte de un *marshall* y de unos granjeros mejicanos. Tras la muerte de su padre y el incendio de la casa solariega se había quedado sin nada. Asesinó a Leary, usurpó su identidad y se trasladó a Europa. Vino a Barcelona porque, según me dijo Rosa Sanmartí, un empresario en viaje le había hablado de su ciudad.

—El propio Aiguaviva —apuntó Martín.

—Y así fue a dar con su destino. Calafell, un hombre sin escrúpulos que había alcanzado un alto nivel económico y social a base de chantajear a los demás con toda clase de informaciones, encontró entre las pertenencias de Aiguaviva el negativo de la fotografía, inscrita con el texto que señalaba al falso Leary como Towsend.

—Calafell al final mordió a un pescado más grande de lo que era capaz de tragar —afirmó el comisario.

Byron meneó la cabeza. Toda una tragedia. La persona que él había conocido como Leary, aquel periodista al que empezaba a considerar como un amigo, ¿era en verdad, en lo profundo de su ser, el mismo Towsend que en su juventud asesinara a tres personas? ¿Había cambiado con los años?

Al final su lado asesinó resurgió. Al final todo vuelve, ¿eh, Byron? Nadie cambia por completo.

—¿En qué piensa, Mitchell? —preguntó el comisario.

—Nada. —Sacudió la cabeza—. Elisa Rius, ¿se encuentra bien?

—Sí —dijo Martín—, ha marchado con sus padres. Estaba muy afectada y entre lágrimas me ha explicado que creyó que la foto de Leary vestido como un vaquero se la habían tomado en medio de una de sus investigaciones periodísticas. Cometió el error de explicárselo a él durante la inauguración, en el Tibidabo, y fue en ese momento cuando nuestro falso periodista debió decidir que la niña era un peligro para su futuro. La separó de sus compañeras para... —Martín torció el gesto—. En fin, le costará unos días recuperarse del tremendo susto, pero físicamente está bien.

—Bien caballeros. —Byron se puso en pie—. Ahora, si me disculpan ustedes...

—No tan deprisa, Mitchell.

—¿Acaso piensa usted detenerme, señor comisario? Creo que con todas las explicaciones que les he proporcionado...

—Cierre el pico y sígame.

Martín abrió la puerta. Galván guio la comitiva y Byron no tuvo más remedio que seguirle. En fila de a tres, cerrada por Martín, le condujeron por el pasillo y las escaleras hacia el piso inferior. Al acercarse a la salida, le sorprendió el murmullo creciente de voces, que estalló cuando Galván abrió la puerta.

En un atril improvisado que habían colocado al pie de los escalones de la salida, un hombre orondo, de cierta edad, hablaba ante al menos una veintena de periodistas. La cadena de oro de un reloj destacaba en su recorrido dorado desde el bolsillo de su levita hasta la pechera donde la había anclado.

Oh, mierda.

En cuanto los juntaletras le vieron aparecer, el alboroto aumentó varios grados.

Byron retrocedió un paso por puro instinto. El corpachón del comisario, a su espalda, lo frenó en seco. Galván le susurró al oído:

—Mitchell, hay muchas cosas en su comportamiento durante la investigación que no acaban de convencernos. Si quiere que lo dejemos estar, tendrá que hacer una declaración junto al señor gobernador.

Byron se recompuso y volvió un rostro sonriente hacia su interlocutor.

—Cómo no, comisario. Será todo un placer.

Byron buscó la mirada de Martín, pero este, todavía molesto, le seguía evitando.

El gobernador gesticuló una seña hacia ellos dos, a la vista de los periodistas, para que se acercaran. Byron se estiró, mostró su mejor sonrisa y se adelantó para encajar la mano del gobernador, quien respondió con efusividad al saludo.

Un periodista anónimo alzó su lápiz entre el barullo para preguntar:

—Señor Mitchell, ¿puede confirmarnos que el caso está cerrado?

El gobernador se adelantó en la respuesta:

—Por supuesto; el caso está cerrado, gracias a la inestimable colaboración del famoso detective Byron Mitchell. El Gobierno y la Policía siempre utilizan y utilizarán los mejores medios para proteger a sus ciudadanos.

Otro periodista alzó una mano desde la izquierda del público:

—Señor Mitchell, ¿cómo averiguó usted la verdadera identidad del hombre que se hacía pasar por Joseph Leary, ese tal —repasó las notas en su libreta—… James Towsend?

Se hizo un silencio expectante. ¡Qué gran momento para apuntarse un tanto a la mítica figura del Gran Detective Byron Mitchell!

—En realidad —dijo Byron—, no podría haber alcanzado el éxito en esta investigación sin la estrecha colaboración de la policía. —El gobernador atrajo con su abrazo de oso al comisario Galván y le palmeó las espaldas. Galván se infló como un pavo real—. Y en concreto sin el apoyo constante del inspector del cuerpo de policía, el señor Alfredo Martín.

Señaló a Martín. Todas y cada una de las cabezas giraron en su dirección. El pobre inspector casi se desmaya de la impresión.

—Venga aquí, hijo —reclamó el gobernador, apartando sin miramientos a Galván.

Martín avanzó inseguro y pálido. Byron le estrechó la mano con una amplia sonrisa, que Martín devolvió, tímido. El gobernador le hizo ponerse a su lado y le felicitó con la mirada efusiva puesta en el coro de periodistas. Galván quedó en segundo plano, ignorado por todos. A Byron se le aumentó la sonrisa.

—El inspector Martín —dijo— ha resultado fundamental en todos y cada uno de los momentos clave para la resolución de este caso.

El gobernador le pasó un brazo por el hombro a Martín, para reclamar la atención de la concurrencia.

—Hombres jóvenes —dijo—, como el inspector —preguntó algo al oído a Martín; este le respondió—... como el inspector Alfredo Martín, están llamados a ocupar los principales puestos al cargo de la seguridad de los ciudadanos en este nuevo siglo que apenas acabamos de comenzar. En sus manos todos estaremos más seguros.

No cabía duda; el político estaba lanzado en aquel mitin improvisado. Otro periodista preguntó:

—¿Le ha enseñado usted, señor Mitchell?

—El señor Martín —respondió Byron— es muy capaz por sí mismo, aunque debo reconocer que nunca había tenido un discípulo tan aventajado.

El coro de periodistas enloqueció con las últimas palabras. El gobernador volvió a abrazar a Martín y permitió que los periodistas se acercaran más para responder a cualquier pregunta que tuvieran a bien hacer. Byron aprovechó para escabullirse del tumulto. El gobernador soltó algo así como que Martín era casi un hijo para él. Byron meneó la cabeza, incrédulo. Se alejó unos metros antes de volverse hacia el edificio. Martín, aunque todavía sobrepasado por la atención de que era objeto, se había repuesto y defendía con orgullo el trabajo de la nueva policía, tal como la llamó. Unos metros por detrás, el comisario Galván, enfurruñado, cruzaba los brazos sin que nadie le prestara atención.

A Byron se le congeló la sonrisa en el rostro cuando, por su derecha, aparecieron Rosa Sanmartí y su madre. La segunda caminaba erguida, vestida del gris más discreto, con el pelo atado en un moño firme. Rosa apoyaba todo su peso contra ella, con el rostro fijo en el suelo, y parecía a punto de desfallecer.

Venían directas a Byron, que se quitó el sombrero. La mirada de la señora de Sanmartí despertó al verlo. Susurró algo. Cogida a su brazo, Rosa alzó una mirada llorosa. Ya llegaban a su altura.

—Rosa, señora Sanmartí —dijo Byron, de verdad apesadumbrado—. Quisiera expresarles cuánto lamento…

Pasaron de largo, sin mirarle de frente ni detenerse. Tan cerca que olió el perfume floral de Rosa.

En el último instante, el brazo caído de ella estiró un dedo. Byron sintió el roce en su mano como un escalofrío. Las dos mujeres continuaron calle adelante; las cabezas firmes al frente. Byron siguió su devenir, pero se paró en la figura de Irving Redmond.

El pistolero, con las manos a la espalda, saludó con una inclinación de cabeza. Byron caminó despacio hasta él. Redmond le mostró lo que escondía tras de sí: el maletín Gladstone.

Byron no dio crédito a lo que veía.

—Vaya, pensaba que lo había perdido. —Estiró un brazo—. ¿Puedo?

—Debería ir con cuidado con tanto dinero.

Se miraron en silencio unos segundos. Al cabo, Redmond le entregó el maletín. Byron lo sopesó.

—Supongo que estará todo…

—Casi todo.

—¿Y eso?

—He tenido que buscar una cuadra para los caballos, por aquí cerca. No se preocupe, mañana los retornaré a su dueño y recuperaré una parte de su dinero.

—No sabe cómo se lo agradezco.

Redmond señaló con el cuello hacia atrás, a las dos damas que se alejaban.

—¿La señorita es conocida suya?

—Rosa Sanmartí. La prometida de Leary.

Redmond hizo una mueca:

—Vaya... Pero además, es algo suyo..., ¿no?

Byron sonrió, triste.

—En otra vida quizá podría haberlo sido.

Recompuso su sonrisa tristona para recuperar su falso gesto arrogante estilo Byron Mitchell. Redmond le dejó claro con su expresión que no le convencía.

—Vamos, Mitchell. Entiendo que, tras todo lo que ha descubierto sobre Joseph Leary, no resulte adecuado molestar a esa joven, pero quien sabe si, pasado un tiempo...

—No, Redmond. Le agradezco su intención, pero ella nunca...

—No me fastidie, Mitchell. He visto cómo le rozaba la mano. Por lo que he podido conocer sobre las jóvenes burguesitas de esta ciudad, ha sido el equivalente a que una bailarina de bar se subiera a una mesa y meneara las faldas delante de usted.

Byron se rio, varios segundos. Se dio cuenta de cuánto lo necesitaba.

Luego se quedó pensativo.

—No lo sé, Redmond. ¿Usted cree que..?

—¡Hágame caso! Yo entiendo de mujeres más de lo que usted pueda saber sobre investigaciones. A propósito de eso... Verá, Mitchell, estas últimas horas, mientras usted disfrutaba de su estancia en jefatura, me he encontrado por casualidad con un conocido, un empresario al que recientemente le ha desaparecido un objeto de gran valor sentimental. Por razones que no vienen al caso, preferiría no acudir a la policía por ese tema. Tras un par de cervezas, yo le he comentado que trabajo con el famoso detective Byron Mitchell...

—¿Ahora trabajamos juntos?

—Sí, pero no se preocupe. Ya le he dejado claro a mi conocido que yo me encargo de la parte organizativa y económica del negocio y usted de la parte… ¿cómo llamarla? ¿Creativa? Se ha mostrado muy interesado. ¿Qué le parece, señor Mitchell? ¿Querría usted aceptar un nuevo caso? Me parece que en esta ciudad no están faltos de problemas y, por lo que he podido ver, hay un buen número de burguesitos con dinero dispuestos a entregárselo a quien esté en condiciones de ayudarles.

—Pensaba que no le gustaban los burgueses de esta ciudad.

—Para nada, pero me encantaría poder echar mano a cantidades importantes de su dinero. ¿Qué me dice? Vamos, Mitchell, no se haga de rogar.

Byron lo tenía claro. No había mejor opción posible que marcharse. Cambiar de vida y, probablemente, de identidad. Empezar de nuevo en alguna otra parte, sin lazos, ataduras ni obligaciones. Él solo.

Sin embargo, no le gustaría marchar sin asegurarse de que Elisa estaba bien, de que se recuperaba sin problema de los horribles sucesos recientes. Además, con aquellos padres que tenía la pobre niña, le iría bien un amigo cerca.

Y luego estaba Rosa. La pobre Rosa, que había perdido a su segundo pretendiente en el plazo de una semana. Le gustaría poder seguir cerca de ella. Quería mucho volver a verla. Decirle…

—¿Y bien, Mitchell? No puedo esperar todo el día. ¿Le interesa el trato, sí o no?

—Sí, creo que sí —dijo Byron, autoconvenciéndose en el mismo momento en que lo decía. Sonrió—. Aunque deberé estar fuera unos pocos días. —La amenaza por la visita de Mary Anne Mitchell aún pendía sobre su cabeza. Debía abandonar Barcelona algún tiempo, lo suficiente para esquivarla. Si nada se torcía, quizá después podría regresar. Aquel nuevo negocio con un socio inesperado le empezó a parecer cada vez más atrayente.

—No se preocupe, señor Mitchell. Mientras, puedo encargarme yo del trabajo. A veces, basta con un nombre conocido para que la gente te entregue toda su confianza.

Volvieron a mirarse en silencio. Aquellas palabras implicaban mucho.

Al final, Redmond se llevó la mano al sombrero:

—Buenas noches, señor Mitchell.

—Buenas noches, señor Redmond.

Redmond se giró, recordó algo y se volvió, con una mano en el bolsillo. Sacó dos llaves y se las entregó.

—Una hora antes de que le soltaran, la señorita Elisa y sus padres han abandonado la comisaría. Ella me ha identificado como amigo de usted y Rius me ha pedido que le entregue esto.

Byron contempló las llaves en su palma:

—Son las llaves del piso que me alquilaba.

—Rius me ha pedido que le explique que le está muy agradecido por salvar a su hija y le pide que acepte seguir alquilando su piso. —Redmond soltó una carcajada—. ¡Tenía que haberlo visto! Ese blanquito nunca le había dado tantas explicaciones a un hombre de color. Su querida esposa y él no sabían a dónde mirar mientras me hablaban.

Byron cerró el puño. Asintió y ambos se separaron en direcciones contrarias. Todavía alcanzó a escuchar que Redmond decía, eufórico:

—Sí señor. Creo que me va a gustar este nuevo negocio nuestro.

Byron evitó coger un coche de punto y caminó hasta las Ramblas, subió en dirección a la plaza de Cataluña y luego por el paseo de Gracia. Fue una larga caminata, de la que disfrutó cada paso. Tardó casi dos horas en llegar al edificio de los Rius y lo hizo sonriendo y silbando con el mejor de los humores. Nada más entrar, Mauricio salió de su garita con un sobre en la mano.

—Acaban de traer esto para usted. —Se lo entregó y giró

sobre los talones—. Bienvenido de nuevo —dijo, antes de regresar a su refugio.

En el sobre solo constaba el texto «Para el señor Byron Mitchell», de nuevo sin remitente. No esperó y lo abrió al pie de la escalera que subía a los pisos. Era un texto escrito a pluma. En esta ocasión, la letra le resultó muy conocida:

Mi más sincera enhorabuena por tu resolución de este complejo caso. Siempre supe que podrías hacerlo. Te felicito también por la elección de tu nuevo compañero. En mi modesta opinión, estoy convencido de que juntos podréis lograr grandes cosas.
Tu sincero amigo para siempre,
Byron Mitchell

Byron se quedó parado, con un pie sobre el primer escalón. ¿De verdad era posible que el Gran Detective siguiera vivo? En realidad, no llegó a presenciar su entierro, nunca vio un cadáver… Pero estaba mortalmente enfermo, ¿no?

Se le escapó una carcajada que retumbó por toda la escalera.

¡Maldito viejo tramposo! «El mundo no es más que un gran teatro, Darko». Pues él se había montado una actuación digna de un gran premio. ¿Solo para que él tomase su lugar? ¿Para asegurarse un sucesor?

Bueno, no se podía negar que, al final, sí que lo había conseguido.

Metió la breve nota en el sobre y guardó este con cuidado en un bolsillo. Retomó la subida silbando alegre, con la llave del piso en la mano.

Al llegar al rellano se detuvo.

Justo delante de su puerta, una mujer, elegantemente vestida, esperaba con expresión aburrida. Había tomado asiento sobre el baúl que la acompañaba; la barbilla apoyada en una mano y el codo sobre la falda. Otras dos bolsas de viaje parecían conformar el resto de su equipaje.

Byron dio un paso indeciso hacia atrás y la mujer le vio. Con calma, se puso en pie al tiempo que alisaba su vestido. Lo miró de arriba abajo y estiró el cuello, con mucha dignidad, antes de hablar:

—Buenos días caballero. ¿Podría decirme quién es usted y por qué motivo se hace pasar por mi hermano?

Byron se apoyó en la barandilla y dejó ir un sonoro suspiro. Con lo bien que estaba terminando el día.

FIN